# LOS SECRETOS DE LA CONTINUACIÓN DEL CÓDIGO DA VINCI

*David A. Shugarts*

# LOS SECRETOS DE LA CONTINUACIÓN DEL CÓDIGO DA VINCI

temas'de hoy.

Fotos de interior:

Cortesía del Arquitecto del Capitolio: 36, 151
Art Resource, Nueva York: 168
© Logia Alexandria-Washington 22 A. F. y A. M., fotografía de Arthur W. Pierson: 153
CORBIS: © Bettmann: 94, 135, 159, 163, 212
© La Galería de Arte Corcoran: 107
© FPG: 49
© Mark E. Gibson: 161
© Brooks Kraft: 131
© Larry Lee Photography: 149
© Richrd T. Nowitz: 176
© Lee Snider/ Photo Images: 141
© Sandro Vannini: 52
© The George Washington Masonic National Memorial (Todos los derechos reservados), fotografía de Arthur W. Pierson: 120
Cortesía de Arturo de Hoyos, Gran Archivista, Supremo Consejo 33°, Southern Jurisdiction, EE. UU.: 67
Biblioteca del Congreso: 123, 148
Cortesía de la logia masónica San Juan 1: 155
Cortesía de la Administración Oceánica y Atmosférica: 191
Cortesía del servicio del Parque Nacional del monumento a Washington: 60, 173
Cortesía de Colección privada: 72
© James Sanborn (todos los derechos reservados): 184

Publicado según acuerdo con el autor, a cargo de Baror International, Inc., Armonk, Nueva York, EE. UU.

Título original: *Secrets of the Widow's Son*


Paseo de Recoletos, 4. 28001 Madrid
www.temasdehoy.es
Primera edición: mayo de 2006
ISBN: 84-8460-554-X
Depósito legal: M. 16.996-2006
Compuesto en J. A. Diseño Editorial, S.L.
Impreso en Artes Gráficas Huertas, S.A.
Printed in Spain–Impreso en España

# Índice

# Índice

*Para Judy,*
*mi única diosa.*

# Agradecimientos

En primer lugar, deseo mostrar mi agradecimiento a mis colegas en materia editorial, Daniel Burstein y Arne de Keijzer, y a sus familias (Julie O'Connor, David Burstein, Helen y Hannah de Keijzer). Además, quisiera reconocer su labor a Arturo de Hoyos, S. Brent Morris y Mark Tabbert, del Rito Escocés; a Herbert F. W. Stahlke, Steven C. Bullock, Walter S. Arnold, Roy www.monas.nl, Nicholas R. DeLuca, Jonathan W. Shugarts, H. David Leslie III, Gary D. Martin, Francis G. Hoenigswald y Thomas S. R. Topping; y por último, a estudiosos y bibliotecarios de todo Washington.

DAVID A. SHUGARTS

El equipo de *Toda la verdad...* gozó del aliento y el respaldo de mucha gente en Barnes & Noble y Sterling Publishing. La visión y el estímulo del director ejecutivo de B&N, Steve Riggio, como también la dedicación y el apoyo infatigables de Michal Frignito, fueron cruciales para este libro. Un pequeño ejército de veteranos e inteligentes profesionales de la industria nos brindó sus consejos y conocimientos en cada etapa, contribuyendo así a nuestras posibilidades de éxito. Un especial agradecimiento a Alan Kahn, Antoinette Ercolano, Bob Wietrak, Sessalee Hensley, Meredith Peters, Jeff Batzli, Kate Rados, Marilyn Kretzer, Chris Bain, Beth Renaud, Laura Nolan, Danny Baror y todos aquellos que contribuyeron a llevar esta obra desde el concepto hasta el original, las librerías... y las manos de nuestros lectores.

DAN BURSTEIN

# Introducción de Dan Burstein

*El rey Salomón mandó traer a Hiram desde Tiro; era hijo de una viuda de la tribu de Neftalí... estaba lleno de sabiduría.*

REYES 1, 7:13-14

Usted está a punto de comenzar una asombrosa aventura. Es un recorrido de exploración y descubrimiento intelectual. Es una oportunidad para viajar en el tiempo por mundos secretos y descubrir conocimientos que se han ocultado (a simple vista) desde los tiempos de los egipcios que construyeron las pirámides hasta los de los padres fundadores de los Estados Unidos de América, e incluso hasta el presente. Usted está a punto de ser iniciado en el misterio de la novela más esperada de nuestro tiempo, la continuación del megaéxito, del superfenómeno de ventas, de la muy debatida y discutida novela que Dan Brown publicó en 2003, *El Código Da Vinci*.

Se espera que la continuación —que, según se cree, se llamará *La clave de Salomón*— aparezca en algún momento entre 2006 y 2007. Pero usted no necesita esperar a la aparición de *La clave de Salomón*. Leyendo *Los secretos de la continuación del Código Da Vinci*, podrá comprender de forma anticipada la sustancia intelectual de la muy esperada novela de Dan Brown. No tema que ello le desvele la trama, arruinándole el placer de la lectura: todo lo contrario. Cuando usted se siente a leer *La clave de Salomón*, la presente obra será una forma de realzar su experiencia, disfrute y compromiso con ese libro.

En las páginas que siguen, David A. Shugarts le conducirá en una travesía por esa fértil jungla de mito y misterio, arte y arquetipos, herejías y jeroglíficos que es el mundo de Dan Brown. En su papel de guía, Shugarts le indicará algunos de los más interesantes fragmentos de historia, religión, misticismo, ciencia, cosmología, teoría conspirativa, ocultismo, política, arte y arquitectura que Brown posiblemente entreteja en la urdimbre argumental de *La clave de Salomón*.

Creemos que *La clave de Salomón* será a la historia temprana estadounidense lo que *El Código Da Vinci* fue a la historia temprana del cristianismo, y que engendrará parecidas controversias. Anticipamos que la reacción pública incluirá indignadas denuncias desde algunos sectores e intensa fascinación desde otros. Habrá sorprendentes nuevas perspectivas, revelaciones escandalosas y enérgicos intentos de separar la realidad de la ficción. El presente libro, *Los secretos de la continuación del Código Da Vinci*, lo preparará a usted para todo eso.

Tal vez usted sea (como yo) uno de los millones de personas que, antes del año 2003, contemplaron cientos de veces el cuadro de *La última cena* de Leonardo da Vinci sin notar jamás que allí aparece una mujer. Pero tras leer *El Código Da Vinci*, e influido por los argumentos de Dan Brown, le habrá parecido de pronto que el personaje sentado a la derecha de Jesús tiene un aspecto convincentemente femenino. Tal vez usted haya creído siempre que María Magdalena era una prostituta arrepentida, y nunca se haya enterado de que el propio Vaticano rechazó esa confusión de identidades en la década de 1960, reconociendo que, mil cuatrocientos años atrás, el papa Gregorio Magno pudo haberse equivocado al refundir el personaje de María Magdalena con la figura de una ex prostituta que también aparece en los Evangelios. Si ése fuera el caso, tal vez usted no haya oído tampoco la teoría que sugiere que María no sólo no era una prostituta, sino que posiblemente haya estado casada con Jesús, y que tal vez haya sido su compañera en todo, desde la teología hasta el lecho nupcial, y que quizá haya escapado de Jerusalén a Francia llevando consigo al hijo de su «linaje real». Entonces, al leer *El Código Da Vinci* usted habrá querido saber si esa versión de la historia era realidad o ficción, si era plausible o imposible.

Supongo que atravesará una experiencia parecida cuando lea *La clave de Salomón*. Querrá saber si lo que se dice de personajes como George Washington, Benjamin Franklin o Paul Revere es verdad. También querrá saber más acerca de las supuestas vinculaciones masónicas de algunos dirigentes políticos del siglo XX; entre ellos, gigantes de la historia moderna como Franklin Delano Roosevelt y Winston Churchill. Asimismo querrá enterarse de las conexiones entre la francmasonería y muchas figuras bien conocidas del iluminismo europeo que posiblemente figuren en *La clave de Salomón*, figuras que incluyen a Mozart, Lafayette y Voltaire.

Si usted es como yo, se asombrará, a pesar de haber tenido una buena educación humanista, al enterarse de que al menos ocho de los firmantes de la Declaración de Independencia de Estados Unidos eran francmasones; que George Washington se tomaba su trabajo de jefe de una logia masónica con gran seriedad; que Benjamin Franklin y Voltaire, este último principal filósofo del iluminismo, visitaron juntos los lugares de reunión masónicos de París; y que un capitán británico francmasón liberó a Paul Revere, detenido por los ingleses la noche de su famosa cabalgata, al verificar que también él era francmasón. Se preguntará usted cómo es que nunca se dio cuenta de que la forma de obelisco egipcio del monumento a Washington (y la de una construcción similar en Bunker Hill, Boston, así como la de muchas otras en distintos lugares) no es una coincidencia, sino que fue diseñada deliberadamente para aludir a las menciones masónicas de la antigua sabiduría mística de los egipcios. Tal vez usted haya oído muchas veces *La flauta mágica*, de Mozart, sin saber que fue concebida como alegoría masónica y que está llena de simbolismo. Quizá usted haya leído o visto la versión cinematográfica de *El hombre que sería rey*, de Rudyard Kipling, sin saber que también este autor fue un importante masón y que además esa obra es una alegoría masónica.

También es posible que haya visto la película *La leyenda del tesoro perdido*, de 2004. Esta entretenida y puramente ficticia obra de aventuras tal vez haya «robado» algo de la primicia de *La clave de Salomón*. La película aportó a la cultura popular una historia ambientada en la actualidad que remite a hechos ocurridos en tiempos de Benjamin Franklin, y recurre a caprichosas leyendas referidas a masones y templarios, y a la relación de éstos con los fundadores de la nación norteamericana, temas que Dan Brown posiblemente indague en *La clave de Salomón*. Muchos han criticado los libros anteriores de Brown por su escasa claridad a la hora de distinguir la realidad de la ficción. Es indudable que *La clave de Salomón* continuará el estilo novelístico de Brown, consistente en aseverar que ciertos mitos, leyendas y especulaciones son «hechos». Pero sean cuales fueren las libertades que Dan Brown se tome con respecto a la historia en su próximo libro —que ciertamente serán muchas—, es de suponer que, cuando aparezca *La clave de Salomón*, comprobaremos que ha indagado en estos temas de forma considerablemente más profunda que los realizadores de *La leyenda del tesoro perdido*.

Si al menos una parte significativa de lo que usted leerá en *La clave de Salomón* le resulta novedosa, también usted querrá saber por qué nunca le enseñaron esas cosas en la escuela. O por qué la versión de la historia que propone Brown no ha sido recogida en las recientes y exitosas biografías de los padres fundadores que han publicado destacados estudiosos. La lectura de *Los secretos de la continuación del Código Da Vinci* llenará muchos de esos espacios vacíos y le ayudará a desarrollar sus propias ideas acerca de la amplia gama de temas que presumiblemente abordará la próxima novela de Dan Brown.

¿Cómo sabe David Shugarts acerca de qué escribirá Dan Brown en *La clave de Salomón* tanto tiempo antes de que ese libro sea siquiera publicado?

En primer lugar, haré una rápida historia personal de mi compromiso con el presente libro. Soy editor de una obra llamada *Toda la verdad sobre el Código Da Vinci*, que apareció a comienzos de 2004. Ese libro surgió de mi interés por *El Código Da Vinci*, y de mi intento personal de distinguir lo que es verdad de lo que es ficción en Dan Brown tras la fascinante experiencia que fue leer esa novela. Un buen indicador del poder del fenómeno del *Código Da Vinci* es que *Toda la verdad sobre el Código Da Vinci* llegó a ser un impresionante *best seller* por derecho propio, que figuró en la lista de los más vendidos del *New York Times* y pasó más de veinte semanas en la lista de superventas del *Times* en 2004, tuvo unas dos docenas de versiones internacionales e integró al menos siete listas de *best sellers* mundiales. Posteriormente, creamos una serie de libros de *Toda la verdad...*, concebidos para aportar los conocimientos de destacados estudiosos y pensadores sobre los temas que se tocan en las novelas de Dan Brown, de manera que permitan a los lectores desarrollar su propia y fundamentada perspectiva acerca de los hechos, la ficción, la especulación y el significado de estas novelas.

Cuando mi coeditor, Arne de Keijzer, y yo estábamos metidos hasta el cuello en la producción de *Toda la verdad sobre el Código Da Vin-*

*ci*, le pedimos a nuestro buen amigo David Shugarts que investigara un rumor que afirmaba que había un código oculto en las solapas de la sobrecubierta del *Código Da Vinci*. Como no tardarán en descubrir, Dave es muy bueno a la hora de descifrar códigos. De hecho, ha detectado símbolos ocultos en casi todos los libros anteriores de Dan Brown y, en los capítulos que usted está a punto de leer, comparte muchos de los secretos que ha descubierto.

Al poco tiempo de que le pidiéramos ayuda para descifrar ese misterio, Dave nos informó de que había una serie de letras ligeramente resaltadas en el texto de las solapas, y que al unirlas aparecía la enigmática pregunta: «¿Es que nadie socorre al hijo de la viuda?».

A partir de esa extraña frase, Dave logró trazar líneas de puntos que la conectaban con el apócrifo *Libro de Enoch*, con el mormonismo y con muchos otros cuerpos de conocimiento esotérico y oculto. Pero Dave se encontraba una y otra vez con una conexión más persistente: la que llevaba a la historia de la francmasonería. Según la tradición masónica, el fundador, al menos en lo metafórico, de las sociedades francmasónicas fue un personaje llamado Hiram Abiff. Este Hiram, cuyo nombre aparece en distintas transcripciones y traducciones de lenguas antiguas es, al menos en lo conceptual, el mismo Hiram de Tiro a quien, según la Biblia, Salomón recurrió para construir el primer templo de Jerusalén. Y lo primero que la Biblia nos cuenta de este Hiram es que era «hijo de una viuda». Hay muchas otras vinculaciones y matices de significado para la expresión «hijo de la viuda» en la rica historia de la francmasonería.

Para *Los secretos de la continuación del Código Da Vinci*, Shugarts ha trabajado implacablemente, rastreando las huellas que dejó Dan Brown en sus libros anteriores y abriendo camino para ver adónde es posible que se dirija en el futuro. *Ángeles y demonios*, una novela anterior de Brown, suministra algunas pistas importantes, como descubrimos al trabajar en ella para nuestro *Toda la verdad sobre Ángeles y demonios*. *Ángeles y demonios* se publicó en 2000, y prácticamente pasó desapercibida; no tuvo éxito, aunque es la novela en que Dan Brown hizo debutar a Robert Langdon, el ficticio profesor de Harvard que se convertiría en el «simbólogo» protagonista del *Código Da Vinci*. Tras el éxito del *Código*, se reeditó *Ángeles y demonios*, que se convirtió en un importante *best seller*. Lo más probable es que, en *La clave de Salomón*, nos volvamos a encontrar al profesor Langdon en el papel protagonista.

La sociedad secreta en que se centra *Ángeles y demonios* es la de los Illuminati, pero al contar la historia del grupo, el profesor Langdon lo hace desde la tesis (en mi opinión, errónea) de que los Illuminati se refugiaron en la francmasonería, de la que llegaron a ser una suerte de ala terrorista. A lo largo de *Ángeles y demonios*, Brown muestra una y otra vez que le interesan la francmasonería y su conexión con la revolución norteamericana. En *Ángeles y demonios* —y también en *El Código Da Vinci*— el profesor Langdon cuenta la historia de cómo ciertos símbolos asociados a francmasones e Illuminati —como el ojo que todo lo ve y la pirámide trunca— figuran en el Gran Sello de Estados Unidos y también en el reverso del billete de un dólar.

Mientras Arne de Keijzer y yo nos afanábamos por terminar con *Secretos del Código*, Shugarts seguía aportando más y más indicios del interés de Dan Brown por el movimiento masónico en tanto que gran sociedad secreta emplazada en el corazón de la experiencia histórica estadounidense. Shugarts también estaba convencido de que la arquitectura, el arte, la historia y la disposición física de Washington le suministrarían a Langdon el mismo tipo de material místico, secreto, conspirativo, herético, cristiano alternativo y ocultista que Londres le dio en *El Código Da Vinci* y Roma en *Ángeles y demonios*.

Armado de cientos de datos que sustentaban su conclusión, Dave Shugarts nos anunció, un día a comienzos de 2004, que «la próxima novela de Dan Brown posiblemente trate de los francmasones y probablemente se desarrolle en Washington». Shugarts incorporó algunos breves puntos salientes de su investigación en un texto que escribió para *Toda la verdad sobre el Código Da Vinci*, publicado en abril de 2004. En mayo, emitimos un comunicado de prensa referido a su intrigante análisis. Muy poco tiempo después, en una de las escasas apariciones públicas de Dan Brown en 2004, él mismo anunció que, de hecho, su próximo libro tendría como telón de fondo la historia masónica y Washington. Meses después, los editores de Brown confirmaron esto y revelaron el título de la obra: *La clave de Salomón*.

Comparto este fragmento de historia editorial para ilustrar los impresionantes antecedentes de Dave Shugarts. El lector interesado debe analizar también los textos de Dave en *Toda la verdad sobre el Código Da Vinci* y *Toda la verdad sobre Ángeles y demonios*. Ningún aspirante a *brownólogo* debe perderse todo lo que Shugarts descifra y analiza en estos ensayos.

Ni Shugarts es adivino, ni tenemos ningún tipo de «información interna» sobre Dan Brown. Todo nuestro trabajo se hace por cuenta propia, en forma independiente y sin la autorización de Dan Brown ni de nadie que tenga que ver con él. Shugarts es un indagador infatigable, un persistente periodista de investigación, un dedicado descifrador de códigos, y un detective intelectual de la tradición de Sherlock Holmes y Hercule Poirot. Cuando terminó su tarea para *Toda la verdad sobre el Código Da Vinci*, no pudo detenerse, quería llegar al fondo del código del «hijo de la viuda» que había descifrado.

Al poco tiempo de la aparición de *Toda la verdad sobre el Código Da Vinci*, Shugarts, Arne de Keijzer y yo nos reunimos para desayunar. Shugarts puso sobre la mesa, entre la cesta del pan y la crema de queso, una pila de gruesas carpetas que contenían la investigación que había llevado a cabo para revelar las conexiones en la obra de Dan Brown. Arne y yo escuchamos, fascinados, mientras Dave nos subyugaba con un aluvión de ideas y nombres, y nos mostraba cómo Brown pasa de un concepto intrigante a otro, saltando —como una búsqueda en Google viviente— de un período histórico a otro, de una disciplina intelectual a otra, del arte a la religión y a la alquimia, de conspiraciones modernas a leyendas antiguas, de la Biblia a textos gnósticos y documentos secretos de la francmasonería. Fue un alarde que nos dejó un tanto aturdidos.

Entonces decidimos instar a Dave para que encarnara ese material de una forma que los lectores comunes (como nosotros) pudieran entender. En cuanto lo hizo, nos dimos cuenta de que los fanáticos de Dan Brown de todo el mundo querrían enterarse de lo descubierto por Dave. Así nació el presente libro.

Shugarts se pasó más de un año deduciendo el origen de las investigaciones de Brown, yendo a todas las fuentes originales, generando enormes cuadernos de recortes y vínculos relevantes, y trazando complejos mapas de los hechos, conspiraciones, historias secretas, símbolos, mitos, leyendas, leyendas urbanas, obras de arte, monumentos, mapas de ciudades, etc., asociados a los temas que Dan Brown ya ha explorado. Resulta que casi todas las teorías que parecen originales, intelectualmente atractivas, dignas de notar o simplemente escandalosas, presentadas por el profesor Langdon en *Ángeles y demonios* y *El Código Da Vinci*, se originan en una miríada de fuentes previamente publicadas. Por ejemplo, la idea de que María Magdalena quizá haya estado casada con Jesucristo es un argumento que se puede hallar en docenas de libros que se publicaron antes que *El Código Da Vinci*. Brown tiene una habilidad única para entretejer conceptos marginales y del dominio público, empleando su magia de narrador para transformarlos en novelas que conquistan el corazón de la cultura predominante. Seguramente vuelva a practicar esta magia en *La clave de Salomón*, pues, como descubrió Shugarts, cuando se habla de masonería, hay cientos y cientos de libros que relatan todos los aspectos de su fascinante historia, si bien muchos de nosotros hemos vivido nuestras instruidas vidas sin cruzarnos jamás con tales materiales.

Dave Shugarts ha explorado este amplio campo en busca de los elementos más interesantes y accesibles para el público general. Al hacerlo, nos ha hecho un gran favor en al menos dos aspectos, y ha convertido a *Los secretos de la contiunación del Código Da Vinci* en un maravilloso libro de «doble función».

La primera consiste en que es un soberbio adelanto especulativo del próximo libro de Dan Brown. Pero yo nunca sería tan presuntuoso como para tener la certeza de que lo que se dice aquí realmente aparecerá en *La clave de Salomón*. A fin de cuentas, ésta será una obra única de ficción creadora, y es posible que Dan Brown tome una dirección distinta de la que anticipa Shugarts aquí. Incluso el título, *La clave de Salomón*, podría terminar siendo una falsa pista. ¿Recuerdan al obispo Aringarosa del *Código Da Vinci*? Su nombre significa «arenque rojo» en italiano (en inglés, *red herring* o «arenque rojo» quiere decir «falsa pista»). Y no hay que olvidar que Brown y sus asesores comerciales crearon sitios web falsos extremadamente realistas dedicados a Robert Langdon, el Depository Bank de Zúrich y a otros personajes y entidades ficticios que figuran en *El Código Da Vinci*.

No sólo es posible, sino probable, que, aun si Brown escribiera acerca de los conceptos aquí esbozados, acumularía otras muchas ideas y teorías que Shugarts no llegó a explorar o no tuvo espacio para incluir aquí. Posiblemente, ello funcione para ambos: en la presente obra, Shugarts ha revelado teorías y episodios históricos que, con toda lógica, Dan Brown debería emplear en *La clave de Salomón*, pues encajan a la perfección con lo que presumimos que será el contenido de ese libro. Pero tal vez ni siquiera el «mágico» Dan Brown haya descubierto ese mismo material o, si así fuera, haya decidido, por uno u otro motivo, no emplearlo. Brown ha revelado que, por lo general, termina por utilizar sólo un diez por ciento de los detalles interesantes que desentierra cuando escribe un libro, de modo que predecir cuál será el contenido exacto de *La clave de Salomón* es una empresa intrínsecamente especulativa. También existe la remota posibilidad de que Brown cambie de idea y no publique *La clave de Salomón* en un futuro cercano, o que, tal vez, no la publique nunca. Al fin y al cabo, el libro ya lleva una significativa demora con respecto a los rumores y expectativas que circulan en la industria editorial.

Pero aun sin contar con el próximo libro de Dan Brown, la presente obra contiene material que usted encontrará esclarecedor y estimulante. La segunda manera de leer *Los secretos de la continuación del Código Da Vinci* es dándose cuenta de que se trata de un libro que discute la historia de Estados Unidos de una forma totalmente novedosa. Incluso en el caso de que Shugarts se equivocara respecto de algunos de los tópicos que se puedan tratar en la próxima obra de Dan Brown, creo que los lectores encontrarán que han invertido bien el tiempo que hayan pasado leyéndolo.

Aquí va una última idea respecto de *La clave de Salomón* y el contexto hacia el que puede derivar la obra de Dan Brown en el futuro. Pareciera que Brown ha leído y estudiado una variedad de diversas teorías ocultistas referidas a la historia cultural de Occidente y ha quedado fascinado con la narrativa que proponen estas versiones alternativas de la historia. Comienza con los tiempos de las cavernas, cuando la «feminidad sagrada» y los cultos a la Diosa/Fertilidad primaban sobre las demás cosas, e inspiraban las primeras ideas religiosas y artísticas. Continúa con el antiguo Egipto, donde los constructores de las pirámides y los devotos del culto a la diosa adquirieron conocimientos acerca de la construcción de monumentos y la magia. Pasa luego a

Grecia, Creta y otras culturas del Mediterráneo oriental, entre ellas las formas más primitivas del judaísmo, combinando de forma permanente las proezas ingenieriles de la época (como la capacidad de construir grandes pirámides, templos y catedrales) con un énfasis en el culto a la diosa, los misterios religiosos, cuerpos especializados de conocimientos ocultos, matemáticos y mágicos y, ocasionalmente, rituales sexuales extáticos como formas de devoción religiosa.

Este hilo conductor es recogido por Jesús (a quien Dan Brown ha llamado «el feminista originario»), María Magdalena y ciertos círculos gnósticos del cristianismo primitivo. Algunos romanos refundieron aspectos de sus creencias paganas con los nuevos credos cristianos. Después llegaron los templarios, quienes combinaron el conocimiento secreto y las reliquias que hallaron cuando ocuparon el Templo de Salomón con su papel de constructores y organizadores de su sociedad secreta, que se difundió por toda Europa y que algunos han definido como «la primera corporación multinacional del mundo». Tras la derrota y masacre de los templarios, llegaron los grupos escindidos y nuevas sociedades secretas, desde los francmasones hasta los Illuminati, desde los rosacruces hasta los alquimistas, todos los cuales, supuestamente, transmitían elementos de las antiguas tradiciones. Estas creencias se contradicen con la corrupción y la hegemonía intelectual dogmática de la Iglesia en Europa. Tras pasar por el túnel histórico de veinte mil años de secreto, esas antiguas ideas se renovaron cuando salieron a la luz durante el iluminismo del siglo XVIII, llegaron a su punto más álgido con las revoluciones estadounidense y francesa, y con la victoria de la democracia ante el feudalismo y la de la ciencia y el libre pensamiento frente al dogma religioso.

Ése es el contexto en que se insertará *La clave de Salomón*. Se puede predecir con razonable certeza que el libro de Dan Brown que venga después de éste también tendrá ese trasfondo. Y que también lo tendrá el que venga después de aquél, y también el siguiente. Como ocurre con la inmensamente exitosa serie de Harry Potter que escribe J. K. Rowling, los libros protagonizados por Robert Langdon que escribe Dan Brown recurren a las fuentes más profundas de los arquetipos junguianos y a la colección de mitos universales de Joseph Campbell, entretejiendo a la perfección ese material con historias de acción y aventuras perfectamente modernas y fáciles de leer, cuyo ritmo recuerda a Indiana Jones o a las novelas de Robert Ludlum. Los secretos oscuros de esta versión de la historia —los ocultamientos y conspiraciones, los tesoros y reliquias enterrados, los signos, símbolos y obras de arte que están en los cimientos mismos de la experiencia humana— le suministrarán al profesor Langdon material más que suficiente para continuar con su descodificación simbólica durante muchos más misterios y muchos más libros.

Para mí, la pregunta verdaderamente interesante no es si Dan Brown tiene razón o está equivocado (al fin y al cabo, se trata de un autor de ficción), sino qué es lo que hace que la cultura contemporánea y la psique humana se sientan tan interesadas y atraídas por estas ideas en particular. Y también, ¿por qué en nuestros tiempos instruidos, sofisticados, intensamente informados, sabemos tan poco acerca de los asuntos históricos en los cuales Brown tiene demostrablemente razón o, al menos, plantea especulaciones que poseen un increíble poder para suscitar la reflexión?

Como dije al comienzo de esta introducción, el presente libro no tiene la intención de arruinar el placer de la lectura adelantando qué ocurrirá con una trama. Más bien, su propósito es asistir al lector común para que participe con un nivel de mayor compromiso en la extraordinaria conversación a la que nos invitan los libros de Dan Brown: acerca de la historia de Estados Unidos y sus fundadores; acerca de los orígenes intelectuales de la filosofía del iluminismo, del cristianismo, de la feminidad sagrada, del significado oculto de los símbolos que rodean nuestra vida cotidiana; acerca del conocimiento místico, de la cosmología, del debate entre ciencia y religión y, en última instancia, del sentido y propósito de la vida misma.

Se trata de un buen conjunto de temas para que nuestra cultura los enfrente en estos momentos. Armado con *Los secretos de la continuación del Código Da Vinci*, usted estará más preparado para entablar esa conversación.

DAN BURSTEIN

Junio, 2005

# Prólogo: El acertijo de la portada

Probablemente ya me habían ganado de mano unos cuatro millones de lectores cuando tomé prestada una copia del *Código Da Vinci* a fines de enero de 2004. Lo leí veloz e intensamente. Me lo tragué como si fuesen las palomitas de maíz que se comen mientras se ve una película.

Claro que, cada cierto tiempo, me veía obligado a volver sobre mis pasos. Entre otras fases de mi carrera en el mundo editorial, pasé unos quince años de mi vida como escritor y editor en la industria de la aviación, de modo que me sorprendió que Dan Brown hablara en su obra de la «turbohélice que esperaba» al obispo Aringarosa, y que, pocas páginas después, especificara que ese avión «no es una turbohélice». Más adelante, un avión a reacción Hawker realiza un «rutinario» giro de ciento ochenta grados impulsado por sus propios motores en el interior de un hangar. (Ésta es una maniobra peligrosa que ningún piloto de aviones a reacción haría, ya que el chorro de las turbinas podría hacer volar las paredes del hangar.)

Después de pensarlo durante unos cuantos días, decidí escribirle al autor acerca de los errores. En mi ingenua sinceridad, supuse que realmente leería mi carta e incorporaría las correcciones a la siguiente edición. Llegué incluso a sugerir formas cinematográficas de «reparar» el argumento a tiempo para la película del *Código Da Vinci*, que imaginé que acabaría por realizarse algún día no muy lejano (y así fue, ya que su estreno está previsto para mayo de este mismo año 2006 y la protagonizarán Tom Hanks y Audrey Tautou).

No obtuve respuesta alguna, de hecho aún no la he recibido. Posteriormente me enteré de que, en 2004, Dan Brown estaba totalmente recluido en su hogar de Exeter, en New Hampshire, supongo que trabajando febrilmente en la continuación del *Código Da Vinci*.

En términos generales, el libro me gustó mucho. La astuta forma en que Dan Brown me obligaba a volver una página tras otra era algo que hacía mucho tiempo que no experimentaba en una novela, y los temas fundamentales de historia y religión eran poderosos, provocativos y seductores.

He trabajado en diversos campos del mundo editorial durante unos treinta y seis años, y he tenido la suerte de colaborar con excelentes personas. Tuve la fortuna de volver a establecer contacto con un viejo amigo, Arne de Keijzer, quien mencionó el proyecto de un libro que estaba haciendo con uno de sus viejos amigos, Dan Burstein, veterano profesional en materia de escritura y editor de notables condiciones. El proyecto en cuestión era *Toda la verdad sobre el Código Da Vinci*, y ya estaba muy avanzado.

—Es curioso que hayas mencionado el libro de Dan Brown —le dije a Arne—. Acabo de mandarle una carta al autor acerca de algunos errores que he encontrado en la trama.

Al poco tiempo, Arne me hizo una propuesta:

—¿Crees que podrías hallar otros fallos en la trama del *Código Da Vinci*?

—A juzgar por lo que encontré en un primer vistazo, apostaría que sí —le dije.

—¿Cuántos crees que puede haber?, ¿llegarán a veinte o treinta?

—Bueno, no lo puedo decir con certeza hasta que lo investigue, pero apuesto que sí —contesté.

A continuación, vinieron unas nueve semanas de intenso escrutinio del propio *Código Da Vinci* —o *ECDV*, según dimos en llamarlo— y también de la parte de la historia de la cultura occidental en que se centra esa obra. Me encontré indagando profundamente en temas como el

Renacimiento, Leonardo da Vinci y los mapas de las calles de París y Londres. Cada nueva cuestión generaba interminables búsquedas en Google que me llevaban a una miríada de nuevas direcciones. Llegué a un nivel de falta de sueño que terminó por convertirse en norma.

Buena parte de mi carrera como periodista se desarrolló en el campo de la aviación. Esto requiere que uno aprenda con rapidez y precisión todo tipo de cosas esotéricas. Ni que decir tiene que se espera que uno conozca la totalidad de las partes de todos los modelos de cualquier aeronave o motor que estén corrientemente en uso. También se requiere una comprensión básica de la aviónica, la navegación, los procedimientos de vuelo por instrumentos, además de otros cuarenta temas que la gente normal no se siente ignorante por no conocer. Quienes investigan accidentes aéreos a veces se ponen poéticos con asuntos como «los indicadores visibles de fractura en la fatiga de los metales». Como periodista, no sólo debía seguirles el paso a los investigadores, sino también explicarles sus conclusiones a mis lectores.

En la actualidad, debido al éxito de programas televisivos como *Crime Scene Investigation (CSI)*, es habitual que el público general sepa algo acerca de autopsias y causas de muerte. Yo debí estudiar (en fotos) cientos de heridas traumáticas en el transcurso de las miles de investigaciones de registros de accidentes aéreos que formaron parte de mi trabajo. Pero una de las virtudes más importantes en un periodista consiste en percibir cuándo se hace necesario convocar a un experto. De modo que hubo ocasiones en las que hablé con médicos, psicólogos, químicos, diseñadores de aeronaves y cualesquiera otras personas que pudieran ayudarme a comprender el porqué de un accidente aéreo dado.

El hecho de contar con pilotos entre mi público simplemente me llevó a una norma de precisión más elevada, y por una razón muy sencilla. Los pilotos le confían su vida a la información, de modo que son muy selectivos con lo que consideran creíble. Por lo general, cuando cometen un error, no tienen una segunda oportunidad. Por ejemplo, si uno dice que hay un error en las alas del modelo «F», pero que éstas han sido reforzadas en el modelo «G», más vale que no se trate de un error. Si uno se equivocó con respecto a ese modelo «G», puede dar por sentado que el piloto haya cancelado su suscripción (siempre y cuando el ala no se haya roto antes de que se enterara del fallo). Llegué a destacarme en el periodismo aeronáutico, y fui premiado en cinco ocasiones por mis trabajos.

En *ECDV* de Dan Brown, los errores de aviación me impactaron profundamente, y sentí una especie de vergüenza ajena por el autor. Sabía que miles de personas vinculadas a la aeronavegación estaban leyendo ese mismo pasaje donde yo había leído lo de la «turbohélice que esperaba», para después enterarse de que la nave en cuestión era un Beech Baron 58. El Baron 58 no es una turbohélice, si bien algunos de sus modelos están turbocargados, lo cual tal vez justifique el error cometido por Dan Brown.

Algunos de los otros fallos que encontré también eran increíbles, e incluían equivocaciones en cosas fundamentales, como dirigirse al norte en París, cuando el lugar al que van los personajes queda en el sur. Ello no requiere un conocimiento especializado: sólo un mapa de París.

De hecho, para mí, la caza de errores en la trama comenzó, literalmente, con un tiro. En la primera página de la narración, el monje loco Silas le dispara al director del Louvre, Saunière. Su primer tiro le da en el estómago. Apunta y pulsa el gatillo otra vez, pero la recámara está vacía. Busca un segundo cargador, que lleva en el bolsillo, pero decide que, al fin y al cabo, su víctima no tardará en morir. Más adelante en el libro, nos enteramos de que el arma del crimen es una pistola semiautomática de trece tiros, y que Silas ha matado a otros tres ancianos esa noche antes de ir al Louvre. Disculpen que me detenga a hacer cuentas, pero esto significa que le disparó una media de cuatro tiros a cada una de las víctimas anteriores. Con esos antecedentes en materia de disparos, ¿no les parece que Silas metería un cargador nuevo en su arma antes de entrar en el Louvre a tirotear a su cuarta víctima?

Para mí, *ECDV* se convirtió en una búsqueda del tesoro para adultos, una suerte de juego de rol de vídeo en el que yo me deslizaba por la pequeña estructura subyacente de un libro, recogiendo premios, que eran los errores cometidos por su autor, Dan Brown, y mi tarea consistía en distinguirlos del fondo con el que se mimetizaban.

Eventualmente, descubrí más de ciento cincuenta errores en la trama, grandes y pequeños, y documenté cien de ellos en *Toda la verdad sobre el Código Da Vinci*. Mi sección sobre los errores del argumento fue mencionada especialmente por muchos críticos, pero en el libro participaron docenas de otros colaboradores, entre ellos muchos estudiosos y expertos en disciplinas de todas clases, por lo que yo me sentía orgulloso de estar en tan buena compañía.

Quedamos extremadamente complacidos cuando *Toda la verdad sobre el Código Da Vinci* entró en la escena con fuerza y ascendió con considerable rapidez en la lista de *best sellers* del *New York Times*, eclipsando velozmente a otros once libros referidos a *ECDV*.

En medio de todo esto, Arne me llamó un día y me preguntó: «¿Te has enterado de que hay un código en la sobrecubierta del libro? Parece ser que da una pista acerca de la próxima novela de Dan Brown». De modo que volví mi atención hacia allí, y pronto noté que en los textos breves de la solapa y la contracubierta había algunos caracteres ligeramente resaltados. Mi vista no me permitía distinguirlos de forma fiable, de modo que hice que mi esposa y mi hijo, de once años, se sentaran en la mesa de la cocina y copiaran los caracteres en cuestión:

ISTHERENOHELPFORTHEWIDOWSSON
[ESQUENADIESOCORREALHIJODELAVIUDA]

Resultó ser una pregunta: «¿Es que nadie socorre al hijo de la viuda?». De modo que escribí la frase en el motor de búsquedas de Google para Internet y así obtuve mi primera pista.

Me condujo de inmediato a un discurso pronunciado en 1974 por Reed C. Durham, quien se había convertido en una figura central de la Iglesia mormona a partir de esa única charla. En ella, relataba diversas conexiones entre el fundador de la Iglesia, Joseph Smith, y ciertas influencias de la época en que vivió, de 1805 a 1844.

¿La historia de la Iglesia mormona? ¿Cómo podía interesarle eso a Dan Brown? Pensé que, una vez que uno ha leído *ECDV*, está dispuesto a sentarse y escuchar al menos una lección corta, de modo que seguí leyendo.

La historia no tiene nada de aburrido cuando uno tiene la suerte de indagar en materiales como éste. Los sentidos se agudizan aún más cuando uno presta atención constante al potencial de un novelista como Dan Brown para dar vida a la historia. Me enteré de cómo el joven Joseph Smith agregó a su «estofado» religioso una pizca de francmasonería y una gota de ocultismo. También había muchas cosas que despertaban mi interés porque Reed Durham dibujaba un retrato de un Joseph Smith que se había «casado» con docenas de mujeres, había creado una auténtica religión sin ninguna experiencia religiosa previa significativa, y había sido asesinado; y todo ello a los treinta y ocho años de edad.

Esto no parecía mantener una conexión evidente con la próxima novela de Dan Brown, pero sí tenía que ver con la francmasonería, la cual me puse a investigar de forma instintiva, lo que me hizo dar con varias respuestas en Google y se transformó en mi segunda pista.

También me llevó rápidamente a las teorías de la conspiración y a los Illuminati, y tuve una fuerte corazonada de que tenía algo que ver con Washington, por lo que decidí seguir la pista de esta ciudad.

Entonces, todo comenzó a cobrar sentido. Tras haber analizado *ECDV* página por página, y como para ese momento ya había leído también *Ángeles y demonios (AyD)*, podía ver cómo Washington bien podría proveer a Dan Brown de un campo de juegos simbólico para que su héroe, Robert Langdon, se explayara en sus indagaciones (indudablemente, metiéndose a contramano en calles de un solo sentido, al modo de Dan Brown). Brown ya había «hecho» París, Londres y Roma. La ciudad de Washington también tiene una historia que es un misterio para la mayor parte de las personas. Estas historias secretas podrían ser un fértil trasfondo para que Dan Brown desplegara su mezcla patentada de simbología, teorías conspirativas, historia del ocultismo y temas religiosos.

Hice circular una modesta suposición acerca del contenido de la próxima novela de Dan Brown entre mis compañeros del mundo editorial, y pasé a ser conocido como «el tipo que hace predicciones». Con el tiempo, esto se concretó en un encargo a largo plazo, y me lancé a mi pesquisa. Mi primera predicción fue que se trataba de una «búsqueda del tesoro mormónico-masónico», probablemente escenificada en Washington, y que tal vez llevara también a otros lugares. Publicamos esta suposición en *Toda la verdad sobre el Código Da Vinci*, en abril de 2004.

Debo admitir que aún no estoy seguro de la conexión mormona. Cuando seguí esa pista, aprendí mucho sobre los orígenes de esta religión, que tiene que ver con el ocultismo, y los años de formación de Estados Unidos que vinieron después de la revolución y la francmasonería, todos éstos temas abordados ya por Dan Brown. De modo que, aun cuando no figuraran en la próxima novela de Dan Brown, estoy contento de haber estudiado estos interesantes asuntos.

El 4 de mayo de 2004, nuestro grupo editorial emitió un comunicado de prensa destacando lo que yo había averiguado acerca de los indicios que ofrecía la sobrecubierta de *ECDV*. Sólo dos semanas más tarde, mi suposición fue confirmada por la mejor de las fuentes posibles: el propio autor.

El 18 de mayo, el mismísimo Dan Brown deslizó uno o dos indicios en una de sus escasas apariciones públicas, cuando dio un discurso en el New Hampshire Writers Project. Según los informes de prensa referidos a esa disertación, Brown afirmó que su próxima novela «tendría lugar en Washington y se centraría en los masones libres y aceptados, una hermandad secreta». También afirmó que «la arquitectura de Washington está llena de símbolos y desempeña un importante papel en la novela». Mis compañeros de edición quedaron complacidos con esto. Era una confirmación casi perfecta de mi predicción, y entonces decidí dedicarme en serio a tratar de dilucidar cuál sería el próximo movimiento de Dan Brown.

De inmediato, mi vida experimentó una profunda transformación. Si no se cuentan los volúmenes técnicos, los manuales de navegación aérea y las infinitas guías de *software* que he tenido que absorber en una carrera de treinta y seis años como periodista básicamente dedicado a asuntos técnicos, sólo había leído uno o dos «libros» al año durante los últimos cinco o diez años. Eso se terminó para siempre. No tardé en entrar en una rutina en la que leía dos o tres libros por semana y tenía, en ocasiones, cinco abiertos al mismo tiempo.

Esto, además de las infinitas horas que me pasaba investigando en Internet. Cada vez que daba con un artículo particularmente bueno, me lo enviaba a mí mismo por correo electrónico para mantener un registro de mi investigación. El esfuerzo inicial para *ECDV* inspiró nada menos que cuatrocientos setenta y cinco artículos. *AyD* llevó unos trescientos cincuenta. El esfuerzo por anticipar la siguiente novela de Dan Brown me había llevado a más de setecientos artículos en total. Impresos, comprendían más de cinco mil páginas.

Sin embargo, he de decir que la investigación no ha finalizado. Cuanto más descubro, más queda por descubrir. Dan Brown dice que empleó aproximadamente el diez por ciento de la indagación que reunió cuando llegó el momento de escribir la novela, de modo que probablemente tengo más material del que él pueda llegar a usar. Y, por supuesto, no hay garantías de que yo haya previsto todas las áreas en las que trabajará el propio Brown. Además, bien podría resultar que Dan Brown haya pasado por alto algunas de las «pepitas de oro» que yo he recolectado.

Tome esto como una invitación: acompáñeme en esta búsqueda del tesoro por la historia. Me comprometo a dos cosas: contarle lo que descubrí y exponerlo a nuevos misterios que quedan por resolver.

Específicamente, procuraré no arruinarle a usted la lectura de la próxima novela de Dan Brown dando a conocer su argumento. En realidad, este libro es un homenaje a la extraordinaria mente y las asombrosas investigaciones de Dan Brown. Lo que quiero es hacer de usted un lector bien informado, que pueda disfrutar de una experiencia aún más rica y agradable al leer el próximo libro de Dan Brown, cuyos editores han dicho que se llamará *La clave de Salomón.*

# 1 Comienza la búsqueda

Mi misión consistía en seguir, sin ningún límite ni idea previa en particular, cualquier pista que se originara en torno a estos dos indicios: «hijo de la viuda» y «clave de Salomón». ¿Por dónde comenzar?

Por supuesto, empecé por investigar en Internet, lo cual me llevó de inmediato a libros, artículos y vídeos de todo tipo. Y luego, otra vez a Internet, a miles de páginas web interconectadas en una vasta matriz de vínculos. Me encontré leyendo muchos libros acerca de los mormones, los fundadores de Estados Unidos, la historia temprana de ese país... Además de otros sobre cábala, ocultismo, tarot (véase el Apéndice A: «Sistemas simbólicos»), todas las principales religiones del mundo (y algunas muy minoritarias), la Escocia del siglo XVI, la Inglaterra del siglo XVII y todo lo que encontré sobre francmasonería.

No intenten hacerlo por su cuenta. Admito que sólo un chiflado leería el *Morals and Dogma*, de Albert Pike, 861 páginas de maravillosa excentricidad, un libro que pretende combinar todas las filosofías y símbolos más importantes del mundo en beneficio de la francmasonería. Es sólo una muesca más en las cachas de mi revólver de lectura.

Al seguir la pista de la francmasonería, tuve la feliz experiencia de leer *Washington: The Indispensable Man*, de James Flexner. ¡Vaya si me enseñó una lección! Antes de haber finalizado el primer capítulo, quedé atónito al darme cuenta de que, en realidad, no sabía nada acerca del padre de la patria, que es, por cierto, también la figura más reverenciada de la francmasonería. (Así y todo, la mayor parte de los historiadores no indaga en la carrera masónica de Washington. Ello se aplica incluso a la nueva y, en otros aspectos, excelente biografía *His Excellency: George Washington*, que escribió Joseph Ellis.)

## Cuidado con la historia falseada

El hecho de enterarme de la verdad acerca de Washington significó que debí descartar la fábula del cerezo. Este mito fue inventado por un necio algo embustero que opinaba que la historia de la vida de Washington requería embellecimiento. Qué equivocado estaba: ¡la verdadera historia de Washington es mejor que ningún mito! Era aún más valiente, sabio y humano que lo que afirma la leyenda.

Una de las afirmaciones de Dan Brown es que la historia —que en general, está escrita por los «vencedores»— no siempre dice la verdad. Brown tiene razón, si bien, por motivos que hacen a la creación de ficciones, tiende a representar la historia como algo esencialmente impulsado por conspiradores que quieren disfrazar y negar la verdad. He aquí un ejemplo de por qué las representaciones históricas pueden alejarse de la verdad. Se trata de una historia acerca de George Washington.

Apenas murió Washington, un «pastor» llamado Mason Locke Weems decidió escribir una veloz y provechosa *Vida de Washington*. Ganó la carrera para ser el primero en publicar algo y obtener una ventaja comercial que aprovechase el aura de Washington. Éste murió en diciembre de 1799 y el libro de Weems apareció a comienzos de 1800.

Weems era de los que no permitían que la verdad arruinase una buena historia. Simplemente, iba inventando todo lo que necesitaba.

Durante su fracasada carrera como clérigo, afirmaba Weems, regentó durante un breve período la iglesia a la que acudía George Washington. Pero para cuando éste murió, Weems era ya un vendedor itinerante de libros que tocaba el violín e iba a dondequiera que se reuniesen multitudes para ver si lograba distraer parte de la atención de éstas hacia la mercadería que ofrecía. Tuvo un gran éxito con su *Vida de Washington*, que se reeditó once veces y vendió más que todas las otras biografías del personaje. En pocas generaciones, terminó por ser la versión de la vida de Washington más arraigada en la psique estadounidense. Aún hoy, los estadounidenses «conocen» a Washington a través de Weems, lo cual significa que no lo conocen en absoluto.

Weems era francmasón y exhibía prominentemente su condición de tal —en la portada de sus libros, en sus discursos y sus cartas— para sacar provecho de la aparente autoridad que le daba ser «hermano» de George Washington.

Weems inventó la idea de que Washington oró en la nieve en Valley Forge, asunto que fue pintado por Henry Brueckner en la década de 1860, recogido por los grabadores para ilustrar cientos de libros, y vuelto a formular en la portada del *Saturday Evening Post* en 1935 y en un sello postal de Estados Unidos en 1977. No es sorprendente que todos nos lo creamos, pero en realidad es una ficción histórica.

Washington no era un hombre particularmente devoto y no es muy probable que se haya hincado a orar en la nieve. Un indicio que lo confirma son sus peticiones en su lecho de muerte. Se convocó a tres o cuatro doctores, pero Washington nunca llegó a solicitar la presencia de un clérigo (véase el Apéndice E: «Muerte y resurrección»).

Weems también «vendió» a Estados Unidos la idea de que Washington, como un verdadero santo, ascendió a los cielos, lo cual hizo de él una deidad nacional. Weems realizó una descripción morbosamente detallada de este episodio, que derivó en representaciones gráficas, como grabados en libros y, eventualmente, en uno de los frescos más importantes de nuestra nación, el de la bóveda del Capitolio de Estados Unidos.

La *Apoteosis de Washington* preside la bóveda de la rotonda del Capitolio. Su significado abarca lo sagrado y lo profano.

Como ven, es fácil pasar de Washington a la ficción religiosa, y éste es precisamente otro ejemplo de las cosas que le gusta hacer a Dan Brown. Con frecuencia comienza un párrafo hablando de historia y lo termina hablando de religión. En *ECDV*, el lector se embrolla con las cuestiones de los Jesús, María y María Magdalena históricos como opuestos de sus representaciones religiosas.

En las novelas de Langdon, en especial *ECDV*, Dan Brown nos invita a mirar más allá de lo evidente, a indagar mucho más hondo que los libros de historia con los que estudiábamos en la escuela primaria. Cuestiona los dos mil años de historia cristiana mediante versiones «alternativas» y sugerencias de los eruditos, en el sentido de que puede haber hechos históricos que la contradigan. Aun cuando uno investigue un tema determinado y descubra que Dan Brown se equivoca, puede sacar provecho de sus indagaciones, aprendiendo además a dudar de la historia «oficial» hasta no haber evaluado todos los hechos por cuenta propia.

# Símbolos y pistas

Otra de las afirmaciones de Dan Brown es que el simbolismo está dondequiera que uno lo busque. Al fin y al cabo, el protagonista de *ECDV* es Robert Langdon, un profesor de «Simbología religiosa» que descubre símbolos de rosas y cálices, espadas y falos. A Langdon le gusta señalar que tales secretos están «ocultos a la vista».

Por supuesto, hay un ejemplo bien grande de esta suerte de simbolismo, que se alza a una altura de más de 150 metros sobre el centro de Washington. Por tratarse de un obelisco, satisface uno de los muchos requerimientos simbólicos de Dan Brown. En *AyD*, el profesor Langdon nos informa (equivocadamente) de que los simbólogos consideran que los obeliscos son «pirámides elevadas», «extensiones tendentes al cielo de la sacra forma piramidal». Pirámides y obeliscos están concienzudamente incrustados tanto en *ECDV* como en *AyD*. Una atracción adicional del monumento a Washington es que se vincula a los francmasones y, si uno así lo desea, a los Illuminati. En *AyD*, Dan Brown repite la afirmación de que los símbolos de ambos grupos aparecen en el reverso del billete estadounidense de un dólar: el ojo que todo lo ve y la pirámide trunca.

Como explicaré más adelante, el monumento a Washington se vincula con el conflicto religioso, además de sus sólidas relaciones con la francmasonería. Su piedra fundamental fue asentada en una majestuosa ceremonia masónica y dentro del monumento hay más de ciento noventa piedras conmemorativas, dos docenas de éstas pertenecientes a grupos masónicos.

Dan Brown también ama los códigos. En novelas anteriores, como *Fortaleza digital* (1998) y *La conspiración* (2001), sus argumentos juegan con secretos ocultos y codificados. Lo interesante es que hay códigos en las últimas páginas de esas novelas, que a veces dan un indicio acerca de qué será lo próximo que escriba Dan Brown. Como ya habíamos descubierto, *ECDV* tiene la pista del «hijo de la viuda» en la sobrecubierta, además de una serie de otros vestigios que funcionan en un juego de *ECDV* que ofrece un sitio web.

Más o menos en el mismo período en que yo buscaba códigos numéricos, me enteré de que Dan Brown había participado en un programa radiofónico en agosto de 2001. Trataba acerca de la francmasonería, y en él participaron dos expertos en el tema. Dan Brown fue agregado al panel en calidad de autor que había investigado mucho acerca de la francmasonería. En esa ocasión, Brown dio a entender que *AyD* estaba centrado en la francmasonería cuando, de hecho, lo que dice la novela es que los Illuminati son el resultado de una escisión de la masonería acaecida en el siglo XVII. *AyD* versaba acerca de una historia hecha ficción de los Illuminati, no los francmasones, y afirmaba que los Illuminati surgieron en la Italia del siglo XVII, no en la Baviera de finales del XVIII, lugar histórico de origen de los Illuminati.

El libro que Brown dio a conocer después de eso, en la primavera de 2003, fue *ECDV*. Y sí es cierto que, cuando uno contempla el contenido combinado de *AyD* y *ECDV*, allí figuran los templarios y los Illuminati, que pueden ser vinculados a la francmasonería. Pero también puede apreciarse que decididamente faltan contenidos consistentes para tratarse de un autor que dice haber estudiado a fondo la francmasonería. Entonces, ¿dónde fue a parar toda esa investigación?

En mi opinión, es posible que Dan Brown haya concebido la naturaleza general de la serie de Robert Langdon a fines de la década de 1990, y la esté escribiendo desde entonces, así que puede haber considerado que su investigación sobre la francmasonería está completa. Pero como existen unos 50.000 libros respecto a este tema, por no hablar de los que tratan de teorías conspirativas y sociedades secretas periféricamente vinculadas a él, es difícil definir cuándo ha leído uno el último libro sobre la francmasonería disponible en los anaqueles de una biblioteca. Por lo que veo, en todo momento hay unos diez autores escribiendo acerca de sus nuevos descubrimientos sobre la francmasonería.

De modo que, en mi opinión, Dan Brown aún tiene mucho para escribir sobre los francmasones, y es probable que nos lo revele todo en su próximo libro.

Dan Brown ensambla complejas tramas de misterio, pero, hasta ahora, todas recurren a un principio simple: los conspiradores acechan en todas partes, pero sólo son peleles de otros conspiradores más astutos, que son los que realmente manejan los hilos. Según Brown, una de las técnicas que emplean las sociedades secretas, como los Illuminati, consiste en difundir medias verdades o, directamente, desinformar. Brown

EN PROFUNDIDAD

## Códigos de los libros de Dan Brown

**(Los siguientes datos se refieren a las ediciones originales en idioma inglés.)**

**Advertencia: no lea esto si quiere resolver los códigos por su cuenta. Aquí van los códigos, en la medida en que los conocemos, de las primeras cuatro novelas.**

**A. En *Fortaleza digital* (1998), la pista codificada que aparece en la última página es la siguiente:**

**128-10-93-85-10-128-98-112-6-6-25-126-39-1-68-78**

**Para resolverla, tome la primera letra de cada capítulo (el libro contiene 128 capítulos breves e intensos, una característica del estilo de Dan Brown). Al principio, parece no tener sentido:**

**W-E-C-G-E-W-H-Y-A-A-I-O-R-T-N-U**

**Pero como son dieciséis caracteres, tal vez a usted se le ocurra meterlos en una «caja de César» para descodificarlos:**

| | | | |
|---|---|---|---|
| W | E | C | G |
| E | W | H | Y |
| A | A | I | O |
| R | T | N | U |

**Lea la columna 1 hacia abajo, luego la 2, etc. y obtendrá la siguiente frase:**

***We are watching you (Te estamos vigilando).***

Ello es apropiado para una novela que, como ésta, trata de una gigantesca computadora que emplea el gobierno para espiar a todos.

B. En *La conspiración* (2001), el código es:

1-V-116-44-11-889-44-46-L-51-130-19-
118-L-32-118-116-130-28-116-32-44-133-U-130

También en este caso, tome los primeros caracteres de los capítulos indicados (dejando las letras en el lugar en que se encuentran). Cuente los caracteres (son veinticinco). Ello le permitirá hacer una cuadrícula de 5x5. Disponga los caracteres a lo largo de las líneas horizontales y luego lea las columnas:

| | | | | |
|---|---|---|---|---|
| T | V | C | I | R |
| H | I | O | L | F |
| E | N | D | L | A |
| D | C | E | S | C |
| A | I | W | U | E |

Y aparece la frase:

*The Da Vinci Code will surface (El Código Da Vinci saldrá a la luz).*

C. En *El Código Da Vinci* (2003), la pista, en caracteres destacados de la sobrecubierta, es ésta:

ISTHERENOHELPFORTHEWIDOWSSON
[ESQUENADIESOCORREALHIJODELAVIUDA]

Además, los códigos forman parte de los juegos contenidos en el sitio web del *Código Da Vinci*. Por ejemplo, en el sector rojo de la parte posterior de la sobrecubierta, apenas visibles y escritas en espejo, aparecen un par de coordenadas de latitud-longitud:

37 grados 57 minutos 6,5 segundos Norte
77 grados 8 minutos 44 segundos Oeste

Agréguele un grado a la latitud. Eso lo llevará a la escultura Kryptos del cuartel general de la CIA. La frase *Only WW knows (Sólo WW sabe)* aparece en un sector de color pardo de la sobrecubierta de *ECDV*. Esto se refiere a William Webster, ex director de la CIA.

Otro código está en un diseño circular de tono oscuro que figura en el reverso de la sobrecubierta de *ECDV*. Contiene números y pequeños iconos del ojo que todo lo ve en el triángulo. Empleando la técnica ya vista de Dan Brown, los números remiten a las primeras letras de cada capítulo o:

* 20 11 11 68 * 1 10 11 61 15 * 5 8 73 11

Que se transforma en

* E U U N * R S U P I * M L B U

Si a usted le parece que este conjunto de caracteres quiere decir algo (es una cuestión de fe), puede ponerse a jugar con ellos hasta resolverlo. O si no, lo puede poner en uno de los sitios de confección de anagramas que hay en Internet. Yo fui a <http://www.crossword tools.com/anagram-solver/> y me llevó unos cinco segundos dar con el célebre lema de Estados Unidos: *E Pluribus Unum* o *De los muchos, uno*.

Pero si uno se da cuenta de que la cantidad total de caracteres, incluyendo los pequeños iconos, es de dieciséis, piensa otra vez en una caja de César, esta vez de 4x4, la que le permitirá jugar con los caracteres hasta obtener:

| | | | |
|---|---|---|---|
| E | U | U | N |
| * | R | S | U |
| P | I | * | M |
| L | B | U | * |

llama a esto «sembrado de datos», y afirma que las principales agencias de inteligencia, como la CIA y la NSA, lo hacen. El resultado final es, esencialmente, una variante de aquello de «esconder las cosas a la vista».

Creo que debemos prestar particular atención a estas palabras de Dan Brown: nunca debemos descartar la posibilidad de un engaño cuando este autor habla de los libros que planea escribir.

Según el momento, puede contar una verdad a medias o simplemente estar arrojando fragmentos de desinformación. En una de sus conferencias, por ejemplo, Dan Brown afirmó que había dejado fuera de *ECDV* la «afirmación más controvertida». Aunque tiene, dijo, evidencias creíbles de que Jesús puede haber sobrevivido a la crucifixión, no las incluyó en el libro. Pese a que ciertamente se trata de una afirmación intrigante, no creo que las supuestas evidencias vayan a aparecer en su próxima novela. Más bien creo que se trata de unas «migajas» que nos arroja para que sigamos haciéndonos preguntas.

Sin embargo, a finales de octubre de 2004, la prensa recibió una pista más crucial. Según Stephen Rubin, presidente y encargado de publicaciones de Doubleday, el nuevo libro se titularía *La clave de Salomón*. Rubin convocó a la prensa, divulgó este dato y reiteró los discursos de Brown en el sentido de que la obra se centraría en la francmasonería y se desarrollaría en Washington, con su arquitectura rica en simbolismo. Los diversos sitios web referidos a Dan Brown, que hasta ese momento predecían que su nueva obra aparecería «en el verano de 2005», se retractaron y afirmaron que «no hay fecha prevista» para la publicación. En el mundo editorial neoyorquino se interpreta que eso significa que el libro aparecerá en algún momento de 2006.

No hay muchas pistas que se originen en el propio Dan Brown, pero yo tuve la suerte de dar con una casi igualmente valiosa. Mientras recorría los sinuosos caminos de la historia, encontré a un desmesurado estadounidense del siglo XIX que se llamó Albert Pike. Un día, recibí una inesperada llamada de un escritor, Warren Getler, quien me habló de un libro de su autoría titulado *Shadow of the Sentinel (La sombra del centinela)*. Trata de un tesoro de la época de la guerra civil norteamericana que puede haber sido enterrado en Arkansas o aún más al oeste, en Arizona. Recurre a personajes históricos, como Jesse James y el mismísimo Albert Pike.

Getler me relató una anécdota aparentemente trivial. Al parecer, Brown y él asistieron juntos a un almuerzo ofrecido por editores en la primavera de 2003, momento en que ambos estaban en la última etapa del lanzamiento de sus respectivos libros. Conversaron, y cuando Brown le preguntó a Getler acerca de su libro, surgió el nombre de Albert Pike.

Según Getler, Brown «palideció» y dijo: «Creo que no debería seguir hablando de esto contigo, porque mi próximo libro tratará de Albert Pike».

Ni que decir tiene que esto me llevó a devorar la obra de Getler, y luego a encargar más volúmenes que hablaran de Pike, quien por cierto no es un personaje fácil de dilucidar. Pero tener información acerca de Pike es importante para quien estudia la francmasonería, y además le da sentido a alguno de los temas secundarios vinculados a ésta. Como veremos, la vida de Pike nos puede dar significativas pistas acerca del posible tema del próximo libro de Dan Brown, o tal vez sólo falsos indicios...

## Mis raíces

Creo que ha llegado el momento de aclarar un par de asuntos personales que tienen que ver con mis raíces familiares.

Mi padre murió hace poco. Era, entre otras cosas, un avezado aficionado a la genealogía. Se pasó unos cuarenta años investigando la historia de nuestra familia y, a su muerte, llevaba reunidas unas 10.000 páginas de notas genealógicas. Yo heredé todos estos registros y comencé a intentar interpretarlos. Aunque pueda parecer increíble, la indagación sobre la próxima novela de Dan Brown me condujo directamente al tema del conocimiento de mis raíces.

Consideramos que la nuestra es una familia estadounidense media, lo cual significa que nuestros ancestros vinieron de distintos lugares y se mezclaron entre sí, de modo que tenemos, entre otras, sangre galesa, escocesa, inglesa, irlandesa, holandesa y alemana. Pero la línea predominante de nuestro linaje es de origen alemán; no cualquier alemán, sino aquellos que emigraron a Pensilvania a comienzos del siglo XVIII y que serían conocidos como *Pennsylvania Deutsch*, mal llamados «Dutch».

La mayoría de ellos provenían de la región conocida como el Palatinado, que tiene conexiones históricas con los orígenes de los rosacruces y también con los Illuminati de Baviera. Sin embargo, no sé de ninguna conexión real entre mi familia y tales grupos. Tanto los rosacruces como los Illuminati están íntimamente vinculados a las novelas de la serie de Langdon que escribe Dan Brown.

Si bien mis antepasados practicaron distintas religiones, diría que la que predominó entre nuestros primitivos ancestros estadounidenses fue la Sociedad de los Amigos, también conocidos como *cuáqueros*.

Como el próximo libro de Dan Brown se centra en la francmasonería, hablaré mucho sobre ella. Debo aclarar que no soy francmasón. Sé que hay algunos en mi familia, entre ellos mi tío favorito. Pero nunca había hablado con ellos del tema, hasta que comencé a estudiar los libros de Dan Brown. (Creo que es posible que éste sea un caso que se da con frecuencia en muchas familias estadounidenses: la generación anterior estuvo involucrada en actividades fraternales, y no ocurre así con la más reciente.)

Sea como sea, la idea de las confraternidades no me es ajena. Soy un *eagle scout* y un miembro de la Orden de las Flechas (una hermandad *scout*). Asimismo pertenecí a la fraternidad Delta Phi en mis tiempos de universitario. Ambas organizaciones me iniciaron mediante ordalías y me confiaron contraseñas secretas que nunca he revelado.

Como mis ancestros participaron en la vida pública de Pensilvania en 1776, mi padre hizo la correspondiente investigación genealógica y se hizo miembro de los Hijos de la Revolución Americana, y aunque ello me cualifica para solicitar la admisión en esa organización, nunca lo he hecho.

Antes de morir, mi padre me entregó un cuaderno que había comenzado a escribir unos treinta años atrás, en el que había plasmado todo lo referido a su concienzudo pasatiempo de dilucidar las claves del emplazamiento del famoso tesoro de Thomas («Jefferson») Beale, al que me referiré más adelante.

Mi esposa, a su vez, tiene antepasados cuyo rastro se puede seguir hasta el Palatinado. Por parte de su padre algunos, más antiguos, provenían de Inglaterra. Se trata de las familias que fundaron Stonington, Connecticut, a comienzos del siglo XVII.

Hablaré mucho de los padres fundadores de Estados Unidos. Un inglés, el coronel John Washington, llegó a América en torno al año 1655. Entre sus cuatro hijos, estaban Lawrence y Anne Washington, quien se casó con un plantador de Virginia llamado Francis Wright. A través de unas diez generaciones de Wright, mi esposa está emparentada con Anne Washington. Y de su hermano Lawrence descendió Augustine Washington, padre de George Washington.

Como George y Martha Washington no tuvieron hijos, no hay descendientes directos de George, pero —al igual que miles de estadounidenses más— mi esposa puede afirmar que es lo más parecido a ellos que seamos capaces de encontrar. Puede considerarse una prima —muy distante, claro está— de George. De modo que en mi hogar no sólo reverenciamos al padre de la patria, sino que lo llamamos, muy afectuosamente, «primo George».

Siempre recurriendo a conexiones a través de primos, mi esposa puede también vincular su origen a otros estadounidenses famosos, como los presidentes John Adams y John Quincy Adams. Creemos que tal vínculo puede incluso extenderse a otro tándem de padre e hijo, el que forman los presidentes George H. W. Bush y George W. Bush. (Aunque lo cierto es que aún no hemos contactado con ellos para confirmar si esto es así.)

De modo que, en los momentos en que me encontraba un poco atosigado por tanta investigación, me levantaba un poco el ánimo encontrarme con referencias a Baviera, a los cuáqueros o a Washington, que para mí tienen un significado especial y personal.

Diría que realmente vale la pena leer un poco, aun cuando uno no está del todo seguro acerca de cómo se podrá aplicar lo leído al tema que investiga. Una y otra vez, me encontré preguntándome: «¿Qué tiene esto que ver con las novelas de Dan Brown?». Y entonces, surgía un párrafo que me golpeaba de lleno con alguna poderosa conexión con algún tema que abordaba en su libro Dan Brown. De modo que nos toca a nosotros seguir concienzudamente todas las pistas, en particular la del «hijo de la viuda» y la «clave de Salomón».

# 2 EN BUSCA DE LOS TEMAS FUNDAMENTALES

## Una matriz de conspiraciones

En la película *Matrix*, al protagonista, Neo, le ofrecen una píldora roja o una azul, que le permitirán, respectivamente, ingresar en la omnipresente Matrix o regresar a la «seguridad» de la ignorancia. Ésta es mi advertencia respecto a la presente aventura: si usted sigue leyendo, está a punto de tragarse la píldora roja. Una vez que lo haga, comenzará a ver evidencias de una magna conspiración en todo, a lo largo de toda la historia, que infectan cada elemento de la sociedad. Se sentirá conspirador o peón en una conspiración: no hay término medio. Si usted tiene algo de timorato, tómese la pastilla azul.

Dan Brown ya ha revelado un modus operandi en su forma de entretejer las conspiraciones en la trama de sus novelas. Sea cual sea la confabulación que está en marcha, siempre hay una conspiración dentro de otra. Los conjurados llegan al final de la novela y descubren que han sido víctimas de un engaño aún más profundo. Si se lleva esta idea hasta sus últimas consecuencias, se llega a una justificable paranoia, ya que, en las intrigas de Dan Brown, nadie puede estar seguro de que quienes mueven los hilos sean realmente quienes lo parecen. Pero si hubiese un grupo que manejara todos los hilos, ése, seguramente, serían los Illuminati.

Si uno comienza con los Illuminati, puede remontarse en la historia hasta llegar a los francmasones, los rosacruces, los templarios, el Priorato de Sión, el Santo Grial y la conspiración de la Iglesia católica por suprimirlo, los Evangelios apócrifos, el arte de Leonardo da Vinci y Caravaggio, la escultura de Bernini, la arquitectura de Rafael, la ciencia de Galileo, cifras, códigos y criptogramas, todos ellos elementos con los que estamos familiarizados a partir de *ECDV* y *AyD*.

Pero muchos de quienes han leído *ECDV* y *AyD* tal vez no sean conscientes de que hay una posible cadena aún más larga. Se pueden remontar sus eslabones a los padres fundadores de la nación norteamericana, las diversas presidencias de la historia estadounidense, la Iglesia mormona, la leyenda del tesoro de Thomas Beale, los Caballeros del Círculo Dorado, el Ku Klux Klan y Jesse James.

Aunque ninguna lista de esta naturaleza podría jamás quedar completa —¿cómo sabría uno cuándo poner el punto final?—, puede incluir también a Hitler, la Comisión Trilateral, la Reserva Federal, los practicantes de Wicca y druidismo contemporáneo, Skull y Bones, la CIA, el Servicio de Inteligencia británico y la KGB, el Consejo para las Relaciones Internacionales y el Fondo Monetario Internacional.

Todo está tan interconectado que casi cualquier pista puede llevarlo a uno por los túneles y recovecos de la historia. Y justo cuando uno cree haber dado con el trozo de queso más oloroso, se siente la distante fragancia de otro, que nos lleva a nuevas profundidades.

Metámonos, pues, bajo tierra y esperemos a que la píldora roja surta efecto.

## El significado de «hijo de la viuda»

¿Cómo se debe interpretar el indicio que aparece en la sobrecubierta de *ECDV*? Hay una forma fácil de descifrarlo: «¿Es que nadie socorre al hijo de la viuda?». Se ha afirmado que se trata de una petición de ayuda de un hermano francmasón a otro. Debe decirse alzando los brazos «hacia el cuadro»: «Oh, Señor, mi Dios, ¿es que nadie socorre al hijo de la viuda?».

Es una súplica poderosa. Todo hermano francmasón se verá obligado a prestar ayuda. Hay muchas historias referidas a combatientes en bandos opuestos que abandonaron sus armas para responder a ella. Se afirma que Paul Revere fue perdonado por un capitán británico que lo detuvo la noche de su célebre cabalgata, pues ambos reconocieron ciertas frases codificadas que los identificaban como francmasones.

Pero cuando procuramos definir quién es el «hijo de la viuda», las cosas se ponen más densas y complicadas.

Aunque la francmasonería rinde homenaje a diversas culturas, en particular a la egipcia, su núcleo central deriva del relato bíblico de la construcción del Templo de Salomón.

La historia se cuenta en dos libros de la Biblia (Reyes 1 y Crónicas 2), y trata de cómo Salomón le pidió a Hiram, rey de Tiro, materiales

Paul Revere, como francmasón, fue perdonado por los británicos durante su cabalgata.

y un hombre muy capacitado para que fuera su maestro arquitecto. Hiram, rey de Tiro, respondió enviando un hombre de inmensas habilidades, también llamado Hiram, que era hijo de una viuda.

Se afirma que Hiram pasó a ser conocido como Hiram Abiff a partir de un error de traducción. La Biblia dice que tiene notables talentos, pues sabe trabajar el oro, la plata, el bronce, el hierro, la piedra y la madera, así como las telas. También afirma que Hiram hace muy bien su tarea, y que el templo, una vez finalizado, casi sobrepasa cualquier descripción posible. En la construcción misma se han empleado grandes cantidades de oro y riquezas, y, además, Salomón lleva allí su prodigioso tesoro de oro y plata. En la más interior de las cámaras, o Santísimo, instala el Arca de la Alianza, que contiene las sacras tablas que Moisés recibió de Dios. A la entrada del templo se yerguen dos pilares huecos de bronce, a los que Salomón denomina Jaquin y Boaz. Estos dos nombres son muy importantes en la francmasonería.

En la Biblia, Salomón consagra el templo, e Hiram Abiff finaliza en este punto su papel en esta historia.

Pero los francmasones tienen otra versión, que destaca el papel de Hiram Abiff y lo caracteriza como el albañil [en inglés, *mason*] arquetípico.

Originalmente, la leyenda estaba vinculada a Noé y sus tres hijos, pero, en algún momento del nacimiento de la francmasonería moderna, probablemente entre 1724 y 1726, evolucionó hasta convertirse en la leyenda de Hiram y su asesinato. Si lo que usted quiere es un misterio histórico genuino, trate de averiguar dónde se originó la leyenda de Hiram.

Mucho antes de la época de Salomón, se afirma que Enoc había cavado y construido nueve cámaras abovedadas superpuestas, la última de las cuales estaba asentada sobre una roca. Cada una se comunicaba con la otra mediante una abertura en el techo, hasta llegar a la última cámara que se encontraba en la cúspide, cubierta con una puerta de piedra especial provista de una anilla de oro. Parece ser que, siglos o milenios más tarde, el Templo de Salomón se construyó sobre el conjunto.

Según la leyenda masónica, Hiram, soberano de Tiro, el rey Salomón e Hiram Abiff eran, todos ellos, maestros masones y los tres custodiaban conocimientos misteriosos. Hiram Abiff ocultó secretos en uno o ambos pilares huecos del templo. (En *ECDV* se describen los pilares Boaz y Jaquin en la capilla de Rosslyn en Escocia, y la idea de secretos escondidos en un pilar hueco también aparece en la parroquia de Rennes-le-Château, en Francia.)

El relato prosigue afirmando que algunos trabajadores de bajo nivel, «rufianes», envidiaban los secretos y conspiraron para obtenerlos. Tendieron una emboscada a Hiram Abiff y lo golpearon para que se los revelara. Él no cedió, y gritó: «¿Es que nadie socorre al hijo de la viuda?». Después murió, y sus asesinos huyeron, abandonando su cuerpo.

Unos canteros de buen corazón que habían salido en busca del perdido Hiram encontraron su cadáver putrefacto. Quisieron mirar debajo de éste para ver si Hiram había dejado alguna pista del saber secreto. Como la carne del cuerpo de Hiram ya se desprendía de sus huesos, debieron recurrir a un agarre especial de cinco puntos para alzarlo.

La leyenda de Hiram es uno de los temas centrales de la iniciación masónica. El candidato debe «morir» simbólicamente y «renacer» o ser «alzado». Ello se hace con un toque de cinco puntas, en un eco del alzamiento de Hiram. Como la lectura de *ECDV* y *AyD* nos ha sensibilizado, es fácil percibir paralelismos religiosos. En la Biblia hay casos literales de resurrección, como los que ocurren con Lázaro o Jesús. (El renacimiento y la renovación simbólicos aparecen en muchas religiones.)

Otra leyenda referida al hijo de la viuda asevera que el fundador del mormonismo, Joseph Smith, procuró reproducir la súplica de Hiram antes de ser asesinado por una turba en 1844. Smith, un entusiasta masón, sólo llegó a decir: «Oh, Señor, mi Dios» antes de ser tiroteado y caer por la ventana de un piso alto.

Si damos un salto a través de los continentes y los siglos, nos encontramos con que la leyenda de Parsifal, que se remite a los relatos anteriores de Gawain y el Santo Grial, afirma que él también es «hijo de una viuda».

Si saltamos otra vez a Escocia y a la famosa capilla de Rosslyn (de la que ya se trató en *ECDV*), volvemos a hallar un eco de la leyenda hirámica. Es imposible visitarla sin que alguien nos relate la historia de un aprendiz que talla una elegante columna, que despierta los celos de un maestro albañil, quien lo golpea y lo mata. La imagen del apren-

El aprendiz representado en la capilla de Rosslyn con una brecha en la cabeza.

diz, con la cabeza abierta, es una de las tallas de la capilla. Cerca de él —dicen— una de las imágenes representa a su madre, una viuda.

En *ECDV*, en la capilla de Rosslyn, Robert Langdon le explica a Sophie la leyenda de los pilares del aprendiz y el Maestro Masón, y la enlaza estrechamente con los ubicuos pilares masónicos, Boaz y Jaquin, que se ven en toda logia francmasónica como referencia al Templo de Salomón. Eso ocurre sobre el final de *ECDV*, y pocas páginas más adelante, Dan Brown revela también que Sophie, la protagonista femenina, está emparentada con quienes construyeron la capilla de Rosslyn. Su apellido es Saint-Clair o Sinclair (véase el Apéndice B: «La familia Sinclair»).

Me parece bastante curioso que Dan Brown haga una descripción relativamente pormenorizada de los «dos pilares» de la capilla de Rosslyn, pues cuando uno la visita, se encuentra con que los pilares son en realidad tres: los que se atribuyen al aprendiz y al maestro están separados por un tercero. Brown tampoco nos cuenta que el aprendiz es hijo de una viuda, si bien la leyenda de Rosslyn a ese respecto es extremadamente bien conocida.

Llegados a este punto, algunos dejarían de perseguir alusiones y alegorías, pero éste es exactamente el momento en que autores como Dan Brown comienzan a desarrollar la trama. En realidad, el concepto de «hijo de la viuda» puede llevarse más allá de la definición estricta del vástago de una mujer cuyo marido ha muerto. En términos laxos, también puede interpretarse como «hombre sin padre» u «hombre sin padre natural».

Puestos a manipular la mitología (cosa que Dan Brown hace con frecuencia), se puede incluso dar un salto muy grande y afirmar que esas palabras describen a Jesús, quien nació de una madre virgen y no tenía padre humano.

Pero los eruditos en Religión e historia pueden señalar que hay muchos mitos, que se remontan a tres mil años antes de Cristo (y aun más) y se centran en un hijo que nació sin padre. Entre los hijos de vírgenes se cuentan el dios persa Mitras, el dios egipcio Horus, Buda y Krishna, por no hablar de diversos faraones y de Alejandro Magno. Una de las formas más recurrentes para confirmar la naturaleza prodigiosa o divina de una figura importante era inventar que su nacimiento había sido sobrenatural.

En la mitología griega, un «héroe» nace de la unión entre un humano y un dios. A veces, un dios simplemente surge de otro dios. Pero si se lleva el planteamiento hasta sus últimas consecuencias, la cuestión central es cómo llegaron a existir los dioses o ¿qué vino primero, el huevo o la gallina? Las religiones que se remiten a Sumeria y Babilonia, así como egipcios, romanos y griegos, tienen versiones de dioses «autocreados», y son muchas las que incluyen leyendas específicas referidas al nacimiento virginal.

De modo que, si Dan Brown realmente quiere ser original con lo de un «hijo de la viuda», tiene muchas historias de nacimiento virginal a las que recurrir o incluso —y esto ya es llevar las suposiciones muy lejos— a la clonación humana. Si la «clave de Salomón» termina por desarrollar su trama en la Washington de nuestros días, Brown bien puede desarrollar este tema. Por ello, la fertilización in vitro y la clonación fueron temas abordados en su obra *AyD*.

# El significado de la «clave de Salomón»

Demos por supuesto que el título del próximo libro de Dan Brown seguirá siendo *La clave de Salomón*. Si aplicamos el principio de la navaja de Occam (que afirma que la solución más simple es la mejor), llegamos a la conclusión de que «la clave de Salomón» simplemente haría referencia a las llaves del Templo de Salomón. ¿Podría ser así de fácil?

En realidad, no hacían falta llaves para entrar en el templo, pero, si aceptamos la leyenda masónica, había una cámara del tesoro compuesta por nueve criptas debajo del templo mismo. La descripción de la puerta de piedra que guarda la entrada parece simple, pero de algún modo indescifrable. Ya llegaremos a mi modesta teoría acerca del modo de abrirla, pero antes debemos desarrollar otros puntos.

También se hace necesario en este punto contemplar las palabras «Salomón» y «clave» desde diversas perspectivas.

Salomón, por ejemplo, no es descrito con demasiado detalle en la Biblia. La célebre historia de su sabiduría, del bebé que estaba dispuesto a partir en dos, además de los versículos que nos dan ricas y abundantes descripciones de su casa y su templo son más o menos todo lo que sabemos. (Estoy dejando de lado diversos elementos relacionados con Salomón, como el poema de amor de naturaleza sexual, el «Cantar de los Cantares», que se le atribuye, o el libro de aforismos apócrifo llamado *Sabiduría de Salomón*. Ninguno de éstos se inscribe entre los hechos de Salomón. La Biblia menciona un libro perdido llamado *Actas de Salomón*, que probablemente dijera todo lo que queremos saber.)

Pero hay muchas otras historias referidas a Salomón, y no sólo en la Biblia. Una considerable cantidad de interesantes leyendas salomónicas aparece en libros islámicos, como el Corán.

En las historias musulmanas, Salomón es una suerte de hechicero o mago. Sabe cómo invocar a los espíritus (*yinns* o ángeles) y también hablar con los animales. Además, se afirma que tuvo muchas esposas y que mantuvo relaciones sexuales con setenta mujeres en una sola noche. Los números 70, 71 y 72 tienen un significado simbólico en muchos contextos hebreos o musulmanes.

Una suerte de historia combinada que deriva de diversos escritores árabes amplía el concepto de Salomón como mago. Se afirma que recibió del cielo un anillo de sello especial, hecho de hierro y latón, que llevaba la siguiente inscripción: «El Mayor Nombre de Dios». Una tradición ocultista afirma que, para controlar a un espíritu, debe pronunciarse su nombre. En ese mismo orden de ideas, pero en sentido opuesto, un postulado fundamental del judaísmo afirma que ciertos nombres de Dios jamás deben ser pronunciados.

También se afirmaba que Salomón recibió cuatro alhajas de cuatro ángeles distintos y las hizo engarzar en un anillo, con el que podía controlar los cuatro elementos clásicos: tierra, aire, fuego y agua. Además de ser los principios constitutivos básicos de toda cosmología, de Aristóteles a los alquimistas, estas cuatro fuerzas elementales son los recursos que Dan Brown emplea para el asesinato de los cuatro cardenales en *AyD*. ¿Mera coincidencia?

¿Cuál era el sello del anillo? Lo más probable es que se tratara de la estrella de seis puntas formada por dos triángulos equiláteros. Los escritores árabes la llaman «sello de Salomón», mientras que los hebreos la describen como «estrella de David» o «escudo de David».

En la tradición ocultista, esta célebre estrella de seis puntas se emplea para invocar espíritus o protegerse de ellos. También la utilizan los francmasones.

Pero cuando los escritores ocultistas occidentales comenzaron a expresar lo que esencialmente eran las mismas ideas y simbología, recurrieron a la vieja y conocida estrella de cinco puntas, el pentáculo. La tradición ocultista occidental la denomina «pie de druida». También la emplean los francmasones.

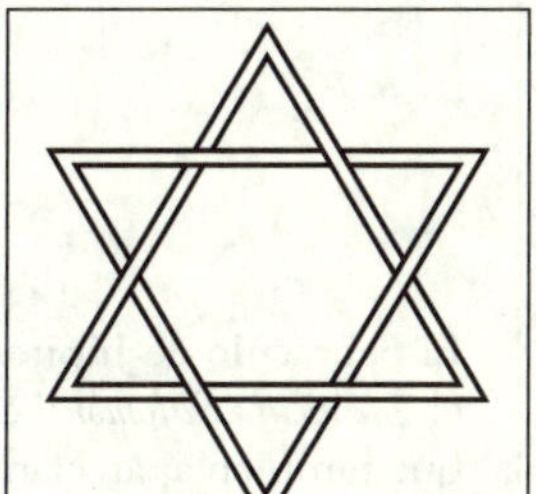

Sello de Salomón o estrella de David que representa la unión de la Sangre y el Cáliz.

El antiguo pentáculo recibe también el nombre de «pie de druida».

En la Edad Media, habitualmente se equiparaba la práctica de la medicina a la de la hechicería, y había muchos modos de emplear la «hechicería blanca» para hacer el bien y la «hechicería negra» para hacer el mal. Entre los años 1200 y 1500, aproximadamente, se escribieron una considerable cantidad de libros de magia, que fueron denominados «grimorios».

Uno de los más influyentes llevaba por título *Clavicula Salomonis* o *La llave del rey Salomón*. Además, había un grimorio conocido como *Ars Goetia* («el arte de aullar», un eufemismo para referirse a la magia), parte de un libro más extenso, *Legemeton Clavicula Salomonis* o *Llave menor de Salomón*. Si usted realmente ama los idiomas, habrá notado que en *AyD*, antes de matar al científico Leonardo Vetra, el Asesino le pide «la *chiave*... la contraseña». Pero la traducción correcta del italiano *chiave* es, en realidad, «llave».

La *Llave menor* describe cómo Salomón encierra a setenta y dos demonios en un recipiente de bronce y los hace trabajar para él. El libro suministra incluso una lista de los nombres de los diablos, algunos semíticos, otros precristianos —es decir, paganos— y otros inventados. El recipiente de Salomón se mantiene sellado mediante un símbolo.

Usted ha acertado, ese símbolo es la «clave de Salomón».

El pentáculo de Júpiter aparecido en el *Clavicula Salomonis* con símbolos que también aparecían en el amuleto de Joseph Smith.

## Buscar lo que funcione a la perfección

El problema que supone tratar de suponer de antemano qué hará Dan Brown es que, por más que hayamos dado con una llave que funciona a la perfección, debemos analizar una cantidad de ideas alternativas, pues es posible que nos sorprenda con alguna rareza que sacó de algún otro lugar. ¡Siempre lo hace! Freud afirmó que nuestros sueños están «sobredeterminados», con lo que quiso decir que están definidos por muchos factores coadyuvantes. Las tramas y los símbolos de Brown también están sobredeterminados, pues consisten en una combinación de muchos fragmentos y piezas de su investigación histórica... Aun cuando la historia real afirma que éstos no encajan.

De modo que vamos a ocuparnos de otros significados de la palabra «llave», además de aquel que se refiere al instrumento que abre una cerradura.

Uno que vale la pena tomar en cuenta es la llave en el sentido de clave o leyenda de un mapa. Parte de la tradición masónica de ocultar cosas a la vista era el sistema de transmitir mensajes codificados en dibujos o grabados, proporcionando luego una pequeña «llave» simbólica que se podía emplear para descifrar el mensaje.

Cuando se trabaja con códigos o cifras, es habitual que existan mensajes codificados que pueden ser interceptados, pero que son difíciles o imposibles de descifrar si no se cuenta con la «llave» o clave que los abre. Los procedimientos de seguridad informática actualmente en uso a menudo recurren a una «clave [llave] de encriptación pública/privada», en la cual una de las llaves o claves de un mensaje se hace pública, aunque no sirve de nada sin la llave privada que provee quien lo envía.

De ninguna manera podemos descartar por completo un significado de este estilo para la palabra «llave», pues Dan Brown se muestra como un apasionado de los códigos en todas sus novelas, y en muchas de ellas ha escrito específicamente acerca de los procedimientos de encriptación.

En los mitos y la magia, a veces una única palabra dicha en voz alta es la clave, por ejemplo «Abracadabra».

Otro posible significado de «llave» o «clave» es arquitectónico. En este sentido, «clave de arco» es la piedra que hace posible la construcción del mismo. Dan Brown incluye una breve descripción de lo que es la «clave de arco» en *ECDV*. Ésta tiene una larga tradición práctica, y además posee un significado profundo para los francmasones.

Se puede atribuir un significado muy especial al dispositivo conocido como «llave Lewis». Creo que bien puede haberse tratado de uno de los secretos que los masones originarios guardaron cuidadosamente. Esto ya es suponer demasiado, pero podría ser que suministrara un método para abrir esa especial puerta de piedra que da a la cámara del tesoro ubicado bajo el Templo de Salomón.

Finalmente, «llave» tiene un significado filosófico. Una afirmación como «el conocimiento es la llave de la iluminación» es un excelente ejemplo. Muchas filosofías, y también muchas religiones, hacen de esto su promesa tácita.

## Llave Lewis

**Durante más de dos mil años los canteros han levantado piedras muy grandes mediante grúas. Es probable que cuando se trataba de piedras verdaderamente inmensas, como las que se emplearon en las pirámides de Egipto, se las haya movido haciéndolas rodar, deslizándolas o moviéndolas con palancas. Pero es posible mover piedras de varias toneladas de peso mediante el sencillo procedimiento de manejarlas con grúas o trípodes de madera, ayudados por lazos y por la ventaja mecánica que representan poleas y roldanas.**

**Cuando se emplaza una piedra suspendiéndola de un lazo, éste queda atrapado debajo de aquélla. Para resolver este problema, los astutos canteros de la Antigüedad inventaron un dispositivo que encaja en un agujero practicado en la cara superior de una piedra. Ello permite alzarla fácilmente hasta ponerla por encima del lugar que se le tiene destinado, el que ya estará cubierto de cemento fresco. Así se acelera considerablemente la velocidad de una construcción. En la Antigüedad, el conocimiento de secretos del oficio como éste es lo que llevó a que los canteros fuesen considerados casi magos, y también a que se organizasen en sociedades secretas.**

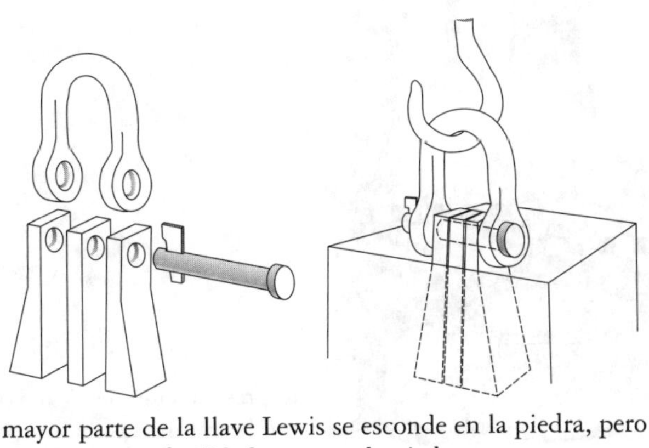

La mayor parte de la llave Lewis se esconde en la piedra, pero puede elevar con facilidad una pesada piedra.

En la actualidad, los dispositivos de ese tipo se conocen como llave Lewis o llave Lewis-Lewisson. Está compuesta de varias partes: entre ellas, dos en forma de cuña, un espaciador de lados paralelos y una chaveta con una clavija. Se la suele llamar *Lewis Box (caja Lewis)*, posiblemente porque encaja en un agujero en forma de caja.

Si usted mira atentamente la Lewis, también distinguirá la forma invertida de una clave de arco. A lo largo de la historia, este simbolismo práctico habrá sido evidente para los canteros.

Existe mucha evidencia de que los dispositivos de este tipo ya eran empleados por los canteros al comienzo de la época romana, pues los agujeros necesarios para su uso aparecen en piedras de entonces. Un ingeniero inglés jubilado que estudiaba Arqueología descubrió una coincidencia fabulosa. Al estudiar los «agujeros Lewis» en un puente construido por los romanos cerca de Tyne, en el norte de Inglaterra, y una estructura construida en un puerto cercano, en 1750, encontró que un modelo de llave Lewis que se armó para que encajase en las piedras de una de estas obras también servía para las de la otra.

Al menos un libro serio de referencia sobre la francmasonería afirma que los masones aportaron el término «Lewis» al idioma inglés.

Representación de 1754 construida con herramientas masónicas y con llaves Lewis como manos.

En el lenguaje francmasónico, además, «Lewis» designa al hijo de un masón.

En las logias francmasónicas suele verse una réplica a escala reducida de un trípode, su aparejo y un bloque de piedra suspendido de una llave Lewis.

¿Será que el dispositivo secreto que permite abrir la puerta de la cripta del tesoro ubicada por debajo del Templo de Salomón es una llave Lewis?

# 3 La construcción del templo virtual. Posibles temas filosóficos, espirituales e ideológicos

Hasta ahora, venimos siguiendo pistas que parecen dar respuestas rápidas sobre el significado de «hijo de la viuda» o «llave de Salomón». Pero los lectores de *AyD* y de *ECDV* saben que Dan Brown urde un rico tapiz filosófico como trasfondo de sus novelas de Langdon. La «experiencia total» de *ECDV* no sólo consiste en descifrar su criptografía, sino también en absorber la historia, religión y filosofía de diversas épocas. La técnica de Dan Brown, que deja la acción en suspenso al final de cada capítulo, combinada con una trama que se desarrolla en menos de veinticuatro horas, es un disfraz. Evita que uno note cuántas páginas dedica a descripciones de historia, arte o religión. Pero es precisamente ese trasfondo lo que hace que la lectura sea tan satisfactoria.

Ya desde el comienzo, revelaré el «secreto» de esta sección del libro. Nos encontramos a punto de construir un templo. No es un templo real, de modo que no estamos limitados a un plano, escenario histórico o estilo arquitectónico especial. Es un templo mental, que tiene recintos dedicados a la religión, la filosofía, la ciencia y las matemáticas de todas las épocas.

Hablaremos mucho del Templo de Salomón, que probablemente haya sido un templo real en algún momento, pero que hace tiempo ya que ha devenido en símbolo, en una suerte de paradigma de todos los templos. Ese templo contendrá, a su vez, otros símbolos, abreviaciones que representan grandes ideas mediante un recurso mnemónico, como una cruz o una rosa.

Sé que, si buscásemos los verdaderos cimientos del templo, se trataría de niveles establecidos antes del registro histórico. De modo que sólo miraré los bloques que constituyen el primer nivel visible. Ello significa que hablaremos de las eras helénica y romana, la Edad Media, el Renacimiento y el iluminismo.

Cuando el templo esté casi listo, solicitaré un helicóptero. Como es meramente virtual, será el helicóptero más grande del mundo. Recogerá nuestro templo desde un lugar seguro, no revelado, en Europa, y lo transportará a Estados Unidos para el momento justo en que esté a punto de estallar la revolución.

Como veremos, harán falta muchos aportes de distinta índole para construir este templo. Pero si hubiese que escoger un grupo que lo sabe todo acerca de cómo edificar un templo virtual como éste, éstos serían los francmasones. En su corazón alegórico, son constructores de templos. Por cierto que, en la francmasonería, la palabra «templo» se interpreta como «el lugar a partir del cual uno se ubica, se reorienta». Al emplear el simbolismo de la construcción del templo en su vida interna, el francmasón se mejora sí mismo, y así, bien orientado, se dirige a ayudar a construir los templos de la vida cotidiana.

Como la francmasonería tomó prestadas sus ideas de una rica mezcla de fuentes, por momentos dará la impresión de un revoltijo de estilos arquitectónicos que combinará incongruentemente, por ejemplo, motivos egipcios con otros druídicos. Esto también se aplica a la forma en que la francmasonería ha tomado en préstamo una colección de las filosofías del mundo.

Antes de que Estados Unidos fuese siquiera un destello en algún ojo, ya existían los principios sobre los que se fundó. Los historiadores perciben con claridad que lo ocurrido en Filadelfia en 1776 fue una extensión de la Carta Magna inglesa de 1215. El secular conflicto entre los derechos naturales del hombre y el derecho divino de reyes y papas, que llevaba cientos de años ejerciendo presión en Europa, fue esencialmente declarado obsoleto en la Constitución estadounidense, que comenzaba, osadamente, con las palabras: «Nos, el pueblo...».

Lo que es menos conocido, lo que lo convierte en un tema intrigante para Dan Brown, es en qué medida la francmasonería fue uno de los largos hilos que conectan la historia del Viejo Mundo con la del Nuevo. Los cimientos filosóficos de la revolución americana —y, de hecho, los altos ideales del racionalismo, la ciencia, la separación entre Iglesia y Estado, las maravillas de la naturaleza...— reflejaban los fundamentos de la francmasonería.

## La matriz de los masones

Antes que nada, hay que dejar claro que la francmasonería conecta tantas vidas pasadas y presentes que quien la contemple desde fuera la percibe sin más como una conspiración. Se puede afirmar que, en todas las actividades, hay algún masón prominente.

¿Reconoce algún nombre de la siguiente lista?

> Buzz Aldrin, Lewis Armstrong, Neil Armstrong, Steven F. Austin, Gene Autry, Count Basie, Ernest Borgnine, Jim Bowie, Omar Bradley, Kit Carson, Winston Churchill, Roy Clark, Buffalo Bill Cody, Davy Crockett, Bob Dole, Arthur Conan Doyle, Duke Ellington, Sam Ervin, W. C. Fields, Benjamin Franklin, Jesse Helms, J. Edgar Hoover, Bob Hope, Harry Houdini, Sam Houston, John Glenn, Barry Goldwater, Gus Grissom, Burl Ives, John Paul Jones, Rudyard Kipling, Charles Lindbergh, Trent Lott, Douglas MacArthur, Thurgood Marshall, Wolfgang Amadeus Mozart, Audi Murphy, Sam Nunn, Arnold Palmer, Norman Vincent Peale, Paul Revere, Will Rogers, Franklin D. Roosevelt, Theodore Roosevelt, Peter Sellers, John Philip Sousa, Potter Stewart, Dave Thomas, Mel Tillis, Harry S. Truman, Earl Warren, George Washington, John Wayne...

Ésta es sólo una selección muy pequeña de masones famosos, en su mayor parte pertenecientes a la francmasonería estadounidense. El mito afirma que ser miembro es secreto, pero el hecho es que los masones de hoy en Estados Unidos están orgullosos de serlo y nunca lo ocultan. Sin embargo, tampoco es de esperar que se jacten de ello. Así que, prestando cuidadosa atención, usted también podrá averiguar quién es masón.

Actualmente hay aproximadamente un millón setecientos mil masones en Estados Unidos, y unos dos millones y medio más repartidos por todo el mundo.

En las teorías conspirativas más ambiciosas, los francmasones ya llevan tiempo planeando cómo apoderarse del mundo. Pero estas teorías no se sustentan demasiado, pues los masones no son gobernados por un consejo central único, sino más bien por una cantidad de unidades autónomas e independientes. Algunas cooperan, otras ni siquiera se conocen entre ellas. Históricamente, los masones se han escindido una y otra vez con el transcurrir de los siglos, y algunas de las piezas no se han reintegrado al conjunto, si bien en términos generales la francmasonería estadounidense es cooperativa. (Una de las manchas en una trayectoria que en otros aspectos ha sido, a veces, insigne, es que no reconozcan a los francmasones Prince Hall, que son de raza negra.)

Hay elementos supuestamente secretos en la masonería, pero ésta ha sido «expuesta» tantas veces que no queda prácticamente nada por difundir acerca de sus rituales, contraseñas o símbolos. A pocas décadas de haberse fundado, ya había quienes «exponían» sus rituales. Una de las más famosas obras de esa especie, *Masonry Dissected*, publicada por Samuel Prichard en 1730, tuvo tantas ediciones y circuló tanto que se convirtió para cualquier masón en la manera más fácil de obtener sus propios rituales «secretos».

En mi pesquisa, me fue muy fácil reunir todos los principales ritos de iniciación bajo la forma de material educativo preparado por unos masones para otros, además de muchos artículos escritos por francmasones que explican la historia de su confraternidad y el papel de ésta en el contexto histórico general. Todo esto está disponible en Internet, y además hay libros sobre el tema. Casi cualquier biblioteca pública bien provista suele tener todo un anaquel consagrado a la francmasonería. Desgraciadamente, algunas de tales obras son poco sólidas y están escritas por historiadores incompetentes o personas con cuentas por saldar. Existe incluso una categoría especial de escritos, obra de francmasones que no saben lo que dicen. Se trata de individuos bienintencionados, pero que sencillamente no son lo suficientemente escépticos.

Leí, y admiré sobremanera, el *Origins of Freemasonry (Orígenes de la francmasonería)* del doctor David Stevenson. Describe el período de 1590-

1710, durante el cual se incubó la francmasonería en Escocia. También leí y admiré *Revolutionary Brotherhood*, de Steven C. Bullock, que describe la francmasonería en relación con la revolución americana.

Además fui a la legendaria Casa del Templo, en Washington, sede del Supremo Consejo 33.º, Jurisdicción Sur, del Rito Escocés. Allí me condujo en una expedición y me dio una reseña histórica Arturo de Hoyos, Gran Archivista y Gran historiador, quien no se parece en nada a su título. Art es modesto y amistoso. Pero sólo cuando citó el número exacto de la *Pennsylvania Gazette* en el que Benjamin Franklin publicó los rituales masónicos en 1730, o cuando recitó un pasaje bíblico en hebreo, me di cuenta de que no se trataba de un historiador cualquiera. También conocí al colaborador de Art, S. Brent Morris, un consumado escritor e historiador. Juntos sacaron a relucir muchos de los aspectos más positivos de la francmasonería. Sin embargo, también se mostraban dispuestos a enfrentar de forma directa las acusaciones antimasónicas y las teorías conspirativas. Percibí en seguida que eran personas que se basaban en hechos para opinar.

Casa del Templo en Washington, sede del Rito Escocés de la Jurisdicción Sur.

La francmasonería en Estados Unidos en la actualidad se dedica fundamentalmente a las obras de caridad. Da dos millones de dólares al día a todo tipo de empresas caritativas, asistiendo a niños, ancianos y otras personas desfavorecidas. Los asilos masónicos a menudo son exclusivos para las familias de francmasones, pero muchos otros institutos (como los centros especializados en el tratamiento de quemaduras fundados por el Grupo Masónico de Amantes de la Diversión, más conocido como los Shriners) están abiertos a la sociedad en general. El buen francmasón se compromete a ofrecer su tiempo y sus bienes a la comunidad, a su país y al mundo.

Todos los masones estadounidenses se unen a una «Logia Azul». Ello les permite tomar los tres primeros «grados», que los llevan de Aprendiz Aceptado a Compañero, y eventualmente a Maestro Masón. Se enfatiza que, en el nivel de Maestros, todos los masones son iguales. En Estados Unidos, las Logias Azules están organizadas en Grandes Logias en el ámbito estatal —51 en total (incluyendo Washington)—, cada una de las cuales es «soberana» en sí misma.

Una vez que un masón alcanza el grado de Maestro, puede adscribirse a otros ritos para obtener más grados. En el llamado Rito de York, hay diez grados suplementarios (después de los primeros tres), mientras que en el Rito Escocés uno puede ascender a veintinueve grados (del cuarto al trigésimo segundo) y hasta un último grado, el trigésimo tercero, que el Supremo Consejo gobernante otorga sólo con carácter honorario. Los ritos de York y Escocés se remiten a diferentes sistemas que surgieron en torno a 1806, pero no se rechazan mutuamente. Algunos masones entusiastas toman todos los grados York y todos los grados Escoceses.

Para absoluta perplejidad de quienes lo ven desde fuera, es posible dar un gran salto desde el tercer grado hasta el trigésimo segundo en sólo un día. Ello se debe a que el principal «trabajo» necesario para obtener un grado consiste en observar una representación alegórica y aprender de ella. Por lo general los rituales son pequeñas representaciones que el masón absorbe a modo de instrucción para su mejora personal.

A su vez, el Rito Escocés está dividido en la «Jurisdicción Masónica Norte», con base en Lexington, Massachusetts, y la «Jurisdicción Sur», con sede en la ciudad de Washington. Para el propósito de nuestro relato, el hecho de que en Washington se encuentre el cuartel general no deja de tener significado. El Rito de York está asociado con divisiones como los Masones del Arco Real, los Masones Crípticos y los Caballeros del Temple.

¿Caballeros del Temple? Sí, en Estados Unidos también hay templarios. Mientras que algunos «templarios» aseveran con desparpajo que pueden remontar sus orígenes a los templarios originarios (tan importantes en la trama de *ECDV*), los templarios masónicos no lo hacen. Esta organización masónica requiere específicamente que sus integrantes sean cristianos. Este grupo tiene unos 1.600 capítulos, llamados Comandancias, en Estados Unidos, México, Alemania e Italia, que reúnen a unos 260.000 integrantes. Sus convocatorias generales se denominan Grandes Campamentos. Como se requiere ser Maestro Masón para unirse a ellas, quien pertenezca a los templarios también integrará una Logia Azul.

Para sumar a la confusión, hay algunas organizaciones templarias, tanto en Estados Unidos como en Europa, que no tienen relación alguna con la francmasonería. Por lo general, el emblema de estos templarios es la tradicional doble cruz roja sobre fondo blanco o la cruz de Malta, mientras que los templarios masónicos emplean diversos tipos de cruces y símbolos, incluida una cruz triple.

Me gusta imaginar, pues, qué deleitado se siente un autor como Dan Brown al saber que puede emplear como personajes a Caballeros del Temple, vestidos con todos sus arreos, espadas e insignias, en cualquier parte de Estados Unidos (o de hecho, del mundo) y hacerlos interactuar en un contexto de conspiración y espionaje.

## Símbolos de los masones

Tal vez las cruces de Malta o las cruces triples tengan un significado especial para los masones templarios, pero la simbología de la masonería es casi infinita.

El círculo, el triángulo y el cuadrado son algunas de las formas que tienen gran importancia en la masonería. El lenguaje de los símbolos es tan importante para la historia de los francmasones como para Robert Langdon. Todo, desde una estrella de cinco puntas hasta un panal, desde una serpiente hasta un águila de dos cabezas, desde el Sol hasta la Luna, son símbolos masónicos. Los masones no se conforman con estrellas de cinco puntas: también las de seis, siete, ocho o nueve puntas tienen su propio significado.

El Sol, o una «gloria» solar provista de rayos, es un símbolo ubicuo y fundamental que representa la luz del conocimiento. (Para los aficionados a las conspiraciones, esto construiría un puente lingüístico que iría desde «luz» a «iluminación» e «Illuminati».)

Las herramientas masónicas son símbolos de suprema importancia. Siempre aparecen el compás y la escuadra. El compás sirve para trazar un círculo. El círculo representa los límites del propio ser, es decir, el conocimiento de las propias limitaciones. La escuadra le permite al masón construir su propia vida de forma virtuosa, recta y bien escuadrada. A menudo se les agrega la letra *G*, que representa a Dios (*God*, o el Gran Arquitecto) y a la geometría. También pueden aparecer una llana, un nivel, un mazo y un cincel. Los masones afirman que «se encuentran en el nivel y se despiden en la escuadra», con lo que quieren decir que siempre se reúnen como iguales y en amistad verdadera.

En toda la simbología masónica figuran círculos y cuadrados, que se relacionan con temas que Dan Brown ha tratado frecuentemente. En *ECDV*, el símbolo del *hombre de Vitruvio* (que Brown no aplica con demasiada exactitud) encarna la artística «cuadratura del círculo», y pretende descubrir proporciones fundamentales del cuerpo humano mediante las conocidas relaciones entre el cuadrado y el círculo.

Aunque para el resto del mundo se trata simplemente de números, los francmasones del Rito Escocés ven un significado profundo en el 3, el 5, el 7 y el 9. Es habitual ver tres series de tres elementos cada una, por ejemplo columnas o torres almenadas. También se emplean símbolos de dualidad, como los pilares gemelos Boaz y Jaquin. Mucha de esta simbología se remite a los masones originarios que construyeron el Templo de Salomón según principios de geometría sacra. Pero parte de tal numerología proviene de los pitagóricos y los cabalistas (véase el Apéndice A: «Sistemas simbólicos»).

## Símbolos tradicionales de la francmasonería

**He aquí una lista de los símbolos francmasónicos más comunes:**

**El ojo que todo lo ve.***

**El sol.**

**La luna creciente, habitualmente asociada a siete estrellas.**

**Un compás y una pequeña escuadra de carpintero.**

**Una G mayúscula.**

**Un nivel de albañil.**

**Dos columnas, que pueden estar rotuladas «Jaquin» y «Boaz» o simplemente J y B.**

**Una arcada de piedra con la clave de arco destacada, a menudo uniendo las dos columnas.**

**Un altar con un libro sagrado, como la Torá, la Biblia o el Corán.**

**Un bloque de piedra sin desbastar.**

**Un cubo de piedra bien pulido y terminado (a veces tiene un remate piramidal).**

**Un suelo en damero.**

**Tres columnas pequeñas, dispuestas en triángulo, cada una de las cuales lleva un capitel de distinto orden arquitectónico: dórico, jónico y corintio.**

**Una estrella de cinco puntas.**

**Una estrella de seis puntas.**

**Una escalera, habitualmente con tres peldaños.**

**Una colmena.**

**Una maza y un cincel de cantero.**

**Una representación simbólica del teorema de Pitágoras (el cuadragésimo séptimo de Euclides), en la cual a un triángulo rectángulo —a menudo un triángulo 3-4-5— se le trazan cuadrados a uno y otro lado.**

---

* A pesar de las muchas aseveraciones que se han hecho en ese sentido, los eruditos francmasónicos más serios niegan que en la masonería exista como símbolo el ojo en el triángulo asociado a la pirámide trunca.

En sus ceremonias, los masones visten mandiles ricamente decorados. Representan los cernederos de tela o cuero de los verdaderos canteros, pero están hechos de suave y blanca piel de cordero. El mandil se pone sobre un traje negro, que se acompaña de guantes blancos y, según la ocasión y el rango de quien lo ostente, de medallas, espadas, fajas y «alhajas», que a menudo son complejas combinaciones de símbolos.

Una rosa puede representar a Venus, a la Virgen cristiana o incluso «la iluminación final de la última etapa del camino espiritual». Una rosa sobre una cruz evoca claramente a los rosacruces, y representa un grado masónico llamado Rose Croix.

Las referencias a la rosa como símbolo de todas estas cosas se reiteran a lo largo de *ECDV*. Como yo había leído los libros de Dan Brown con la intención de encontrar errores, me encontré escéptico ante las numerosas veces que trata el símbolo de la rosa en relación con las leyendas de la Diosa, o de Venus o de la Virgen María en tono de asociación libre. Pero he observado tantos ejemplos de esto en tantos lugares distintos que ahora lo creo, aunque con una pequeña reserva. Lo que creo es que cuando uno ve una rosa en el arte o en la arquitectu-

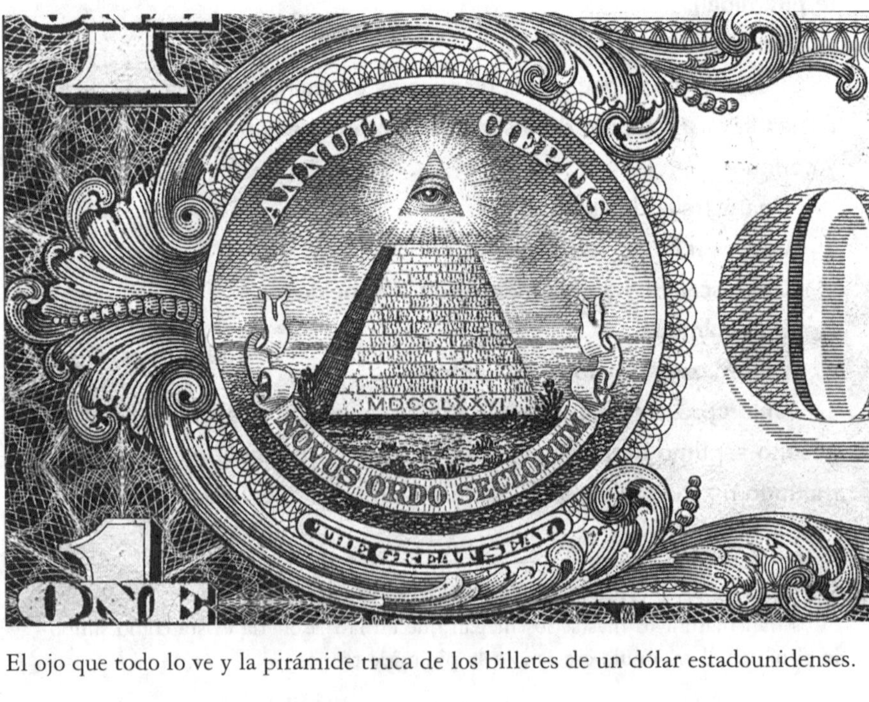

El ojo que todo lo ve y la pirámide truca de los billetes de un dólar estadounidenses.

ra, hay que sospechar que simboliza a la Diosa, a Venus o a la Virgen. Sin embargo, hay que mirar más a fondo para tratar de descubrir la totalidad de su significado.

Cualquier discusión de la francmasonería y la simbología en Estados Unidos eventualmente desemboca en la aseveración de que el Gran Sello de este país, con «el ojo que todo lo ve y la pirámide trunca», es un símbolo masónico que indica la total infiltración de la Unión por antiguos masones, en particular los pertenecientes a la rama Illuminati. Eruditos masónicos me han manifestado con paciencia que esto no es así, pero la explicación resulta menos atractiva que el mito.

Por cierto, la francmasonería sí usa el ojo que todo lo ve, pero no lo combina con una pirámide trunca. El ojo que todo lo ve no pertenece a los Illuminati, pues tiene miles de años más de antigüedad que ellos.

Pero el mito sobrevive porque existen «pruebas» de él en cada billete de un dólar, y porque Dan Brown lo ha presentado como un hecho consumado en sus obras.

## Orígenes de la francmasonería

La francmasonería es una filosofía agregada a un oficio práctico. Si se buscan sus verdaderas raíces, se verá que ambos aspectos tardaron miles de años en desarrollarse.

En lo que hace al oficio práctico, está claro, por supuesto, que ha habido «masones» (en el sentido de canteros, es decir, quienes labran las piedras para las construcciones) desde hace tal vez cinco mil años, ya que hay estructuras de piedra en Egipto y el Medio Oriente que lo demuestran. Griegos y romanos, a pesar de ser célebres como arquitectos, son, en este contexto, relativamente recién llegados. Todas las famosas catedrales y palacios de Europa, por no hablar de los rascacielos modernos, ocupan apenas la última quinta parte (o incluso menos) de la historia de la cantería o masonería.

Ciertos oficios tienden a suscitar más respeto que otros, y a lo largo de los siglos, los canteros han tendido a ascender a la cima de los trabajos vinculados a la construcción. Tal vez la cantería parezca una tarea simple, pero requiere conocimiento y habilidad.

Para hacerse una idea de la humildad que se requiere para la iniciación, sólo imagine que usted está junto a una gran roca, provisto de mazo y cincel, y piense qué tendría que hacer para convertirla en un cubo de piedra de caras lisas. Si es honesto con usted mismo, se dará cuenta de que no tiene ni la menor idea de cómo comenzar. Ésta es precisamente la humildad que puede hacer de usted un buen aprendiz de masón.

A los meritorios de cantero se les enseñaba a tallar piedras cúbicas y los canteros itinerantes —a quienes remite el grado masónico de Compañero— tenían más habilidades. Para el momento en que uno llegaba a maestro cantero —es decir, Maestro Masón—, en particular cuando se trataba de grandes catedrales, se esperaba que estuviese en condiciones de tallar intrincados ornamentos en la piedra, incluyendo estatuaria, como gárgolas y grutescos. De hecho, los grandes canteros podían tallarlas a mano alzada y, en nuestros días, quedan unos pocos que aún lo hacen.

Los maestros canteros expertos que trabajaban en los proyectos más grandes (que a veces necesitaban cien años o más para completarse) debían aprender muchas otras cosas además de tallar piedra. Los maestros mayores de obra estudiaban arquitectura, además de geometría, matemáticas y muchos otros aspectos de la ciencia y el arte. Cuando tal cosa era posible, compartían sus conocimientos con sus colegas canteros.

De modo que, para el siglo XVI, si es que no mucho antes, a los canteros se les atribuía una jerarquía mucho más elevada que a cualquier otro oficio. Además, ya era común que los canteros se organizaran en logias y que tuviesen una forma rudimentaria de autogobierno en el seno de tal sistema. Como levantar una catedral o un palacio requería muchos canteros cualificados, se aceptaba que éstos provinieran de distintos lugares para establecerse en el lugar de construcción de la obra. Otro era el caso de, por ejemplo, los herreros, que tal vez nunca dejaran su aldea. De modo que el término «francmasón», en el sentido de un cantero con libertad para viajar, ya era habitual en el siglo XVI, cuando el oficio comenzó a transformarse.

## Poindexter y la IAO

En manos del miembro de la IAO John Poindexter, los símbolos adquieren un significado siniestro.

En una entrevista sobre *AyD*, que aparece en el sitio web www.danbrown.com, Dan Brown formuló esta intrigante observación:

> Afortunadamente, recientemente me enteré de que existe otra agencia de inteligencia estadounidense, aún más secreta que la Agencia Nacional de Seguridad. Esta nueva agencia figurará prominentemente en mi próxima novela. Claro que, hasta entonces, no diré ni una palabra más.

Esta pista me frustró durante un largo tiempo, y aún no estoy del todo convencido de haber dado con la respuesta. Pero existe una organización —y un curioso individuo que la conduce— que parece encajar en la descripción que hace Brown. Se trata de la Oficina de Conciencia de la Información (Information Awareness Office, IAO), dependiente de la Agencia de Proyectos Avanzados de Defensa (Defense Advanced Research Projects Agency, DARPA). La DARPA es la rama de pensamiento avanzado del Departamento de Defensa, que puede jactarse de al menos dos grandes logros: la creación de la red que evolucionó hasta transformarse en Internet y el desarrollo de las aeronaves «invisibles» llamadas Stealth, por no hablar de muchas otras innovaciones tecnológicas.

La IAO fue una división de DARPA que se creó en los meses que siguieron al 9/11. Se eligió para encabezarlas a un enigmático espía, el vicealmirante John M. Poindexter. Si existe una figura moderna que pueda ser interpretada como un archi-Illuminati digno de una novela de Dan Brown, es la de John Poindexter.

Poindexter es extremadamente inteligente y experto en materia de ordenadores, ha ocupado altos cargos gubernamentales y, según su propia confesión, es un experto en el arte del disimulo (una forma fina de decir «mentiroso»). Es el «señor Desinformación». Les mintió a sus propios compañeros de la Casa Blanca respecto a la invasión estadounidense de Grenada. Era el jefe de Oliver North en el infame caso Irán-Contras de la era Reagan, y posteriormente admitiría que había falsificado una historia de tapadera para que el entonces presidente pudiese «negar de forma plausible».

Poindexter trabajaba en la industria privada cuando el 9/11 le dio la ocasión de rehabilitarse ante el Pentágono. Poindexter controlaba un presupuesto, se afirma, de 200 millones de dólares, con el cual financiaría una docena de programas de alta tecnología destinados a espiar el correo electrónico y la información personal y financiera de inmensas cantidades de personas. Pero tal vez lo más estremecedor fuera la página web de la IAO, que lucía un logo que, se afirma, había sido diseñado por el propio Poindexter.

Vale la pena mirarlo con detalle. Muestra el célebre símbolo del billete de dólar —la pirámide trunca con el ojo que todo lo ve— irradiando su luz sobre el globo terráqueo. No puede ser casual que la parte del planeta sobre la que se encuentra sea Oriente Medio. El diseño incluye un lema en latín: *Sciencia est Potentia*, que significa *Conocimiento es poder* y se le atribuye a Francis Bacon, pero que, en el presente contexto, tiene una muy ominosa connotación al Gran Hermano.

Cuando el sitio web y el programa que orientó la IAO se hicieron públicos en noviembre de 2002, hubo una inmediata reacción, y el logo fue rápidamente quitado del sitio (si bien lo preservaron unos pocos *bloggers* y aficionados a lo esotérico). En cuanto a la IAO misma, continuó sus actividades hasta 2003, momento en que Poindexter se vio obligado a renunciar debido a la controversia que generó un programa que propuso, consistente en un sistema de apuestas financieras al futuro basadas en las posibilidades de que se asesinara o no a determinados líderes árabes.

**Debe notarse, sin embargo, que la mayor parte de los observadores creen que la mayoría de los programas que conducía Poindexter no fueron totalmente cancelados, sino que, posiblemente, se redistribuyeron entre otras oficinas del DARPA o aun a otras agencias. De hecho, si usted fuese un teórico de las conspiraciones profundas, ¿por qué iba a creer que la IAO ya no funciona? Y ¿alguien está vigilando lo que hace Poindexter?**

---

El apogeo de la construcción de catedrales tuvo lugar aproximadamente en el período comprendido entre los años 1100 y 1500. Se cree que el origen del cambio de cantería práctica a cantería simbólica (masonería) tuvo lugar en Escocia a finales del siglo XVI. Durante buena parte de este siglo, el sistema se incubó en Escocia, para finalmente encontrar terreno fértil en Inglaterra, donde a menudo se han originado síntomas de cambio en otros aspectos.

Las logias de canteros (o logias masónicas) empezaron a atraer a hombres que nunca en su vida tallarían una piedra o emplearían una llana. Comenzaron a aceptar integrantes que no eran realmente canteros, y esta tendencia no tardó en hacerse incontrolable cuando, en algunas logias, los miembros no pertenecientes al oficio comenzaron a ser más que los verdaderos canteros. Éstos empezaron a ser llamados miembros «operativos» para diferenciarlos de los miembros «especulativos». Las logias de este último tipo eran conocidas como logias «simbólicas».

En 1717, una fraternidad de caballeros francmasones —no verdaderos canteros— se fundó formalmente mediante la transformación de cuatro logias londinenses en logias simbólicas, que se fusionaron en la Gran Logia. Éste fue el movimiento que se arraigó y creció, llegando eventualmente a tener alcance mundial.

En el contexto de las novelas de Dan Brown se atribuyen diversos papeles a los primeros francmasones. Por ejemplo, éstos pueden ser considerados la antítesis de la Iglesia, un refugio de la hegemonía de ésta en materia de cosmología intelectual y pensamiento filosófico. Esto es lo que permite a Dan Brown, especialmente en su obra *AyD*, poner a los francmasones (y a los Illuminati) del lado de la ciencia y, por tanto, «contra» la religión.

Como hemos visto hasta el momento, los hermanos que entonaban la súplica «del hijo de la viuda» podían recurrir unos a otros mediante secretos y símbolos, que son asimismo el combustible que impulsa el motor creativo de Dan Brown. Pero los francmasones también obtenían ciertas ventajas sociales de su afiliación.

## Ventajas sociales de ser francmasón

En el siglo XVIII, los aspectos sociales de la francmasonería ofrecían auténticas ventajas. Una era que monarcas y prelados ya no podían recurrir a procedimientos feudales para controlar a la población, y la clase mercantil pasaba a ser la dominante.

Era una época de conflicto social. Las personas necesitaban un lugar seguro para relacionarse socialmente. Las guerras religiosas habían diezmado poblaciones enteras en Inglaterra y todo el continente europeo. Uno de los grandes atractivos de las logias francmasónicas consistía en que daban ocasión a «reuniones de muchachos» en las que hombres que profesaban filosofías y religiones muy diferentes se reunían a hablar educadamente de cualquier tema mientras bebían vino o cerveza. (Sin embargo, en la francmasonería actual, no se bebe en los templos, ni se habla de política ni de religión.)

Aún más importante, se estaba produciendo un cambio en la forma en que los hombres obtenían y conservaban su posición social. El viejo sistema de derechos nobiliarios heredables tenía ciertos límites intrínsecos. La difusión de la alfabetización y el comercio, unida a cierta permisividad en materia de actividades recreativas para los «plebeyos», llevó a que se pudieran crear grupos sociales con aspiraciones no siempre modestas. De hecho, había muchas organizaciones fraternales masculinas, como sociedades literarias y otras por el estilo. Pero la francmasonería ofrecía una mezcla de simbología, moralidad, amistad y diversión que satisfacía muchos gustos. Había muchos lores y otros nobles entre los masones ingleses, pero también gran cantidad de comerciantes, abogados y tenderos. Además, cuando la francmasonería se puso de moda entre los militares, en algunas logias coroneles, sargentos y soldados podían alternar en igualdad de condiciones.

Para un integrante de la clase comercial en proceso de ascenso social, la francmasonería era una forma de demostrar que podía «mejorarse» a sí mismo, y alcanzar el refinamiento propio de un caballero. En las ceremonias —que con el tiempo devinieron en grandes procesiones públicas— los francmasones podían lucir galas, por ejemplo, estolas de aspecto regio, alhajas o incluso espadas (hasta entonces, privativas de la nobleza). No cabe duda de que a los verdaderos nobles que integraban las logias esto les habrá causado gracia, especialmente cuando veían que la espada se combinaba con vestiduras masónicas, como el mandil y los guantes blancos, o con complementos como la llana o, en ocasiones, hasta un cetro. Y tampoco cabe duda de que les habrá causado gracia a los pocos verdaderos canteros que quedaban en las logias.

## Bases de la filosofía masónica

Hasta ahora hemos tratado de la parte abierta de la francmasonería, su barniz superficial. Pero sin duda lo que le interesaría a Dan Brown son las raíces más profundas de la filosofía masónica, en particular el modo en que se vincula a antiguas creencias paganas.

Entre bambalinas, se estaban desarrollando algunos temas muy poderosos en apoyo de la francmasonería. Es interesante que nadie haya podido identificar de forma indiscutible a los creadores de los rituales y tradiciones masónicas. Parte de éstas, como las historias que remontan el origen de la masonería al Templo de Salomón, pueden pertenecer a las más antiguas leyendas de los verdaderos «masones» o canteros, si bien puede tratarse también de un intento deliberado por hacer que la leyenda parezca antigua. Pero otros elementos aportados posteriormente fueron seleccionados y ensamblados en un sistema coherente.

El crisol de la francmasonería tiene al menos estos once componentes:

1. La filosofía, la ciencia y las matemáticas de los griegos.
2. La geometría, en particular la de Euclides y Pitágoras.
3. Términos y temas provenientes de la cantería.
4. La Biblia, en especial el Antiguo Testamento.
5. La cábala, antiguo sistema de misticismo judío.
6. La astrología.
7. El simbolismo alquímico.
8. El hermetismo que, según se afirma, deriva de Hermes Trismegisto, una figura mítica que a veces se identifica con el dios egipcio Thot.
9. La cultura egipcia (o lo que se sabía sobre ésta).
10. El druidismo (o lo que se conocía sobre el mismo).
11. Las religiones y filosofías orientales (o lo que se sabía sobre éstas).

Ciertamente, es imposible que lleguemos a saber quiénes fueron los creadores de los rituales y tradiciones. Pero hay ciertos «sospechosos», algunos de los cuales fueron hombres brillantes y famosos. En las siguientes páginas, hablaré de algunos de estos sospechosos, algunos habituales y otros no tanto.

## Desarrollo de poderes mentales

Un tema central en *AyD* y *ECDV*, de Dan Brown, es el antagonismo entre ciencia y religión. En *AyD* se afirma que la Iglesia católica perseguía a los científicos, lo que produjo una querella que se prolongó durante cuatrocientos años. El origen que se atribuye en esa novela a tal conflicto es la supuesta ejecución atroz de cuatro científicos ocurrida en tiempos de Galileo.

Galileo vivió entre 1564 y 1642. Fue investigado por la Inquisición y sufrió un largo arresto domiciliario, pero no existe información que sustente el episodio de los cuatro científicos.

Lo que sí existió realmente fue la vida de Giordano Bruno, quien vivió entre 1548 y 1600, y fue quemado en la hoguera por orden de la Iglesia. Cuando las autoridades inquisitoriales juzgaron a Galileo, trajeron a colación el juicio y la ejecución de Bruno.

Bruno era un monje dominico que, desde el punto de vista de la Iglesia, había perdido el rumbo en su vida. Se convirtió en una suerte de intelectual revolucionario y librepensador que se negaba a ser silenciado. Su simple incapacidad para mantener la boca cerrada le causó numerosos problemas con las autoridades dondequiera que fuera, de modo que, eventualmente, llegó a ganarse la dudosa distinción de haber sido excomulgado por tres Iglesias: la católica, la luterana y la calvinista.

Bruno también es famoso por haber postulado que «existen innúmeros soles; innumerables tierras orbitan en torno de estos soles del mismo modo en que los siete planetas orbitan en torno de nuestro Sol. Tales mundos están habitados por seres vivientes». Esto lo ha convertido en una suerte de mártir para muchos científicos, por ejemplo los que buscan vida extraterrestre.

La historia suele comprimir diversos pensamientos en uno solo, de modo que la discusión acerca de si la Tierra era el centro del universo u orbitaba en torno al Sol se confunde con nuestra percepción colectiva de Galileo, Copérnico y otros. Una de las figuras que aparecen en este embrollo es la de Bruno. Pero el hecho es que Bruno no fue quemado por la Iglesia por pensar de esa manera, sino por otras ideas heréticas, la más importante de las cuales era tal vez la de que «Cristo no era Dios, sino meramente un mago de especial habilidad», según lo expresó un erudito en temas religiosos.

Antes de que la Iglesia lo ejecutara por este tipo de ideas, lo mantuvo encerrado en una mazmorra durante seis años, en un lugar que les resultará muy familiar a los lectores de *AyD*: las entrañas del Castel Sant'Angelo de Roma, sede del recinto secreto de los Illuminati y escena de la pelea entre Langdon y el Asesino.

Pero Bruno también es famoso por otras de sus obras. Como neoplatónico, trabajó con diversas influencias, reviviendo la filosofía y la ciencia griegas, a las que aportó algunos elementos de misticismo. Viajaba mucho: estuvo en Suiza, Francia e Inglaterra. En 1584 alcanzó notoriedad en Londres y Oxford. Cuando su intento de obtener una cátedra allí fracasó, escribió un ataque contra los profesores de la Universidad de Oxford, en el que afirmaba que «saben más de cerveza que de griego».

En 1580, Bruno escribió su *Clavis magna* o *Gran llave*, que trataba de una técnica para alterar la mente llamada «arte de la memoria».

## El templo de la memoria

El arte de la memoria deriva de los griegos. Cicerón, entre otros, escribió sobre ella. Suponga que usted debe escuchar un importante discurso o tal vez pronunciarlo, y no sabe cómo escribirlo: debe memorizarlo, aunque sea largo y complejo.

Lo primero que debe hacer es explorar un gran edificio, por ejemplo un templo (o posteriormente, tal vez una catedral). Entre en cada uno de sus recintos y contemple las estatuas, decoraciones y demás elementos. Siga siempre el mismo camino cuando recorra el templo. Familiarícese con éste hasta el punto de que pueda visualizarlo todo en su cabeza, aun si nunca volviera a verlo. Mientras contempla el templo mentalmente, puéblelo con símbolos adicionales, originados en cosas que sólo tienen significado para usted. En uno de los recintos, por ejemplo, puede poner una vaca, una espiga de maíz o un caldero flameante.

A continuación, debe ocuparse del discurso. Asígnele mentalmente a cada una de sus ideas un símbolo de los que usted ha colocado, haciendo corresponder a cada segmento del discurso un recinto del templo. Cuando llegue el momento de repetir el discurso, todo lo que debe hacer es llevar a cabo otro recorrido mental por su templo.

Cuando Bruno escribió sobre el tema, el estudio del arte de la memoria estaba emergiendo. En 1482 ya era mencionado en algunas obras, y un erudito llamado Guillo Camillo se hizo famoso difundiendo la técnica en Francia e Italia. Camillo murió en 1544, sólo una generación antes que Bruno, que posiblemente conociera su obra.

Camillo incluso construyó modelos de madera de templos de la memoria, recurriendo a un concepto del teatro clásico originado en el siglo I a. C. por Vitruvio, el erudito arquitecto romano, e incorporó también influencias bíblicas, como los siete pilares que están en la Morada de la Sabiduría de Salomón.

Vitruvio es importante en *ECDV*. La representación que hizo Leonardo da Vinci del «hombre vitruviano» resolvió el problema de cómo combinar las proporciones humanas en un círculo y un cuadrado, desafío que había sido planteado muchos siglos antes en una obra de Vitruvio. Recordemos en este punto que, al comienzo de *ECDV*, Saunière, el asesinado director del Louvre, es encontrado en la misma postura del hombre vitruviano.

Bruno pobló el templo de la memoria con simbología que incluye iconos del ocultismo y de la filosofía derivada del hermetismo, que ahora podría ser interpretada como una manera de alcanzar la unidad con Dios.

Si se la contempla en el contexto general de la tradición, la construcción de un templo de la memoria era otra manera de recordar cosas mediante un sistema simbólico, el Zodíaco, en el cual el Sol viaja por las diversas «casas» de las estrellas (véase el Apéndice A: «Sistemas simbólicos»).

Empleando el Zodíaco a modo de templo de la memoria, se pueden almacenar allí, por ejemplo, los nombres de cientos de estrellas. Si usted conocía ese truco y estudiaba, por ejemplo, Medicina durante la Edad Media, podía asociar ciertas hierbas o plegarias con los antiguos símbolos del Zodíaco. Si, durante el Renacimiento, usted se dedicaba a la interpretación de la baraja del tarot, ésta le serviría como sistema de asociación de imágenes. Hay muchas formas de aplicar el principio del templo de la memoria.

Uno de los partidarios y discípulos de Bruno durante su estancia en Inglaterra fue un escocés llamado Alexander Dickson. Era un creyente tan entusiasta en el sistema de Bruno que daba lecciones prácticas de cómo mejorar la memoria. Según afirma el profesor escocés David Stevenson en su *Origins of Freemasonry*, además de Dickson había otros escoceses que desempeñaban funciones en las cortes de la reina María y, posteriormente, de Jacobo VI de Escocia. Uno de ellos, William Fowler, estudió el arte de la memoria e incluso podría habérselo enseñado al rey.

Otro de los integrantes de esa corte fue su maestro de obras, William Schaw, que es famoso por haber escrito, entre 1598 y 1599, los *Estatutos* que gobernaban formalmente la francmasonería en Escocia. En éstos se afirma que a los francmasones de cierta logia escocesa se los examinaba en el arte de la memoria, y eran sancionados si no aprobaban. Pareciera que Bruno habló con Dickson, quien conversó con Fowler, quien a su vez entró en contacto con Schaw. Así, el arte de la memoria pasó a formar parte de la francmasonería primitiva.

Creo que aquí corresponde detenerse, asombrados. Una idea originada entre los griegos y desarrollada en Italia se las compone para llegar a la francmasonería en Escocia, donde es arrojada a la «olla podrida» de las ideas y la filosofía. (Y será, por cierto, esta olla la que alimente a la revolución americana.) Para Dan Brown habrá sido toda una fiesta definir qué parte de todo esto emplear en su obra.

## Sir Francis Bacon

Cuando Dan Brown seleccione su elenco de «sospechosos históricos», es posible que sir Francis Bacon le parezca un candidato digno de consideración.

Bacon fue un filósofo que estuvo entre los pioneros de lo que llegaría a ser denominado «método científico». Es importante verlo en el contexto del mundo de importantes descubrimientos que estaba a punto de emerger.

No sólo es muy probable que este pensador haya pertenecido a la francmasonería, sino también que tuviera conexiones directas con el Nuevo Mundo y con su propio concepto de un nuevo orden mundial.

Según algunos estudiosos (que no son masones), Bacon puede haber sido el jefe secreto de los primeros francmasones. Ciertamente estaba en el momento y el lugar apropiados, y era muy influyente. Se destacó en la corte de Isabel I, pero también estaba vinculado a dos integrantes de la corte del rey escocés Jacobo VI (quien llegaría a ser Jacobo I de Inglaterra). Se trataba de William Schaw y sir Robert Moray, dos figuras muy importantes de los comienzos de la francmasonería.

Muchas teorías afirman también que Bacon estuvo entre los primeros rosacruces alemanes, de los que incluso puede haber sido presidente. Esta Orden secreta se incorporó a la mente pública con la publicación, en torno a 1616, de las *Nupcias químicas* (es decir, *alquímicas*) de Christian Rosenkreutz (evidentemente, se trata de un seudónimo: ese apellido significa *rosacruz* en alemán).

En su juventud, Bacon recibió instrucción en una cantidad de temas arcanos del doctor John Dee, tal vez el principal mago inglés de su era. De él aprendió la *guematría* de la cábala, que lo llevó a dominar códigos y lenguajes cifrados.

Dee era matemático, alquimista y criptógrafo, además de dominar algunas otras ciencias. Fue el astrólogo de cabecera de Isabel I, y la aconsejó sobre temas tan importantes como la fecha más adecuada para su coronación, en 1559, o su estrategia para enfrentar a la armada española en 1588. Existen elementos que sugieren de manera convincente que Dee puede haber sido una de las fuentes de las ideas que posteriormente surgirían en Alemania con el nombre de *rosacrucismo*.

En el mismo período en que estudiaba con Dee, Bacon viajó por Europa, donde recibió la influencia de una amplia variedad de ciencias y filosofías. La reina Isabel murió en 1603. Mientras que Isabel I se había interesado por la astrología y el ocultismo, su sucesor, Jacobo I de Inglaterra, los desaprobaba, y Bacon se mostró cuidadoso —o directamente, trabajó en secreto— durante su reinado.

El establecimiento del imperio colonial español en el siglo XVI significó que, con la llegada del siglo XVII, Inglaterra debió ponerse al día con su rival. Los españoles habían conquistado Sudamérica, México y parte del oeste de Estados Unidos. Hasta los franceses tenían una fuerte presencia en Norteamérica. En tiempos de Bacon, los ingleses intentaron establecer colonias en Roanoke, Virginia, en 1585, y en Terranova. Bacon, que estaba profundamente comprometido con los asuntos del Parlamento inglés, tuvo una relación directa con la organización de estas primeras colonias.

A Bacon le impresionó profundamente la importancia fundamental de los viajes de Colón, en los que percibía un fuerte mensaje simbólico. Los marineros que limitaban su navegación al Mediterráneo llamaban, desde tiempos muy antiguos, «pilares de Hércules» al estrecho de Gibraltar: según la leyenda, más allá de ese «portal» no había nada. Pero al navegar hasta América, Colón demostró que detrás del horizonte había algo más.

Para simbolizar esto, y también su creciente dominio de los mares, la Corona española adoptó el lema «Plus Ultra» y los dos pilares para su escudo de armas. Este lema significa «más allá», y se empleaba en el sentido de que «existen muchas más cosas de las que creíamos, y nosotros, los españoles, nos apoderaremos de todas». Esto comenzó en la época de los Reyes Católicos, Fernando e Isabel, y continuó con especial intensidad bajo el mandato del Sacro Emperador Romano Carlos V, quien le atribuiría un propósito divino a tal empresa.

España encontró oro en el Nuevo Mundo y no tardó en comenzar a extraerlo y acuñar monedas. Desde fecha muy temprana —en torno al año 1537— tales monedas exhibían los pilares de Hércules y el lema «Plus Ultra». Con el paso del tiempo, el «dólar español» llegó a ser abrumadoramente predominante. En América del Norte, en tiempos de las colonias y hasta la revolución, fue el tipo de dinero más difundido, y seguía luciendo los pilares.*

Bacon adoptó los pilares y el Plus Ultra para su propia simbología. En varios de sus libros aparece con diversas adaptaciones, que a menudo muestran un barco que navega entre dos columnas. Pero Bacon también estaba cautivado por la forma piramidal, de modo que sus columnas a veces lucen remates piramidales.

Escribió un libro llamado *La Nueva Atlántida*, en el que imaginó una sociedad utópica asentada en una remota isla. En ese tiempo de monarquías, el gobierno de la isla imaginaria de Bacon era ejercido por una suerte de consejo de ancianos. El libro contiene también una descripción de la Morada de Salomón.

Si uno toma este pensamiento de Bacon y le agrega una sumatoria de varias ideas de su tiempo, se obtiene una interesante leyenda. En primer lugar, debe darse por sentado que las Tribus Perdidas de Israel aún están extraviadas en algún lugar desconocido del mundo y todavía buscan un hogar. Luego, hay que imaginar una nueva colonia utópica —en el Nuevo Mundo, claro— y poblarla con quienes usted considere el Pueblo Elegido, que, de algún modo, desciende de las Tribus Perdidas. Esto puede interpretarse en el sentido de que una colonia en América, o una nueva fe religiosa, son las herederas del Reino de Dios.

Si bien John Wintrop, primer gobernador de la colonia de la bahía de Massachusetts, jamás hubiera aceptado que se le vinculase de forma direc-

* El actual símbolo del dólar estadounidense es una estilización de los dos pilares y el gallardete con el «Plus Ultra». *(N. del T.)*

ta con estos asuntos, lo de la «ciudad resplandeciente en una cima» que postuló en su célebre sermón de 1630 y en escritos posteriores pertenece a este orden de ideas. Muchas sectas y movimientos políticos se han considerado ungidos por esta idea, aun en nuestros días.

Bacon tuvo gran influencia sobre otros pensadores de su época, entre ellos John Locke. Según un estudioso, Thomas Jefferson había sido tan influido por Bacon que consideraba que, al fundar Estados Unidos, estaba haciendo realidad el sueño postulado por él en su *Nueva Atlántida*.

El método experimental desempeñó un papel importante en la muerte de Bacon. Al parecer, un frío día de 1626 hizo detener su carruaje para rellenar un ave muerta con nieve, pues quería estudiar el papel del frío en la descomposición de los cuerpos. Enfermó de bronquitis y murió, convirtiéndose en mártir de la ciencia. Pocos años después, los científicos de la Royal Society venerarían su memoria.

Hasta ahora, los libros protagonizados por Robert Langdon que escribe Dan Brown no se han referido de forma directa a la Royal Society. Pero en *AyD* se alude a «científicos perseguidos», y en *ECDV* se habla de un antiguo enfrentamiento entre la Iglesia católica y los pensadores del iluminismo, algunos de los cuales fueron científicos. Si Brown necesitara un grupo científico históricamente vinculado a la francmasonería, le bastaría con estudiar a la Royal Society.

## Club de ciencias

En Inglaterra, a mediados del siglo XVII, un grupo de hombres formó una confraternidad basada en la admiración que todos ellos sentían por el conocimiento obtenido a través de métodos experimentales. En 1646 coincidieron en el Gresham College, donde celebraron reuniones y conferencias informales. Se llamaban a sí mismos el «Colegio Invisible», denominación que resonaría durante siglos en las teorías conspirativas.

Sir Thomas Gresham, fundador del colegio, había sido celador general del gremio de los canteros. Mencionó explícitamente la geometría como una de las disciplinas en las que el colegio debía centrarse. La principal característica del Gresham College era que sus profesores discutían las apli-

## Masones religiosos

La forma más difundida de francmasonería no requiere que se pertenezca específicamente a ninguna religión en especial, sino que sus integrantes meramente crean en un Ser Supremo, que los masones llaman Gran Arquitecto del Universo o GADU.

Ello significa que el Libro Sagrado que está en el altar de las logias puede ser, según el caso, una Biblia, un Corán o una Torá. Teóricamente, los seguidores de cualquier fe religiosa pueden unirse a los francmasones, si bien algunas Iglesias, por ejemplo la católica romana, históricamente han amenazado con la excomunión a los fieles que así lo hagan.

Pero como no existe una autoridad central de la masonería, hay muchas órdenes masónicas independientes, algunas de las cuales pueden estar específicamente orientadas a una u otra religión. Si nos remontamos en el tiempo, veremos que las logias que concentraban a los canteros que construyeron las grandes catedrales, que supuestamente son las que dieron origen a la francmasonería, eran devotamente católicas.

De hecho, algunos de los primeros cristianos que sufrieron martirio, específicamente los que fueron perseguidos por los romanos, pueden haber sido canteros. Un relato afirma que en el año 298 d. C., el emperador Diocleciano quiso construirle un templo a Esculapio, dios de la salud. Se les indicó a cinco canteros que crearan una estatua para el templo, pero se negaron, pues, en secreto, eran cristianos y no estaban dispuestos a esculpir una imagen pagana. Los ejecutaron. El emperador les encargó el trabajo a otros artesanos. Dos años después, en una majestuosa ceremonia de homenaje a la estatua terminada, se ordenó que el ejército y la milicia desfilaran frente a ella y echaran incienso en un brasero para honrarla. Cuatro canteros que, una vez más, eran cristianos en secreto se negaron a hacerlo y también ellos fueron ejecutados. Son conocidos como los *Quatuor Coronati* o *Cuatro (Mártires) Coronados.*

Tal vez no hayan sido los únicos canteros santificados. Recientes

**investigaciones especializadas han aseverado que es posible que Jesús no haya sido hijo de un carpintero, sino de un cantero.**

**Según esta teoría, en el Evangelio de Mateo (13:55) se menciona a José como a un *tekton*. Habitualmente se ha traducido esta palabra griega como «carpintero», pero en realidad significa «artesano», sin especificar en qué oficio. El término puede designar albañiles, canteros o carpinteros. De hecho, era habitual que un trabajador de cualquiera de estos oficios también conociese los otros.**

**El 24 de junio, los francmasones celebraban el día de San Juan Bautista con fuegos artificiales, solemnes procesiones y festividades. Esa fecha está cerca del solsticio de verano, que en tiempos paganos se celebraba con salvajes danzas y celebraciones. Se afirma que la Iglesia católica le adjudicó esa fecha a san Juan para sustituir las licenciosas ceremonias paganas con otras más sombrías.**

**Además de los templarios, la otra gran Orden caballeresca que surgió de las cruzadas era la de los Hospitalarios, quienes heredaron algunas de las tierras y bienes de aquéllos cuando el rey de Francia los disolvió en 1307. El nombre completo de la Orden, que tiene por santos patronos a san Juan Bautista y María Magdalena, es Orden de los Caballeros del Hospital de San Juan de Jerusalén.**

**Es posible que Jesús y su primo, Juan el Bautista, hayan pertenecido a la secta de los esenios. Algunas tradiciones afirman que, mientras que Jesús se escindió de la verdadera fe de éstos, Juan se mantuvo fiel a la misma. Una curiosa ramificación de la historia ha hecho que los seguidores de Juan, quienes se llaman mandeos, aún sobrevivan, entre la desconfianza de musulmanes y cristianos, en Irak.**

---

caciones prácticas de sus materias. Se sabe que, en ese sentido, colaboraban estrechamente con la armada real, ayudando a construir barcos más eficientes y a sondear los misterios de la navegación a escala mundial, precisamente los conocimientos que le darían a Gran Bretaña su hegemonía marítima en los siglos por venir.

Se afirma que el 28 de noviembre de 1660, tras una conferencia que pronunció el muy influyente Christopher Wren, doce hombres se reunieron en los aposentos de un profesor de Geometría en Gresham y formaron el grupo que sería llamado la *Royal Society*. Por entonces, Wren enseñaba Astronomía en Gresham pero, tras el incendio de 1666, pasó a ser el reconstructor de Londres, y hoy su nombre es sinónimo de la más grande arquitectura.

Carlos II recuperó la Corona inglesa en 1660, dando comienzo al período conocido como Restauración. Entre los francmasones había un célebre escocés llamado sir Robert Moray que ayudó a Carlos II a recuperar el poder y que tenía, por tanto, la confianza del monarca.

Moray obtuvo del rey una real cédula para la nueva sociedad, que le fue concedida en 1662. A Carlos II no sólo le gustó la idea, sino que solicitó ingresar en la sociedad. ¡Eso sí que es prestigio instantáneo!

La sociedad originalmente tenía treinta y cinco socios; entre ellos, unos diecinueve científicos, así como hombres influyentes, incluyendo ricos aficionados a las ciencias que estaban dispuestos a pagar las cuentas. Ello le agradó a Carlos II, que se encontraba escaso de fondos en esos momentos.

Entre los científicos estaba Robert Boyle, conocido por su ley sobre el volumen y la presión del gas; William Petty, considerado el padre de la estadística moderna; Laurence Rooke, que se ocupaba de métodos para determinar la longitud (problema que fue resuelto sólo cien años después, gracias a John Harrison). También había estudiosos de la Antigüedad, entre ellos Elias Ashmole; y, posteriormente, William Stukeley.

Otro que se unió más tarde a la sociedad fue Isaac Newton, quien sería su presidente desde 1703 hasta su muerte, en 1727, y que inspiró muchos y animados debates. El gran filósofo John Locke era otro miembro, como también lo era Gottfried Wilhelm von Leibniz. Cuando Benjamin Franklin viajó a Inglaterra en 1757, fue recibido con los brazos abiertos en la Royal Society.

Moray, Wren, Ashmole, Stukeley y Franklin eran francmasones. Boyle, Newton y Locke pueden haberlo sido, aunque no está comprobado que así fuera. También lo fueron muchísimos otros integrantes de la Royal Society durante sus aproximadamente doscientos primeros años de existencia. Sería perfectamente válido decir que hubo una constante fertilización cruzada entre ambas organizaciones.

En *ECDV*, Dan Brown le asigna a Newton el papel de representante de las fuerzas de la ciencia y la razón, y emplea la inscripción de su tumba en la abadía de Westminster para llevar a Langdon y Sofía a la pista que finalmente resuelve el *cryptex*.

## Influencias eclécticas tempranas en el desarrollo científico

Algunas de las fuentes de inspiración que hicieron que los primeros científicos tomaran valor como para cuestionar el dominio de la Iglesia no eran estrictamente científicas. Algunas de ellas bien pueden convertirse en materia prima para el próximo libro de Dan Brown.

En tiempos de la Restauración, uno de los principales manantiales filosóficos era el hermetismo, que ya había sido conocido en la Antigüedad. En él se afirmaba que una expresión concisa de sus principios había sido escrita en una tabla de esmeralda, o en un gran cristal verde, que se había perdido. Podía ser que la hubieran enterrado en secreto en las llanuras de Gizé, Egipto, antes del año 400 d. C., época en que el recién convertido al cristianismo Imperio Romano pretendía clausurar otras tradiciones religiosas.

Supuestamente, la tabla sólo tenía inscritas trece líneas, de modo que es verosímil que haya sido escondida y preservada, para reaparecer al cabo de siglos. Entre los estudiosos y alquimistas de los siglos XVI y XVII circulaban copias de esos versos. La filosofía, que se atribuía al mítico Hermes Trismegisto (Hermes «triplemente grande»), a quien se asociaba al dios egipcio Thot, estaba expresada en la frase: «Como es arriba, es abajo».

Lo que esto significaba era que el mundo de abajo (la Tierra) está conformado según el mundo de arriba (el Cosmos). Y que el fuego divino (el conocimiento o la iluminación) fluye de uno a otro. Podría interpretarse que su sentido era que el hombre podía aspirar a «divinizarse» o perfeccionarse. También se explicaba desde el punto de vista alquímico, y se afirmaba que contenía instrucciones veladas acerca de cómo crear la Piedra Filosofal.

Es muy significativo que dos adeptos (maestros del conocimiento oculto) de quienes se sabe que tradujeron la *Tabla de Esmeralda* fueran Francis Bacon e Isaac Newton. Aunque no está demostrado que fuesen francmasones, ambos formaban parte de las vigorosas corrientes de pensamiento que influyeron en la francmasonería. La traducción de Newton, realizada en 1680, incluía estas líneas:

> Verdadero, sin falsedad, cierto y muy verdadero:
> lo que está abajo es como lo que está arriba,
> y lo que está arriba es como lo que está abajo,
> para realizar el milagro de la cosa única.
> Y así como todas las cosas provinieron del uno, por mediación del uno, así todas las cosas nacieron de esta única cosa, por adaptación.

También debe notarse que entre estos científicos y adeptos del método «experimental», a veces «experimento» era una referencia a la alquimia.

Por entonces, la alquimia no era cosa de risa. Muchos de los más brillantes eruditos y caballeros se sentían atraídos por ella, y no sólo por la legendaria posibilidad de que les enseñara a convertir el plomo en oro. Más bien, consideraban que les podía llevar a descifrar los secretos del universo. Científicos tan diversos como Newton y Franklin se interesaron por la alquimia. Los alquimistas fueron, en esencia, los primeros científicos, pues antecedieron a la Royal Society, como lo demuestran los casos de, entre otros, John Dee y Francis Bacon.

Estos hombres y otros como ellos anhelaban el conocimiento en todas sus formas. Absorbían los conocimientos de autores como Euclides, Platón o Vitruvio. De hecho, lo difícil habría sido dar con un libro que no hubiesen leído. John Dee, por ejemplo, reunió una biblioteca de varios miles de volúmenes en una época en que la poderosa Universidad de Cambridge tenía menos de quinientos. Los caballeros instruidos comenzaron a viajar y entablar relaciones, compartiendo así su saber.

Uno de estos buscadores de la verdad era un abad de la Iglesia católica, quien escribió acerca de la magia negra, además de intentar practicarla. Se trataba del benedictino Johannes Trithemius, quien regentó una abadía en Spondheim y, posteriormente, otra en Würzburg, Alemania. Vivió entre 1462 y 1516. Acumuló una biblioteca de más de dos mil volúmenes. Una de las obras que escribió, *Polygraphia*, se considera el primer libro sobre criptografía que se haya impreso. En su vasto *Steganographia*, en tres volúmenes, Trithemius presenta un sistema para comunicar secretos por medio de *ángeles y demonios*. Para hacerlo, se debe conjurar al ángel o demonio apropiado para la tarea, y suministrarle el mensaje secreto que uno quiera transmitir. Aparte, hay que escribir un mensaje-fachada, que se envía por correo. Quien lo reciba deberá invocar al ángel o demonio que tiene el mensaje secreto, y dilucidará así el contenido del que recibió por correo. Es interesante apuntar que las autoridades de la Iglesia católica simplemente omiten todos estos aspectos ocultistas cuando hablan de Trithemius, de modo que nada demuestra que Dan Brown estuviese al tanto de esta increíble coincidencia cuando escribió su *Ángeles y demonios*.

Uno de los discípulos de Trithemius fue el legendario escritor de temas ocultistas Heinrich Cornelius Agrippa, quien heredó la extensa biblioteca de textos mágicos de su maestro. Agrippa combinaba el ocultismo con el hermetismo y la cábala, la medicina (en particular, el empleo de hierbas y medicina natural), la astrología y la alquimia. No sólo escribió importantes obras sobre la combinación de tales artes, sino que también viajó mucho, para dar conferencias, asegurándose así de que sus ideas se difundieran por toda Europa, lo cual se vio reforzado cuando daba con alguien que le pagara la publicación de sus libros. Se le podía encontrar, según el momento, en Alemania, Suiza, Italia o Francia.

En esos días, una de las funciones de una persona instruida en materia de ocultismo y astrología era predecir el futuro. Cuando Agrippa estuvo en Lyon, Francia, en 1524, fue uno de los muchos astrólogos que tuvieron un exceso de demanda, debido a una inusual conjunción planetaria. Cayó en desgracia con su mecenas, la madre del rey Francisco, cuando no predijo correctamente el resultado de una guerra contra Carlos V y los Borbones (afirmó que su benefactora perdería la contienda). Las personas influyentes, entre ellas la mayor parte de los reyes, tenían la costumbre de contratar astrólogos para que hicieran predicciones de todo tipo, desde lo más trivial hasta lo más escatológico, incluyendo guerras, plagas y catástrofes naturales.

En torno a 1640, un rabino judeo-portugués que se había criado en Holanda, Jacob Judah León, posteriormente conocido como Judah Templo, consideraba que estaba llegando el milenio, momento en el cual, según las Sagradas Escrituras, se haría necesario reconstruir el Templo de Salomón para el advenimiento del Mesías. Para prepararse, León consultó las descripciones de la Biblia. También leyó la obra de Flavio Josefo, el historiador judío que estuvo presente en la destrucción del templo en el año 70 d. C.

León dibujó planes y grabados que representaban el templo y luego fue un paso más allá y construyó modelos detallados de éste. Elaboró panfletos y hasta pósters «promocionales» de su obra, que incluían su retrato, y se hicieron muy famosos en Holanda. En 1675 se fue a Londres, donde ofreció una presentación para, entre otros, Christopher Wren.

Isaac Newton, amigo y cofrade de Wren, posteriormente realizaría sus propios esbozos del plano del templo, aunque no se sabe si lo hizo debido a que su amigo le transmitió el conocimiento de León o por cuenta propia.

Isaac Newton y Christopher Wren son algunos de los estudiosos de la historia del Templo de Salomón.

Nada de esto indica que Newton o Wren sean los inspiradores de los mitos masónicos referidos al Templo de Salomón, pero sí muestra a las claras que importantes francmasones ingleses de esa época sentían fascinación por ese tema.

Por su parte, William Stukeley, un francmasón que se interesó por Stonehenge, puede haber contribuido a aportar los supuestos elementos druídicos que aparecen en los rituales masónicos. Stukeley, siguiendo los pasos de otro arqueólogo llamado John Aubrey, era eficaz en materia de trabajos de campo. Pero cuando se trataba de explicar quiénes habían sido los constructores de Stonehenge, sufría profundos ataques de invención imaginativa. El atribuir Stonehenge a los druidas (lo cual no era correcto) fue casi exclusivamente obra de Stukeley, quien, además, inventó una rica historia cultural druídica. Se afirma que Stukeley estaba tan obsesionado con Stonehenge que construyó una réplica en su patio trasero y, cuando uno de sus hijos murió, celebró una ceremonia fúnebre druídica en el altar que allí se alzaba.

Está claro que Stukeley tenía sus rarezas, pero lo cierto es que la conducta de los francmasones tendía a infundir temor y sospechas entre los no iniciados.

Para empezar, tenían signos secretos para reconocerse unos a otros. Para quien los contemplaba, aquello era verdaderamente extraño, pues en cuanto dos francmasones se veían, incluso antes de estar a una distancia a la que pudieran hablarse, podían reconocer si pertenecían o no al «oficio». Se abrazaban y hablaban en código, afirmando cosas como «nos encontramos en el nivel». Se susurraban «la palabra» uno a otro. «La palabra del masón» era la contraseña que hacía que un masón operativo fuese admitido en una logia en particular entre las que trabajaban en una gran catedral, y podía tomar diversas formas, si bien «Mahabyn» probablemente sea la más común.

Las logias masónicas solían comenzar su existencia en tabernas y posadas, de modo que no es injusto que parte de su imagen popular fuese la de lugares dedicados a la bebida y el jolgorio. Una de las primeras representaciones gráficas de francmasones muestra a un grupo a las puertas de una taberna, dispuesto a recorrer las animadas calles de Londres. Se trata de una pieza satírica llamada *Noche*, trazada por William Hogarth, uno de los artistas más influyentes de su época.

Hogarth era francmasón, pero tal vez en su época los francmasones hayan sido objeto de burla en Londres. Por entonces, todo tipo de confraternidades funcionaban como clubes dedicados a la bebida y el libertinaje, de modo que los francmasones no eran los únicos. En la Inglaterra del siglo XVIII había incluso clubes dedicados al sexo, incluyendo uno muy famoso que, se dice, fue visitado por Benjamin Franklin.

Pero a medida que iban ganando importancia, los francmasones aprendieron a distanciarse de esta imagen. Prohibieron que se bebiera en las logias y, de hecho, el «trabajo» de sus logias incluía estudios morales, algo que los diferenciaba claramente de otras fraternidades.

Los francmasones se reunían por la noche, y era bastante habitual que las logias celebraran su encuentro mensual cuando había luna llena. Era un modo práctico de tener luz al ir y volver de la reunión, pero podía ser malinterpretado como un requisito astrológico u ocultista.

Se filtraron historias que afirmaban que los rituales de iniciación masónica incluían una muerte simbólica. Era cierto. En un ritual, el candidato ingresa con los ojos vendados, con un lazo (llamado «cable de remolque») al cuello. Su aspecto es deliberadamente ridículo. Sólo lleva puesto un zapato y una de las perneras de su pantalón está caída. Se le abre la camisa a la altura del pecho izquierdo, sobre el que se apoya amenazadoramente la punta de un compás. Aunque no la vea, tal vez haya una espada o daga que se alza amenazadoramente a sus espaldas. Lo matan simbólicamente, lo tienden en un ataúd, y luego lo alzan o resucitan.

Aquí, debe mencionarse que todas las fraternidades tienen rituales destinados a atemorizar al candidato y quebrar su resistencia a las ideas y secretos en los que se sumergirá. Éste es un rasgo común de la «semana infernal» de las fraternidades universitarias, así como una técnica aceptada, aunque controvertida, en el entrenamiento militar.

Quienes se enteraban de tales rituales tal vez no les dieran importancia y los consideraran «cosas de muchachos». Pero las filtraciones también hablaban del juramento que formulaban los masones, que era difícil de tomar en broma. De hecho, era escalofriante. Según uno de los relatos, la pena con que se amenazaba al masón que quebrara sus votos era la siguiente:

> [...] Que mi corazón sea arrancado de mi pecho, mi lengua de mi boca, mi garganta sea cortada, mi cuerpo despedazado por caballos salvajes, luego enterrado en las arenas del mar, donde la marea fluye durante las veinticuatro horas, y después quemado hasta hacerlo cenizas que serán tamizadas donde soplen los cuatro vientos, de modo que no quede ni el recuerdo de mí.

Sin embargo, créase o no, este tétrico lenguaje no era considerado el peor aspecto del juramento francmasónico. Lo malo era que quien juraba se comprometía a serle fiel antes a su oficio que a Dios.

Ello devendría en fuente de incesantes conflictos para los masones, controversia que sigue completamente viva en nuestros días. Fue uno de los motivos originarios por los cuales se prohibió a los católicos ser francmasones, pero, con el tiempo, la Iglesia emitiría muchas advertencias sobre otros aspectos de la francmasonería. Con el correr de los años, muchos otros grupos y denominaciones, incluidos algunos protestantes, se han vuelto antimasónicos. Además de los aspectos religiosos, hay muchos otros motivos para contemplar con sospecha a quienes no juran lealtad a la causa que uno propugna.

Hasta aquí hemos tratado algunas de las influencias tempranas de la francmasonería. Como vemos, ya tenía una sorprendente combinación de antiguas leyendas, pero se agregarían nuevos elementos a la mezcla. Como a Dan Brown le gusta llegar al origen mismo de las cosas con las breves disertaciones históricas que pronuncia Robert Langdon, no nos quedaremos en el fondo de la sala de conferencias. Nos sentaremos en la primera fila para asegurarnos de que el profesor nos esté diciendo la verdad. Pero ahora nos ocuparemos de un aspecto de la francmasonería que no tuvo nada de veraz. Más bien, era nefasto y subversivo.

## Los verdaderos Illuminati

Nada muestra tan claramente el conflicto entre la Iglesia y las fuerzas combinadas de la ciencia y la razón como la historia de los Illuminati.

Para el propósito de las novelas protagonizadas por Robert Langdon que escribió Dan Brown (*AyD* y *ECDV*) los Illuminati son ciertamente muy útiles para el papel de misterioso enemigo oculto (enemigo de la Iglesia católica, ya que no, en términos estrictos, de los protagonistas de estas novelas). Pero la leyenda de los Illuminati tiene una gran influencia en otros campos, como la mitología mormónica que surgiría algunas décadas después de aquéllos.

Si bien se encuentran referencias a «iluminados» que recuerdan a los Illuminati en escenarios antiguos como Persia, Egipto y España, la organización formal de los Illuminati tuvo lugar en 1776, cuando un profesor universitario bávaro llamado Adam Weishaupt lanzó la «Orden de los Perfectibilistas», cuyo nombre cambió casi de inmediato por el de «Illuminati».

Se afirma que Weishaupt, un profesor de Derecho Canónico educado bajo la férrea mano de los jesuitas, fue influenciado por las historias referidas a cultos secretos pitagóricos (véase el Apéndice A: «Sistemas simbólicos»).

El marco jesuítico podría proporcionar un terreno fértil para un movimiento religioso y filosófico que reemplazara los poderes divinos de prelados y monarcas por los del hombre individual, basados en la ciencia y la razón.

La francmasonería ya se había difundido ampliamente por Europa, si bien a menudo había tomado formas que la situaban muy lejos de las Logias Azules de Londres. Lo que Weishaupt encontró en la francmasonería fue una estructura para ser infiltrada y manipulada según sus propios y más profundos propósitos. Hay quien afirma que consideraba que la francmasonería «pura no le era útil debido a que los rituales de ésta se podían llevar a cabo con excesiva facilidad».

En el corazón de los Illuminati estaba la creencia de que el hombre podía garantizar su propia salvación a través de la automejora. Esta «perfectibilidad» tenía muchos antecedentes en las religiones antiguas, estaba implícita en muchas de las tradiciones de la francmasonería y fue adaptada como parte de la religión mormona, por no hablar de sectas más modernas. Pero los objetivos de Weishaupt también tenían que ver con su fuerte pasión antieclesiástica y antijesuítica.

En los seis o siete años que siguieron a 1776, continuó la difusión de la francmasonería por Europa, y con ésta, el ascenso de los Illuminati. Éstos crecieron mucho gracias al reclutamiento de un adinerado caballero proveniente del norte de Alemania, el barón Knigge.

Cualquier esquema de esta índole recurre a la organización básica de los propios francmasones, que, si bien tenía el sistema de Logias Azules para los tres primeros grados, carecía de una autoridad central que gobernara a todos los masones, y dejaba lugar a que una serie de órdenes que ofrecían los altos grados se acoplaran a las ya existentes. El barón Knigge aprovechó este estado de cosas para subyugar a los integrantes (de hecho, los jefes) de las Logias Azules con altos grados en los Illuminati. Pero había una trampa: cuando los Illuminati ascendían en su propio sistema, se les exigía que cortaran todo lazo con sus anteriores logias.

Pero esto no duró mucho tiempo. Surgió el disenso en el seno de los Illuminati, que además debieron enfrentar la presión de la sociedad civil y religiosa, encabezada por los jesuitas, sedientos de venganza.

En 1784, el elector (que era el rey nominal) de Baviera promulgó un edicto mediante el cual vedaba a los Illuminati. Pronto llegaron un segundo y un tercer edicto, que prohibieron toda actividad masónica en Baviera. Hubo arrestos y se confiscaron documentos. Weishaupt huyó y nunca fue arrestado, pero se sumió en la oscuridad.

Como sea, los Illuminati habían demostrado que pretendían establecer un nuevo orden mundial, que tenían intención de subvertir a la masonería y que sabían trabajar en el mayor de los secretos. Así, cualquier aficionado a las teorías conspirativas puede alegar que los Illuminati no murieron, sino que pasaron a una clandestinidad aún más profunda.

Precisamente ésa fue la teoría conspirativa que surgió poco después de que fueran desbandados. En 1797, John Robison y el abad Barruell publicaron sendas obras que circularon ampliamente por Europa y América del Norte. Estos libros, de escasa fundamentación práctica, denunciaban los peligros de la conspiración de los Illuminati, y afirmaban que la Orden fue la chispa que había hecho estallar la Revolución francesa y su reinado del terror, además de vincularlos con los templarios.

Por entonces, tanto Jefferson como Washington se pronunciaron en defensa de la francmasonería. Pero las semillas habían sido sembradas y la leyenda de los Illuminati conocería muchos momentos de exaltación y resurgimiento. Incluso a doscientos años de su aparición, los teóricos de la conspiración seguían alarmándose por los planes de los Illuminati de 1776. Por ejemplo, en 1967, la John Birch Society reeditó el libro de Robison, llamado *Pruebas de una conspiración contra todas las religiones y gobiernos de Europa, desarrollada en las reuniones secretas de francmasones, Illuminati y sociedades de lectura, obtenidas de buenas fuentes.*

El título lo dice todo: la conspiración está en todas partes, y su origen son los francmasones/Illuminati. Probablemente, a cualquier teórico moderno de las conjuraciones le resultará imposible dar con una idea mejor, más allá de exaltar esta misma agregándole toda sociedad secreta concebible, todo gobierno, toda corporación, toda organización internacionalista, todo científico, todo ello «obtenido de buenas fuentes».

En sus novelas de la serie de Langdon, Dan Brown simplemente adopta las teorías conspirativas, en particular la idea de que los Illuminati aún viven y siguen maquinando cómo derribar a la Iglesia católica además de, claro, dominar el mundo. El concepto de los Illuminati está en el núcleo de los villanos del *AyD*, y también se encuentra tácitamente presente en el trasfondo de *ECDV*. Basándome en estos libros, supongo que Dan Brown nos hará saber que los francmasones son buenos tipos, probablemente inofensivos, pero que, sin conocerlo, han sido infiltrados por los Illuminati, que son quienes realmente manejan los hilos.

## Los rosacruces

Tanto *AyD* como *ECDV* entretejen los símbolos de la cruz y de la rosa, que a veces aparecen juntos. Cómo llegaron a unirse es al menos tan antiguo como el movimiento protestante, ya que Martín Lutero empleó la rosa y la cruz como emblemas personales a comienzos del siglo XVI, pero estos símbolos se encuentran especialmente vinculados al rosacrucismo, Orden secreta fundada en Alemania un siglo más tarde.

Como puede interpretarse que, en esencia, el rosacrucismo es anticatólico, y como su surgimiento coincidió con una guerra de ideas que continúa hasta hoy, es un tema crucial en la serie de Langdon de Dan Brown. Antes de la Orden de los Illuminati del siglo XVIII, existió la de los rosacruces en el XVII, que fue muy combativa con la Iglesia. No es muy exacto mezclar ambas, pero Dan Brown lo hace para poder hablar de confraternidades secretas que se remontan a una antigüedad de cuatro siglos y que según *AyD* y *ECDV* aún tienen vida y poder, pero se mantienen ocultas entre las sombras.

El rosacrucismo comenzó con un mito. Probablemente lo haya inventado un pastor luterano alemán, Johan Valentin Andrae, en obras que publicó entre 1614 y 1616. Su primera aparición fue en una serie de manifiestos publicados en Cassel, Alemania, en 1614 y 1615, que anunciaban la presencia de una hermandad de seguidores de una figura mística. En 1616 apareció la figura de Christian Rosenkreutz, quien supuestamente vivió a finales del siglo XIV.

En esos textos se afirmaba que Rosenkreutz estudió en Damasco, Egipto y Marruecos antes de regresar a su Alemania natal, donde fundó una Orden monástica rosacruz en 1409. Eran ocho monjes que tenían la misión de salir al mundo en busca de conocimiento y regresar una vez al año, y que eran reemplazados por sucesores cuando morían. Según el relato, Rosenkreutz murió a los ciento seis años de edad y fue sepultado en una tumba especial, cuyo paradero fue olvidado hasta 1604, año en que fue abierta de nuevo, lo que permitió el renacimiento de la Orden.

La respuesta a los documentos —por si a alguno le hubieran parecido dudosos— fue inmediata e intensa. Surgieron sociedades rosacrucianas, y el símbolo de la rosa y la cruz se volvió popular por sí mismo. Los grupos rosacrucianos combinaban una visión de transformación social con el estudio de la alquimia, la cábala, y el misticismo con una teología cristiana ortodoxa en otros aspectos. Los grupos rosacrucianos se integraron en los —más importantes— de cristianos pietistas que existían en Alemania por entonces. (Posteriormente, algunos sectores de ellos emigrarían a cierta región cercana a Filadelfia.)

El pensamiento rosacruz le debía algo al *Corpus Hermeticum*, un conjunto de escritos de los siglos II y III de la era cristiana que fue traducido en Italia en torno a 1643. Se afirmaba que eran obra de Hermes Trismegisto, pero sin duda fueron escritos por diversos autores, probablemente en Egipto, en tiempos de los gnósticos. Recuperado bajo los auspicios de la célebre familia italiana de los Médicis, el *Corpus Hermeticum* tuvo el efecto de alentar a los practicantes a investigar el misticismo, la alquimia e incluso el ocultismo sin dejar de ser fieles a las Escrituras cristianas. Permitió a estudiosos, médicos y científicos considerar que su obra se ceñía a «los dos libros»: el primero era la Biblia, el segundo, el «libro de la naturaleza».

El pionero suizo de la medicina Paracelso (1493-1541) desarrolló estas ideas en los terrenos de la medicina y la alquimia. En un efecto como de ondas concéntricas, durante cerca de un siglo los médicos y los aspirantes a hechicero (habilidades que a menudo coincidían en una misma persona) siguieron expandiendo los aportes de Paracelso, además de que intentaron integrar en sus disciplinas los escritos clásicos griegos sobre Medicina. Entre estos buscadores estaba Robert Fludd (1547-1637), un médico inglés formado en Oxford, quien absorbió estas ideas y les agregó algunos elementos propios. Atendía a sus pacientes de Londres con una combinación de medicina oficial, misticismo, alquimia y ocultismo. Empleaba horóscopos como herramienta de diagnóstico y tal vez los haya hipnotizado como parte de sus tratamientos.

De este modo, Fludd se convirtió en una bomba de relojería cuando los manifiestos rosacruces entraron en escena. Casi de inmediato, comenzó a escribir acerca del rosacrucismo en inglés y a popularizarlo entre los intelectuales de Londres. Fludd y sus seguidores consideraban que poseían la «llave de las ciencias universales». Fludd, por supuesto, fue contemporáneo de Francis Bacon. De manera que las ideas rosacrucianas circulaban ampliamente en la Europa continental y en las islas británicas apenas uno o dos años después de su aparición.

Esa simbología y sus variantes («rosy crux», «rose croix» e incluso «roja cruz») aún existen. Sólo en Estados Unidos existen al menos ocho sociedades que mantienen que su origen se encuentra en los rosacrucianos. Los francmasones tienen diversos grados asociados a tal simbolismo, el más evidente de los cuales es el decimoctavo grado del Rito Escocés, llamado Caballero (o Príncipe) Rose Croix. Existe un vínculo putativo entre los rosacruces y el legendario francmasón Albert Pike, y hay quien afirma que éste fue iniciado en la rosacruz en el transcurso de un viaje a Europa. Pero los estudiosos han determinado que un grupo masónico de Massachusetts, que quería formar un núcleo rosacruz en Estados Unidos, seleccionó a Pike y le envió una carta en la que lo hacía miembro honorario, lo que dio origen a una leyenda apócrifa. Sin embargo, Pike nunca viajó a Europa.

Una de las mayores organizaciones rosacruces de la actualidad es la Antigua y Mística Orden de la Rosa Cruz (AMORC), que H. Spencer Lewis fundó en 1915. Se afirma que sus integrantes son 250.000. Lewis también pertenecía a diversas Órdenes ocultistas británicas, entre ellas la Ordo Templi Orientis de Aleister Crowley, que amalgama las leyendas de los templarios con los gnósticos, el ocultismo, etc.

Las novelas de Dan Brown les dan algún margen a los diversos personajes enrolados en el bando de «la ciencia y la razón», de modo que, en lo filosófico, a veces recuerdan más a los rosacruces que a los Illuminati. Un buen ejemplo de ello es el personaje de Leonardo Vetra en *AyD*, quien combina un devoto catolicismo con una aguda mente científica.

Vetra, asesinado al comienzo de la novela, es un piadoso sacerdote, además de un físico especializado en partículas. Ha llegado a ser uno de los principales científicos del Conseil Européen pour la Recherche Nucléaire, donde se encuentra el acelerador de partículas más grande del mundo. Vetra y su hija adoptiva, Vittoria, han logrado producir una considerable cantidad de antimateria, que ha sido robada para producir una bomba muy poderosa con la que se pretende destruir El Vaticano. Se afirma que Vetra ha demostrado «la existencia de una fuerza energética que nos une a todos», que la prensa científica ha denominado «un camino a Dios más certero que la propia religión»

Según un reciente panfleto de AMORC, «las enseñanzas rosacruces les permiten a las personas encontrarse a sí mismas, transformar sus vidas e influir sobre el universo. Somos educadores, estudiantes y buscadores consagrados a explorar la sabiduría interior y el sentido de la vida. Ofrecemos un sistema de experimentación antiguo y comprobado que revela los principios subyacentes del universo. Nuestro método ofrece herramientas prácticas aplicables a todos los aspectos de la vida. Las enseñanzas rosacruces les permiten a los individuos dirigir sus propias vidas, experimentar paz interior y dejar su huella en el género humano».

Es bastante fácil reconocer que éstas son afirmaciones que podría haber hecho perfectamente Francis Bacon hace cuatrocientos años. Es un ejemplo de cómo la propagación cruzada de ideas parece no terminar nunca.

En sus primeros años, la francmasonería estuvo rodeada de todas estas controversias, y ya entonces los grupos opositores o rivales difundían rumores y mentiras. Pero esa época fue llamada la era del iluminismo, y grandes cantidades de personas, instruidas o no, comenzaban a pensar que el hombre podía descubrir verdades fundamentales y caminos a Dios sin necesidad de suscribirse a una jerarquía como la católica, con su papa y sacerdotes, ni a un rey legitimado por la teoría del derecho divino. Era, por tanto, un ambiente propicio en el que la francmasonería podía crecer y desarrollarse.

## Masones de la América del Norte anterior a la revolución

La fraternidad se arraigó, y llegó a ser tan popular que, para la década de 1730, la francmasonería fue importada a América del Norte y se fundaron las primeras logias en Nueva York y Filadelfia. Posteriormente, aparecerían otras logias, primero en Carolina del Sur y luego en la mayor parte de las colonias.

La francmasonería creció en la América del Norte colonial mientras debía enfrentarse con crecientes obstáculos en Europa. Como los masones exigían que se creyera en un dios, pero no especificaban si éste debía ser católico, protestante, hebreo o musulmán, prácticamente toda religión establecida podía considerarlos una amenaza. Además, los monarcas se sentían amenazados. La Iglesia católica romana se les opuso oficialmente desde que, en 1738, el papa Clemente XII condenó la francmasonería y la expulsó de la fe. Se prohibió, bajo pena de excomunión, que los católicos fuesen masones. Los papas posteriores reiterarían esta condena.

En ese entonces, América del Norte era de raza blanca, anglosajona y protestante. Era no católica, en el sentido de que era mayoritariamente protestante y existía un difundido sentimiento anticatólico. Como muchos de los colonos originarios habían llegado a Norteamérica para escapar de la persecución religiosa, no se planteaban comenzar guerras religiosas entre colonos, de modo que, por lo general, había tolerancia, si bien existían marcadas excepciones a ésta. La gama de puntos de vista religiosos era muy amplia, aun en el seno del protestantismo, e incluía a puritanos, calvinistas, anglicanos, baptistas, cuáqueros, unitarios y deístas. Como sea, el resultado final era que la mayor parte de los hombres que dieron nacimiento a Estados Unidos eran protestantes.

Muchos honorables colonos se unieron a logias francmasónicas, entre ellos una larga lista de padres fundadores de la nación norteamericana, como George Washington, Paul Revere, Benjamin Franklin y John Hancock. Thomas Jefferson no era masón, pero tenía la fuerte convicción de que el Estado no debía patrocinar ninguna religión. No es accidental que documentos como la Declaración de Independencia hablen de la «Divina Providencia» y del «Dios de la Naturaleza» más bien que de una deidad específica. Así y todo, el debate acerca de si se trató de un plan maestro de los masones o de una mera confluencia de ideas en boga aún no se ha cerrado.

Por otra parte, en América del Norte, como en Inglaterra, un joven caballero que tuviese esperanzas de ascenso social a menudo se incorporaba a una logia, pues de ese modo se le ofrecía una oportunidad para relacionarse con «gente decente». Los francmasones de la época colonial se cuidaban de aclarar que aprendían moralidad en las logias y que la practicaban en forma de servicio público y obras de caridad. De modo que no era raro que un joven de veinte años, como George Washington, o de veinticinco, como Benjamin Franklin, se uniera a una logia como parte de un anhelo de establecer conexiones sociales respetables.

Ha llegado el momento de detenernos en las formas que la edad del iluminismo tomó en la Norteamérica colonial. Como había mucho comercio entre Inglaterra y las colonias, los norteamericanos tenían una idea bastante clara acerca de lo que ocurría en su madre patria. Claro que muchos en Inglaterra consideraban que los habitantes de las colonias eran toscos e ignorantes. Aunque éste haya sido el caso al comienzo, no tardó en dejar de serlo. América del Norte ya se había transformado en un lugar de autosuperación en todos los sentidos, y las ideas que llegaban de Europa alimentaban esa característica. De la mano de Franklin, en poco tiempo la ciencia norteamericana iría por delante de la europea. Sus logros no pueden sino ser considerados como espectaculares, dado que se trataba de una persona totalmente autodidacta.

La francmasonería estaba en el corazón mismo de tales procesos. Encarnaba las filosofías del iluminismo en su versión inglesa, si bien tenía raíces en la Europa continental.

Dos de los pensadores más famosos de esa época fueron Benjamin Franklin y el satírico francés Voltaire, y de hecho ambos se unieron juntos a una logia masónica en Francia en 1778 (si bien Franklin ya era francmasón desde 1731). Para la Iglesia católica, Voltaire era un completo demonio, ya que prácticamente toda su carrera literaria estuvo dedicada a socavar los poderes del clero y el rey, que estaban íntimamente entrelazados en la Francia de la época. Voltaire y Franklin se conocieron en la Real Academia de Ciencias de París en 1778, y, cuando se estrecharon las manos, el público presente exigió que se abrazaran, cosa que hicieron.

Voltaire sentía una gran admiración por Isaac Newton y, en su juventud, asistió al entierro de éste en Londres, ocasión en que el científico fue honrado casi como una deidad. (El funeral de Newton desempeña un papel en *ECDV*, donde se afirma, erróneamente, que lo presidió Alexander Pope.) El hecho de que dos personajes como Voltaire y Franklin se honraran mutuamente representaba la unión de las antorchas de la ciencia y la razón del Viejo y el Nuevo Mundo.

El pensamiento científico, de Galileo a Newton, pasando por Copérnico y Tycho Brahe, se construyó sobre «herejías» que la Iglesia católica no podía admitir, como la teoría heliocéntrica. Pero la ciencia amenazaba al papado de una forma más profunda: significaba que la Iglesia ya no tenía el monopolio de la interpretación del universo. El autodidacta Benjamin Franklin había ascendido a la cumbre de la ciencia sin ayuda de ninguna Iglesia.

La logia a la que Voltaire y Franklin se incorporaron en Francia se llamaba Logia de las Nueve Hermanas, era conocida como un centro

El autodidacta Franklin demostró con facilidad que los americanos podían destacar en el mundo de la ciencia.

de librepensadores, y se la consideraba un ala extrema de la masonería, pues encabezaba los cuestionamientos a la Iglesia y a la monarquía que eventualmente se desencadenarían con la llegada de la Revolución francesa.

Entre otros vínculos de naturaleza científica, Franklin estableció amistad con el clérigo/científico Joseph Priestley. Debido a la fama que alcanzó por sus experimentos con los rayos y la electricidad, Franklin fue designado integrante de la Royal Society un año antes de su primer viaje oficial a Inglaterra, en 1757.

La carrera religiosa de Priestley comenzó con un anglicanismo estricto que derivó más adelante en creencias de tipo unitario. También se dedicó a la ciencia, y llegó a ser un gigante en el campo de la química, en el que se ocupó especialmente de estudiar gases como el oxígeno. Franklin y Priestley se conocieron en 1766 y se hicieron amigos de por vida.

En 1780, cuando ambos ya eran célebres como consumados científicos, Priestley y Franklin se vincularon a la Lunar Society, un grupo de hombres de Birmingham, Inglaterra, que se interesaba por las ciencias naturales y la literatura. A veces se los denominaba «los lunáticos», porque se reunían en casa de uno u otro de los miembros los días lunes más próximos a la fecha de la luna llena. Se trataba de una medida práctica destinada a facilitarles el regreso a sus casas a la luz de la Luna, y fue adoptada por muchas organizaciones fraternales, entre ellas algunas logias masónicas. Pero no es difícil percibir que también se le podía atribuir una connotación oculta.

Franklin regresó a Filadelfia por última vez en 1785 y murió en 1790. En torno a esa época, Priestley se había embarcado en una senda espiritual que lo llevaría a graves problemas en Inglaterra, donde el tipo de disenso religioso que él cultivaba era ilegal. Fue objeto de panfletos denigratorios y quemaron una representación suya. Para contribuir a su impopularidad, era un ardiente partidario de las revoluciones americana y francesa. En 1794, la situación se volvió intolerable, y partió rumbo a América. Se reunió con su hijo en una colonia de disidentes religiosos ingleses en Northumberland, Pensilvania, a orillas del río Susquehanna. Pasaba los inviernos en Filadelfia, donde daba conferencias, y estableció la primera Iglesia unitaria de América.

Es notable que tanto John Adams como Thomas Jefferson, que no eran masones, asistiesen de forma ostensible a los sermones de Priestley, y que Jefferson, posteriormente, le haya consultado antes de fundar la Universidad de Virginia.

Entre las cosas que compartían Newton, Priestley, Franklin y más o menos todos los científicos del período que fue del siglo XVI al XVIII, estaba el interés por la alquimia. Newton fue alquimista en un sentido totalmente literal, y Priestley estuvo entre los pensadores posteriores que se desplazarían de la *alquimia* a la más respetable ciencia de la *química*.

La alquimia, que tenía elementos originados en la Antigüedad y en la Edad Media, se basaba en la creencia de que toda la materia tiene un origen común, así como la capacidad o potencial de cambiar de forma o naturaleza. (Esta definición básica no dista demasiado de la interpretación del universo más avanzada de nuestros días: la teoría de cuerdas.)

El sueño básico de la alquimia era encontrar la clave de la transmutación, conocida como «Piedra Filosofal», que permitiría transformar metales bajos en oro, encontrar una cura universal para las enfermedades y el procedimiento para prolongar la vida de forma indefinida. Según su definición arcana, la Piedra Filosofal era «una piedra que no es una piedra», y probablemente se tratara de un líquido.

Pero la alquimia tiene un contexto filosófico y religioso que va más allá, y se refiere a conceptos vinculados a la creencia en principios universales que se autolegitiman, a la «perfectibilidad» a la unión de espíritu y cuerpo y al *hieros gamos* o «nupcias alquímicas» sexuales.

Lo que muchos no saben es hasta qué punto tales influencias marcaron la historia de Estados Unidos. De hecho, fueron muchos los alquimistas norteamericanos que buscaron la Piedra Filosofal. Curiosamente, algunas sectas religiosas tempranas —entre ellas, créase o no, los cuáqueros— fueron vinculadas a tales influencias. Los primitivos cuáqueros, que siempre tenían problemas con las autoridades, fueron injustamente acusados de ser una secta del tipo «Familia del Amor», es decir, partidaria del amor libre.

Para colmo, la alquimia no siempre era un manantial cristalino, sino una mezcla de verdadera ciencia y ocultismo, además de elementos como la falsificación de resultados y varios tipos de estafa, como curaciones mágicas y cosas por el estilo. Los primitivos norteamericanos de las colonias de Nueva Inglaterra, que eran calvinistas y puritanos, consultaron a las brujas (que practicaban la brujería «blanca») durante décadas antes de volverse contra la brujería «negra» en los juicios de Salem. Pero hubo varias olas de inmigrantes religiosos, que cada vez eran más, llegaban con más frecuencia y profesaban creencias más variadas. Así, cruzaron fácilmente el Atlántico y se arraigaron en el Nuevo Mundo muchas creencias y movimientos originarios de Inglaterra, Francia y otros países.

## Revolviendo la mezcla

Un ejemplo extremo de mezcla religiosa muy variada es la célebre comunidad de Ephrata, en Pensilvania. Combinaba genuinas creencias rosacruces con formas de la alquimia, además de elementos del baptismo alemán (conocido como *Dunker*), el pietismo y hasta algunas prácticas cercanas al judaísmo.

La principal corriente de creencia religiosa que imperaba en Ephrata provenía de un místico, Johann Conrad Beissel, que no necesitaba un texto o la Biblia para predicar, sino que simplemente cerraba los ojos y comenzaba a pronunciar largos y ardientemente animados «sermones», del tipo de los que actualmente se denominan *rant* o «desvaríos». Quiso volverse ermitaño en muchas ocasiones, pero sus seguidores no dejaban de presentarse en la puerta de su cabaña. De modo que fundó una secta que llegó a tener unos trescientos integrantes, la mayor parte de ellos alemanes refugiados de la persecución religiosa, que se congregaron en Pensilvania.

Se ha descrito a Beissel como «de físico diminuto, consumido, un esqueleto viviente hasta el día de su muerte, pero dotado de una personalidad tan magnética que su influencia, benigna o maligna, era sentida por todo aquel con quien entrara en contacto».

Beissel predicaba el celibato estricto y total, de modo que quien se unía a su grupo debía renunciar a su matrimonio, si es que estaba casado o casada. Ello resultó un motivo de atracción para algunas casadas de la región cercana a Ephrata, y Beissel fue atacado en más de una ocasión por maridos encolerizados. A veces, los hombres de su secta sufrían severos castigos por dormir con sus propias esposas. Los integrantes de la Orden vestían túnicas blancas y dormían en estrechas tarimas de madera, con almohadas de piedra. Como los judíos de la Antigüedad, se levantaban a medianoche para leer las Escrituras y rezar, y adoptaron el sábado o *sabbat* —no el domingo— como día de reposo, lo que les causó problemas con las autoridades civiles.

Beissel creía en ciertas tradiciones herméticas, incluidas las nupcias alquímicas (desde el punto de vista filosófico, no sexual), y, hacia el fin de su vida, se dedicó a la alquimia de forma literal, buscando la Piedra Filosofal. De hecho, sus creencias derivaban de forma directa de textos herméticos y rosacruces. Una de esas leyendas afirmaba que antes del conflicto entre Dios y el arcángel Lucifer el hombre era completo, pues era macho y hembra en lo espiritual. A través del celibato, la fe y la revelación, lo masculino podría volver a reunirse con lo femenino, creando así un espíritu perfecto. De ahí que los integrantes de la secta Ephrata se conocieran como *perfecti*.

Beissel, que en Alemania había sido panadero, era literalmente un «hijo de la viuda», pues nació tras la muerte de su padre. Se afirma que en su juventud perteneció a una sección rosacruz que, debido a que esta Orden estaba prohibida, se reunía en un conventículo pietista en Heidelberg. Pero el pietismo también estaba prohibido en esa ciudad, y se vio obligado a huir, llegando eventualmente a Pensilvania. Los pietistas que se quedaron en Alemania llamaban al grupo de sus acólitos que ya había emigrado a América «la mujer que erra por el desierto». Beissel había tenido la intención de unirse a éste, pero terminó por crear su propia secta.

Beissel, que sólo tenía un conocimiento rudimentario de la música, desarrolló su propia teoría de la armonía, escribió unos dos mil himnos y fue el entusiasta maestro de coro de las mujeres de Ephrata. Tenía un concepto cabalístico de la música, pues consideraba que cada nota era una «letra». De modo que cada himno era una forma codificada de guía divina. Veía la música en términos «eólicos» o pitagóricos.

A lo largo de la mayor parte de la historia de América del Norte, diversos grupos han encontrado motivos para proclamar el Segundo Advenimiento, la llegada de un nuevo Mesías o el Fin de los Tiempos. En esto no se diferenciaba particularmente de Europa y otros lugares del mundo, en los que nuevos mesías y milenios venían siendo anunciados regularmente desde hacía siglos. Ésta aún es una corriente muy real y vigente en el fundamentalismo religioso estadounidense de nuestros días.

Ephrata no escapó a esta tendencia. En 1742, durante varias noches se divisó un cometa en el cielo. El consejo de ancianos quedó convencido de que anunciaba el fin del mundo, y fue necesario contener a algunos de los fieles, que pretendieron dejarse morir de hambre. Posteriormente, estalló una disputa cuando uno de los jerarcas detectó indicios de que Beissel tenía intención de proclamarse como nuevo Cristo.

Los *beisselianer*, como se los denominó, practicaban *agapas* (ágapes) o «fiestas de amor», cuyo origen remitía a los primeros cristianos. Se trataba de celebraciones santas en las que todos, incluidos sirvientes y esclavos, comían juntos y se daban el beso de la paz unos a otros. *Aga-*

*pé* significa «amor» en griego. *Agapa* es parte de la marca masónica del célebre francmasón escocés sir Robert Moray (véase el Apéndice D: «Elementos sexuales en Dan Brown»).

Los fieles de Ephrata eran seguidores del apócrifo conocimiento de *sofía* —que en griego significa «sabiduría»–, y figura en la trama de *ECDV*, donde explica el nombre de Sophie Neveu. La *sofía* es un elemento significativo del gnosticismo.

## La Hermandad de Sión

Ephrata era bastante rara, pero en su seno surgió una subsecta que a los lectores de *ECDV* les parecerá directamente estremecedora.

En torno a 1738, en Ephrata surgió una sociedad secreta que se llamó la Hermandad de Sión (y esto no es broma). Ello tiene un parecido realmente increíble con el Priorato de Sión, la supuesta hermandad fundada entre los templarios que figura tan prominentemente en *ECDV*, en el que se la define como custodia del linaje de los merovingios, a través de Leonardo da Vinci y los Illuminati hasta Jacques Saunière, abuelo de Sophie.

La Hermandad de Sión de Ephrata consistía en trece adeptos que se construyeron un recinto de reunión circular, que, se afirma, se basaba en planos recibidos de la antigua francmasonería. En *ECDV*, Dan Brown afirma que los templarios se caracterizaron por construir iglesias redondas.

La hermandad surgida en Ephrata estaba encabezada por un Maestro Perfecto o Prior, de modo que puede ser considerado un «Priorato de Sión».

Posteriormente, las monjas del claustro tomaron el nombre de Orden de las Rosas de Sharon. Una vez más, aparece el simbolismo de la rosa, en un contexto que lo liga casi con certeza al rosacrucismo. Ello encajaría a la perfección en un escenario de Dan Brown.

La construcción circular donde se reunía la Hermandad de Sión tenía tres pisos. El primero albergaba el refectorio y la despensa; el segundo, los dormitorios. No tenía ventanas, y allí trece tarimas de madera irradiaban desde una vela colocada en el centro. El tercer piso contenía «la cámara mística, donde se celebraban los arcanos del rito». (¿No es todo esto ideal como escenario para una novela de Dan Brown?)

Para comenzar su viaje espiritual, los trece hermanos ingresaron en la construcción, donde se encerraron bajo llave para pasar cuarenta días orando. Al cuadragésimo día, se les aparecieron siete arcángeles, uno de los cuales les entregó un pergamino sagrado. Sobre él había un pentágono sagrado que contenía el Nombre Inefable de Dios. La hermandad se puso bajo la advocación de la Virgen María, y, para mostrar que estaban consagrados a ella, se tonsuraron como monjes católicos. También las monjas se tonsuraban de ese modo.

Iban a todas partes andando, por lo general en fila india, de modo que, para quienes lo veían desde fuera, Beissel y sus seguidores parecían un padre seguido por sus hijos o una gallina acompañada de sus pollitos. Su magra dieta vegetariana los mantenía muy delgados, y quienes asistían a sus servicios como espectadores se impresionaban ante la manera en que brotaban poderosas armonías de ese coro de seres consumidos hasta parecer espíritus.

Una inquietante leyenda afirma que hay huellas de pies humanos en las vigas del techo de una de las construcciones de Ephrata, que aparecieron allí una medianoche en que el prior y otro monje caminaron por el techado.

Si bien Ephrata les parecería muy rara a los pensilvanos de la época, no se trataba de un caso único. Había docenas de comunidades religiosas extrañas en una colonia que, al fin y al cabo, había sido fundada como refugio para creencias proscritas. Ciertamente, su rareza no evitó que Ephrata deviniese en parte integral de la vida de la región. Sus integrantes producían pan de centeno de estilo *pumpernickel* y lo distribuían en las ciudades cercanas. El propio Benjamin Franklin hizo las primeras impresiones de libros de himnos y tratados religiosos de Ephrata, y, posteriormente, las primeras traducciones de la Declaración de Independencia, destinadas a los gobiernos de Europa, fueron realizadas en esa comunidad.

Pero Ephrata estaba prácticamente condenada al fracaso en tanto que experimento religioso. La combinación de alquimia, misticismo y celibato no era lo que se dice una estrategia ganadora. Pero sí formaba parte de la permanente mezcla cultural que caracterizaba a las colonias.

Este revoltijo americano de filosofía, religión y ciencia impregnó muchas de las etapas de formación de la revolución norteamericana. Un ejemplo, entre otros, está en una de las frases más famosas de la Declaración de Independencia, la segunda, que comienza diciendo: «Consideramos que estas verdades...».

Jefferson redactó el borrador de la Declaración basándose en muchas corrientes de pensamiento (entre las cuales tuvieron gran importancia la idea de John Locke sobre los derechos naturales y muchos pasajes que se tomaron prestados sin mayor modificación de lo escrito por George Mason, otro prominente virginiano). Jefferson le pasó el borrador a Franklin para que lo corrigiese.

Uno de los cambios más significativos que incorporó Franklin fue el modificar la frase de Jefferson «consideramos que estas verdades son sagradas e innegables», reemplazando «sagradas e innegables» por «manifiestas». De esa manera, Franklin evitó toda justificación de tipo religioso, y prefirió remitirse a las tradiciones del iluminismo representadas por Newton en lo científico y por Leibniz en lo filosófico.

En esencia, lo que hizo Franklin fue presentar a la independencia como una diosa capaz de crearse a sí misma, sin necesidad de padres religiosos. Era una abierta befa a los monarcas de Europa, que necesitaban de autorización religiosa para reinar.

Como hemos visto, Franklin estaba en la posición indicada para llevar a cabo semejante audacia. Era francmasón, uno de los científicos más destacados del mundo y un excelente representante del pensamiento del iluminismo, tanto en América como en el mundo. No me sorprenderé ni decepcionaré si Dan Brown le adjudica un papel importante a la figura de Franklin en *La clave de Salomón*, aunque creo que el tema ya ha sido abordado en la película de 2004 *La leyenda del tesoro perdido*, protagonizada por Nicholas Cage. Tal vez ello frustre un empleo de esta faceta de Franklin por parte de Dan Brown.

En *La leyenda del tesoro perdido*, el héroe es un heredero de los francmasones de la revolución llamado Benjamin Franklin Gates. Busca un vasto tesoro templario que ha sido ocultado por los francmasones, y sigue pistas que incluyen códigos y símbolos presuntamente creados por el inteligente y astuto Benjamin Franklin. Uno de los artefactos empleados para discernir símbolos ocultos en el dorso de la Declaración de Independencia es un par de gafas filtrantes especiales creadas por Franklin y dejadas en un nicho del Independence Hall. Otra pista importante es descifrada mediante códigos ocultos en las «Cartas de Silence Dogood», una serie de epístolas a periódicos que Benjamin Franklin escribió bajo ese seudónimo en su juventud.

## Comienza la conspiración revolucionaria influida por los masones

Me hace gracia cuando los teóricos de la conspiración comienzan a hablar de la conjura masónica originaria para apoderarse de América del Norte, con frases del tipo: «¡Oye!, ¿sabías que un grupo de hombres comenzó una gran conspiración en 1776 en Filadelfia?».

Y sí, claro que hubo una conjura entre los cincuenta y seis firmantes de la Declaración de Independencia. Realmente conspiraban para derrocar al rey de Inglaterra y crear una forma de gobierno llamada «democracia».

Y sí, era secreta. Todos los allí presentes sabían que, en caso de ser conocidas por los británicos, sus firmas les llevarían a ser condenados a la horca de forma instantánea. Por eso las copias de la Declaración de Independencia que firmaron no se hicieron públicas hasta cinco meses después de rubricadas. El documento en sí fue leído en público el 8 de julio de 1776, pero las identidades de los firmantes no fueron reveladas.

Entre los cincuenta y seis que firmaron había nueve que eran comprobadamente francmasones (si bien hay quien afirma que eran más). Quien escribió la mayor parte del texto, Thomas Jefferson, no era francmasón. El otro firmante que llegó a presidente, John Adams, tampoco lo era. Benjamin Franklin firmó, y era francmasón, además de ser un hombre muy inteligente y de gran importancia, pero de ninguna de sus actividades se desprende que estuviera llevando adelante una conspiración para apoderarse del nuevo país.

De modo que no tiene sentido decir que los francmasones se apoderaron de Estados Unidos desde el primer día. Pero cuando Dan Brown se refiera a este episodio histórico en *La clave de Salomón*, apuesto a que enfatizará lo de «conspiración masónica».

Lo que sí se puede decir de los presentes en el Independence Hall es que todos eran hombres blancos, acaudalados, muchos de ellos cristianos, casi todos protestantes. Pero algunos eran deístas y otros tenían interpretaciones personales o idiosincrásicas de la religión. Jefferson, por ejemplo, en cierta ocasión intentó crear su propia versión de la Biblia mediante el sencillo recurso de arrancar las páginas de la versión oficial que no consideraba apropiadas. Todos ellos estaban totalmente empapados del pensamiento del iluminismo y, en la medida en que éste coincidía con la filosofía de la francmasonería, también del pensamiento masónico.

Además, si bien muchísimos francmasones participaron de la guerra revolucionaria —entre ellos casi todos los principales comandantes de Washington—, no puede decirse que hayan hecho nada especialmente conspirativo para apoderarse del país. De hecho, Washington no aspiraba a la presidencia, y hubiese estado feliz de retirarse a su bienamado Mount Vernon. Estableció el paradigma de las futuras sociedades democráticas al renunciar a la presidencia tras ser elegido en dos ocasiones, en lugar de transformarla en alguna suerte de monarquía constitucional, lo cual podría haber hecho perfectamente dada su popularidad.

Los francmasones eran como los demás soldados, con la diferencia de que a veces se reunían en sus logias, además de celebrar ciertas festividades, como los días de San Juan Evangelista (27 de diciembre) y San Juan Bautista (24 de junio). Los ingleses tenían sus propios soldados francmasones, que habían traído consigo su parafernalia ceremonial, de modo que, como en un reflejo de lo que hacían sus hermanos americanos, también ellos celebraban. Para los soldados era una forma de ascender. En cuanto francmasón, hasta un soldado raso podía ser un hermano en igualdad de condiciones que un coronel.

En 1779, momento en que la revolución estaba en pleno desarrollo, George Washington encabezó una muy significativa procesión de militares masones en West Point. Aproximadamente un centenar de hermanos masones festejó el día de San Juan Bautista con discursos, canciones, un sermón y un brindis. Fue un evento social majestuoso y refinado. Como señala el historiador Steven C. Bullock en su *Revolutionary Brotherhood*, al cabo de pocos meses, esa celebración resultó en el surgimiento de una nueva camada de masones. El general John Paterson fundó una nueva logia militar con trece miembros, nueve de los cuales habían estado presentes en la procesión de West Point. Se la denominó Logia Washington, y tal era el carisma del comandante en jefe que para antes de que finalizase la Guerra de Independencia ya tenía doscientos cincuenta integrantes.

Uno de los temas centrales que se deben considerar cuando uno se refiere a la revolución norteamericana es que, durante esa larga guerra, la población no estaba unida. En cualquiera de las colonias, aproximadamente un tercio de los habitantes se alegraba cuando entraban las tropas de Washington, pero otro tercio prefería a los británicos. Y el tercio restante simplemente esperaba que tanto desorden finalizara cuanto antes. Tanto Washington como el Congreso Continental debían recorrer una cuerda floja, incluso desde el punto de vista financiero, para mantener la revolución en marcha cuando dos tercios de la población hubieran preferido, por distintos motivos, que terminase.

Ni siquiera los jefes revolucionarios estaban de acuerdo entre ellos. De las colonias de Nueva Inglaterra venían hombres como John Adams, Samuel Adams y Paul Revere, todos ellos extremistas que defendían la independencia desde antes del estallido de las hostilidades. Como John Hancock eran, a menudo, tenderos, artesanos, banqueros, comerciantes, etc. Las colonias del sur estaban representadas por caballerescos terratenientes, que medían su riqueza en acres más bien que en dólares. Como Washington y Jefferson, eran propietarios de esclavos. Algunos de estos hombres consideraban que las relaciones con la monarquía podían llegar a repararse. Y Benjamin Franklin, aunque desde el punto de vista filosófico tenía más afinidades con los de Nueva Inglaterra, realmente creyó, durante los primeros años de la guerra, que ésta no podría ser ganada nunca. Opinaba que serviría para que las colonias dejaran establecido su punto de vista, para luego negociar la paz sin dejar de integrar a la comunidad de las naciones británicas.

Uno de los hechos más curiosos de la historia estadounidense ha sido señalado en la citada obra de Steven Bullock y ocurrió en la procesión que tuvo lugar cuando Benjamin Franklin murió en 1790. Fue la mayor que América del Norte hubiese conocido, y lo seguiría siendo durante muchos años. Más de 20.000 personas se congregaron allí. Prácticamente todos los grupos de Filadelfia, entre ellos católicos y judíos, enviaron un contingente que los representara. Sólo faltaba una agrupación: los francmasones.

Debido a un cisma que había tenido lugar años antes, en esos momentos la logia originaria de Filadelfia a la que pertenecía Franklin no era reconocida por las demás logias de la ciudad (se trataba de una discusión en torno a los términos «antiguo» y «moderno»). Es un ejemplo más de cómo incluso los francmasones, que muchos imaginan como una disciplinada sociedad secreta de conspiradores, no actuaban de forma unánime.

Franklin no era un francmasón típico, como tampoco era un editor al uso. Un año antes de que se uniera a los masones, su *Pennsylvania Gazette* dio a conocer rituales secretos de éstos.

La reputación de Franklin quedó mancillada cuando no detuvo de forma tajante una broma pesada que tuvo consecuencias fatales. Al parecer, un grupo de jóvenes nativos de Filadelfia, que no eran masones, convencieron a un crédulo amigo de que lo iniciarían como aprendiz en la francmasonería. Celebraron una ceremonia en la que se le vendaron los ojos al candidato, se le suministró un «vino sagrado» mezclado con laxante, se le hizo jurarle lealtad al diablo y «besar el libro», que en realidad eran las nalgas desnudas de uno de los bromistas. Cuando se volvieron a reunir en un sótano para «iniciar» a su víctima a un grado superior, trataron de convencerlo de que veía al demonio, para lo cual uno de ellos se vistió con una piel de vaca con sus cuernos. Alumbraban sus rostros con escudillas llenas de brandy hirviendo. Una de éstas se derramó sobre la víctima, quien murió al cabo de pocos días. Franklin no participó de ninguna manera en la broma, pero antes del episodio, le mostraron en una taberna una copia del falso ritual que habían inventado los bromistas.

Si Dan Brown necesita que su trama, ambientada en la actualidad, se conecte de alguna manera con el pasado, lo ocurrido en Patchogue, Nueva York, en 2004, durante una verdadera ceremonia de iniciación masónica que terminó en tragedia, refleja extrañamente esa broma pesada del siglo XVIII. La Logia Southside de esa localidad tenía una suborganización para miembros escogidos llamada el Club de Compañeros. Este club, que no funcionaba bajo autorización de la Gran Logia de Nueva York, celebraba sus propios rituales de iniciación en un sótano, en el que la policía encontró posteriormente una guillotina de casi tres metros de altura y una instalación que imitaba una tabla. Al iniciado se le vendaban los ojos y se le decía que sería fusilado. Mientras uno de los masones disparaba con balas de fogueo, otro, a espaldas del candidato a la iniciación, hacía caer unas latas vacías. Desgraciadamente, el encargado de los disparos, un masón de 76 años de edad, llevaba dos pistolas. En el bolsillo izquierdo, tenía una de calibre 22 con balas de fogueo; en el derecho, una del 32 con balas verdaderas. Fue ésta la que se sacó del bolsillo, y le disparó en el rostro al candidato, de 47 años, a quien mató, según informaron las autoridades. Fue acusado de homicidio en segundo grado y condenado a cinco años de libertad condicional.

## Excesos posrevolucionarios

El gran ascenso de la masonería en Norteamérica se produjo en el período posterior a la revolución. La población construía una nueva estructura social en los pueblos y ciudades de la nueva nación. Y una parte de esa estructura era este sistema fraternal que suministraba ventajas como jerarquía social, contactos para hacer negocios, cobertura en caso de muerte e incluso juergas.

En esta nueva sociedad, abundaban los grupos a los que integrarse y, por otra parte, no dejaban de surgir agrupaciones nuevas. No es casual que los grupos nuevos no inventaran formas propias, sino que, en general, copiasen y adaptasen los símbolos y rituales de los francmasones. Si lo que uno quería era ingresar en la verdadera francmasonería, debía conseguir que alguien lo invitase. La admisión estaba controlada por un sistema de «bolilla negra» en el cual cada uno de los integrantes de la logia estaba en condiciones de vetar a los candidatos propuestos.

Había mucho para elegir en materia de francmasones. Estaban los ritos de York o Escocés, «antiguo» o «moderno», y los hermanos podían ser blancos (casi todos) o negros (los francmasones Prince Hall).

En esta edad de oro de la francmasonería estadounidense, muchos aprovechaban el prestigio que daba pertenecer a ella para llevar a cabo negocios basados sobre todo en sus contactos fraternales. Gracias al juramento básico de ayuda mutua, cualquier masón podía llegar a una ciudad desconocida y dirigirse directamente a la logia local para que lo ayudasen a encontrar alojamiento o incluso le dieran un pequeño préstamo.

Las logias masónicas hacían obras de caridad que beneficiaban a toda su comunidad, y tenían recursos para hacerse cargo de los gastos de sepultura de sus integrantes. También eran lugares en los que los comerciantes se podían reunir para concretar acuerdos de negocios abiertos o tácitos entre ellos, excluyendo a los competidores no masónicos.

George Washington es el más reverenciado de los francmasones americanos.

La vida política tendía a estar ligada a la francmasonería, hasta el punto de que en algunos Estados no se podía ser gobernador si no se era francmasón. Los candidatos a cargos políticos solían referirse abiertamente a su condición de francmasones cuando salían en busca de votos. Llegó a darse el caso extremo de que las autoridades gubernamentales sugirieran que las logias masónicas podían encargarse de los aspectos legales de los desacuerdos que pudieran surgir entre sus miembros en materia de, por ejemplo, préstamos mutuos. De haber sido aceptado este principio, habría habido dos sistemas de tribunales: uno para los no iniciados y otro para los francmasones.

Pero su propio éxito dañó a la francmasonería. Para finales del siglo XVIII, ya circulaban denuncias centradas en su conexión con los Illuminati y el jacobinismo francés del terror. Y quienes no obtenían contratos para hacer negocios con el gobierno ni cargos oficiales, comenzaban a percibir a la francmasonería como la razón para su falta de éxito.

Pero el momento central de la antimasonería tuvo lugar cuando, en 1826, en el Estado de Nueva York, un hombre llamado William Morgan fue asesinado y los culpables, dejados en libertad.

Morgan era un alcohólico fracasado que intentó emplear credenciales falsas para ingresar en la francmasonería. Cuando los masones locales lo descubrieron, lo rechazaron, lo cual produjo su resentimiento. Como venganza, decidió publicar lo que había llegado a saber acerca de los secretos de la francmasonería. Con la ayuda del editor local David C. Miller, se dispuso a publicar una obra que se llamaría *Illustrations of Masonry by One of the Fraternity (Escenas de la masonería, por un integrante de la fraternidad).*

Algunos indignados masones locales lo asesinaron. Fueron a juicio, pero como la evidencia era escasa y el cadáver nunca apareció, fueron absueltos.

El caso del asesinato de Morgan fue seguido por todo el país. Pronto se inició en Nueva York y Nueva Inglaterra un clamor antimasónico que llegó a convertirse en una fuerza política de alcance nacional. En 1832, figuró en la elección presidencial. El Partido Antimasónico fue, de hecho, la primera aparición de una tercera fuerza en la escena política de Estados Unidos. Pero su candidato sufrió una estrepitosa derrota y Andrew Jackson (que era masón) resultó elegido.

Para esas fechas ya circulaban, en Europa y en América, algunos de los peores rumores referidos a la masonería. Se afirmaba que los francmasones adoraban a Satanás y que formulaban un juramento que les prometía una cruel muerte si revelaban los secretos de sus logias. En Estados Unidos era considerado particularmente ofensivo el hecho de que los masones formularan un juramento de lealtad (uno de los objetivos más específicos de la revolución había sido oponerse a los juramentos obligatorios). Algunos consideraban que, al jurar lealtad, Dios venía en primer lugar, y luego la patria.

Debido a la indignación pública que produjo el caso Morgan, que se extendió durante décadas, la francmasonería sufrió un grave descrédito y perdió a muchos de sus integrantes. Muchas logias se vieron obligadas a cerrar sus puertas debido a la falta de interesados. Esta tendencia se revertiría en una etapa posterior del siglo XIX, y los francmasones volvieron a ocupar su lugar entre las fraternidades de Estados Unidos. Una de las principales figuras que contribuyeron a esta rehabilitación de la masonería fue el legendario Albert Pike.

## Albert Pike

En la actualidad, Albert Pike apenas si es conocido fuera de la masonería, pero en su época fue un gigante, en prácticamente todos los sentidos de la palabra.

Pike era un hombrón de casi ciento cincuenta kilos de peso y casi dos metros de altura, dotado de una poderosa voz para pronunciar arengas y cantar. Llegó a ser maestro, abogado, editor y propietario de periódicos, juez, poeta y autor de canciones, general en la guerra civil, y un erudito de logros fenomenales. Fue esencialmente autodidacta a en todas estas disciplinas.

Nacido en Boston en 1809, fue aceptado en Harvard, pero no pudo cursar allí sus estudios por falta de recursos, de modo que se dedicó a la enseñanza como maestro rural en la región de Boston aproximadamente entre 1825 y 1831. Hay quien dice que se vio obligado a dejar esa carrera debido a sus sonados romances, que lo forzaron a partir hacia el oeste.

Sus viajes lo llevaron hasta Santa Fe, en el actual Nuevo México, donde pretendió probar suerte como trampero. Si bien Pike obtuvo allí experiencias —por ejemplo, su trato con diversas tribus indias, que con el tiempo le serían útiles—, fracasó como trampero.

Pike se estableció en Arkansas, donde comenzó a expandir sus horizontes profesionales. Cuando estaba ganando otra vez una magra remuneración como maestro de escuela, algunos de sus escritos le permitieron obtener un puesto en un periódico. Se hizo editor, luego abogado y después juez itinerante. Tras licenciarse como abogado en 1834, se casó con una mujer de Arkansas con la que llegó a tener once hijos.

Pike matizaba su carrera de abogado desempeñándose como escritor, poeta y hasta coronel en la milicia de Arkansas. Fue parte del paisaje de Arkansas durante el período que vio la llegada del ferrocarril, la transformación de ese territorio en Estado y el establecimiento de bancos en la región. Uno de los temas dominantes de los que debió ocuparse en esas décadas fue el de la esclavitud. Pike, quien era ante todo un defensor de los derechos de su Estado, fue un decidido partidario de la servidumbre, si bien, cuando se aproximó la guerra civil, no se mostró ansioso por la secesión.

El enigmático Albert Pike, famoso entre los francmasones.

Se inició en la francmasonería en 1850 y ascendió rápidamente por los grados de la Logia Azul. Para finales de 1853 tenía también todos los grados de los ritos de York y Escocés. Entre 1854 y 1860 se dedicó a escribir una reformulación integral de las ceremonias del Rito Escocés.

Pike también tuvo una importante participación en el Partido Americano, conocido como los Know-Nothing, pues sus integrantes contestaban a todas las preguntas sobre la organización diciendo *I know nothing (No sé nada).* La plataforma de los Know-Nothing era decididamente anti-inmigrantes y anticatólica. Pike no era anticatólico, pero sí antiinmigrantes, y le parecía que los Know-Nothing eran la mejor manera de preservar la Unión, conservando al mismo tiempo los derechos de los Estados (es decir, la esclavitud). Para ser justos con un hombre de tales complejidades, debe decirse que Pike posiblemente habría defendido el abolicionismo si el norte no hubiera atacado los derechos de los Estados con la excusa de combatir la esclavitud.

Pero cuando comenzó la guerra civil, Pike tomó partido y se enroló como militar con los sureños. Fue designado brigadier general y, como tenía experiencia en negociar con los indios, se le encomendó la misión de buscar una alianza con ellos. Así lo hizo, y formó una brigada de indios. El único combate serio en el que participaron fue el de Pea Ridge, en Arkansas, en 1862. Fueron derrotados. Y lo que es peor: se afirmó que a uno de los soldados enemigos se le había arrancado el cuero cabelludo. Ello supuso un terrible agravio para Pike y su brigada y también para la causa confederada, y se vio obligado a adentrarse en los bosques de Arkansas para escapar a la persecución.

Pike se refugió en una simple cabaña cerca de un arroyo en las montañas Ouachita, y allí refinó los rituales del Rito Escocés, además de escribir otras ceremonias. Una historia afirma que Pike enterró oro bajo el porche de su cabaña y que unos bandidos se enteraron de ello. Planearon robarle y matarle, pero Pike, alertado por el hijo de un vecino, escapó una noche con su dinero y la mayor parte de sus papeles y libros. Los despechados bandidos incendiaron la cabaña.

Pike se las compuso para obtener un indulto del presidente Andrew Johnson (también francmasón) tras la guerra civil, y retomó su carrera de abogado en Menfis, aunque jamás gozó de un gran éxito en esa profesión. También escribía editoriales para el *Memphis Daily Appeal*, del cual era socio propietario. Para este momento, prácticamente había abandonado a su esposa, que se quedó en Arkansas.

Hay quien afirma que Pike fue uno de los fundadores del Ku Klux Klan, y que asistió al creador, Nathan Bedford Forrest, como principal funcionario oficial y escritor de los rituales del KKK. Ni estudiosos ni historiadores han encontrado demostración alguna de que esto sea así. Es cierto que Pike escribió un editorial en el que aseveraba que no necesariamente creía en la existencia del KKK pero que, si una empresa de esas características quería ser exitosa, más le valía ser «eficiente». Postuló una «asociación secreta» para la «mutua, pacífica, legal autodefensa». Lanzó una llamada para que se constituyera «una gran Orden Fraternal Sureña... cuya existencia misma permanezca oculta de todos los que no la integren».

La descripción se ciñe al KKK, pero también a los legendarios Caballeros del Círculo Dorado, supuestos custodios del tesoro oculto de la Confederación, a quienes me referiré más adelante.

Pike se trasladó a Washington en 1868, y vivió en muchos lugares en esta ciudad y sus aledaños, dedicándose a la abogacía y construyendo la organización conocida como Consejo Supremo del Rito Escocés de los Francmasones, Jurisdicción Sur, de la que fue primero Gran Comandante, y después una suerte de erudito residente.

Para entonces, había completado su inmensa reelaboración de los rituales de iniciación del Rito Escocés, que tituló *Morals and Dogma*. Esa obra combinaba el saber de muchas fuentes antiguas y esotéricas, entre ellas leyendas egipcias, hebreas, babilónicas, gnósticas e hindúes. Se publicó en 1871 y fue, durante décadas, la obra de consulta que los francmasones recibían al ser iniciados. En la actualidad, es un libro que la mayor parte de los francmasones probablemente hayan oído mencionar, pero que no han leído. Las últimas grandes tareas de erudición a las que se dedicó Pike fueron estudios del *Rig Veda* de los antiguos hindúes y el *Zend Avesta* de los antiguos persas.

Si bien podía reconocerse una vaga intención de instrucción moral en ellos, los escritos de Pike les acarrearon algunos problemas a los masones.

El ejemplo más destacado es su arrobado elogio de Lucifer, por el cual entendía la estrella de la mañana, atribuida al planeta Venus. Lucifer, para él, significaba *luz* o *iluminación*. Pero los antimasones se aferraron a esta mención —ignorando las más de ochocientas restantes páginas de *Morals and Dogma*— para demostrar que los francmasones eran satanistas.

Uno de los puntos que Pike enfatizaba de forma deliberada era que entender el simbolismo de la francmasonería debía necesariamente conllevar algún esfuerzo, pues de otro modo el estudiante no lo valoraría. A veces, dijo, al nuevo francmasón se le debían contar mentiras de forma deliberada para irle revelando la verdad a medida que alcanzara un grado más elevado. Los aficionados a la teoría de las conspiraciones consideran que ello demuestra que la francmasonería está dominada por camarillas internas, que tal vez sean los Illuminati.

Pike fue un aficionado mujeriego durante toda su vida, pero, en 1866, quedó prendado de una joven en particular. Se trataba de la escultora Vinnie Ream, que por entonces accedió a la fama en Washington gracias a su busto y su estatua de Abraham Lincoln. Según aseveró solemnemente Pike, su relación con ella nunca fue más allá de tomarse las manos y besarse. Pike le leía poesías en voz alta. Cuando Pike murió, en 1891, llevaba escritas 2.166 páginas de sus *Ensayos para Vinnie*.

Pike tenía problemas financieros constantemente, y llegó a depender de los masones para recibir ingresos y tener alojamiento. En 1882, los francmasones adquirieron un edificio de ladrillo en Washington, situado en el 433 de la Calle 3 NW. Fue la primera Casa del Templo, sede del Rito Escocés para los Estados del sur. Pike y su gran biblioteca no tardaron en instalarse allí, y allí permanecerían hasta su muerte. Pike fue sepultado en un cementerio episcopaliano, pero en 1944 sus restos fueron trasladados a la nueva Casa del Templo, en el 1733 de la Calle 16 NW, una magnífica estructura de mármol construida en 1911. En Judiciary Square, no lejos de allí, en 1901 se erigió una gran estatua de Pike a instancias de los francmasones y de las Hijas de la Confederación. En la actualidad, pocos de los miles de personas que pasan frente a la estatua a diario saben quién fue Pike. Pero es probable que, una vez que lean lo que cuente Dan Brown en *La clave de Salomón*, le presten más atención a este personaje.

## Otras organizaciones fraternales de interés

Preveo que *La clave de Salomón* tiene el potencial para que Dan Brown desarrolle el tema de otras confraternidades opuestas o aliadas a los masones, que participen en conspiraciones verdaderas o ficticias. La historia de Estados Unidos abunda en ejemplos del ascenso y caída de cientos de tales organizaciones, algunas de las cuales competían abiertamente con los masones.

Por ejemplo, la vasta y popular fraternidad de los Odd Fellows, a diferencia de los francmasones, no se enemistó con el papado. Como la francmasonería, tenía sus raíces en la Inglaterra del siglo XVIII. Llegó a Estados Unidos en 1819.

El surgimiento en Estados Unidos de la Antigua Orden de los Hibernios, una sociedad secreta católica irlandesa, se debió de forma directa al ascenso del movimiento anticatólico encarnado en el Partido Americano o de los Know-Nothing. Posteriormente surgirían los Caballeros de Colón, una confraternidad parcialmente patrocinada por la Iglesia católica como alternativa a los masones. Fue una expresión de un fenómeno generalizado. A medida que las sucesivas oleadas de inmigrantes llegaban a América, los distintos grupos étnicos se veían obligados a organizarse para cosas tan elementales como la supervivencia y la autodefensa. La película *Pandillas de Nueva York* traza un estremecedor relato de esta situación.

Entre finales del siglo XIX y comienzos del XX, las confraternidades se multiplicaron, y llegaron a ser más de trescientas, muchas de las cuales ya se han extinguido. Se llamaron, por ejemplo, la Orden Mejorada de los Hombres Rojos, los Caballeros de Pythias, los Hijos de la Templanza y hasta la Antigua Orden Unida de Druidas, que, en su almanaque de 1896, afirmaba tener 14.600 integrantes. (En su apogeo, en la Inglaterra del siglo XIX, los druidas decían tener más de un millón de miembros.)

La Orden Mejorada de los Hombres Rojos descendía de forma directa de los Hijos de la Libertad, los extremistas de Boston que se disfrazaron de mohicanos para llevar a cabo la famosa «Fiesta del té».

A finales del siglo XIX aparecerían las organizaciones hereditarias, como las Hijas de la Revolución Americana y los Hijos de la Revolución Americana. Uno de los primeros grupos de esta naturaleza fue la Sociedad de los Cincinatos, fundada en 1783 por los jefes supremos de las fuerzas armadas continentales. Uno de sus objetivos era honrar a George Washington en cuanto emulador del estadista y general romano Cincinato, y en parte darles cobertura en materia de funerales a las familias de los veteranos en una época en la que nada por el estilo existía.

Un motivo importante para el ascenso de las organizaciones fraternales, que concentraban a cinco millones de personas para comienzos del siglo XX, fue el establecimiento de formaciones de ayuda mutua, que prefiguraron a las actuales compañías de seguros de vida. El origen de esto fue casi con certeza la popularidad de la Antigua Orden de Trabajadores Unidos, un grupo fundado por el masón John Jordan Upchurch en 1868. Cada miembro pagaba un dólar, con lo cual quedaba asegurado en al menos 500 dólares a su muerte. Cuando moría un integrante, los demás volvían a poner un dólar cada uno para reponer el fondo.

Las organizaciones fraternales también se convirtieron en una importante fuente de obras de bien público, llegando a ser algo parecido a lo que hoy se denomina Organizaciones No Gubernamentales u ONG.

En muchos casos, cuando surgía un nuevo grupo y sus fundadores buscaban leyendas para atribuirle, las tomaban prestadas de la francmasonería. Es digno destacar que muchas organizaciones hayan adoptado el nombre de templarios o, al menos, aspectos de la simbología de los Caballeros del Temple.

Un ejemplo es la Orden del Temple, u Ordo Supremus Militaris Hierosolymitani. Se fundó en Francia en 1804 con la aprobación de Napoleón, y se desarrolló como intento genuino de recrear la verdadera Orden Caballeresca del Temple, si bien no pretendía tener una conexión directa con ésta. La Orden se escindió en muchas ocasiones, y hoy perduran unos ocho o diez grupos derivados de ella, algunos de los cuales consideran que los otros son heréticos. Están en muchos países, entre ellos Estados Unidos. Uno de los principales grupos de ese origen es la Soberana Orden Militar del Templo de Jerusalén.

De modo que, en una obra de ficción de un autor como Dan Brown, sería fácil recurrir a grupos de templarios mutuamente enfrentados, cada uno de ellos provisto de escudos adornados con cruces de malta, espadas y corazones colmados de conspiración.

## Fraternidades «griegas» y otros grupos sociales secretos

Las confraternidades con fines de beneficencia no son las únicas que existen. Además deben ser consideradas las fraternidades universitarias «griegas» en las que también aparecen, intrigantemente, principios herméticos y masónicos.

El concepto de las fraternidades universitarias designadas con letras griegas comenzó en 1776 con la sociedad honoraria Phi Beta Kappa en el William and Mary College, en Williamsburg, Pensilvania. Las primeras confraternidades universitarias de naturaleza puramente social aparecieron en 1825 y 1827 en el Union College de Schenectady, Nueva York, y fueron tres: Kappa Alpha, Sigma Phi y Delta Phi. El movimiento de fraternidades griegas se difundió por todas las universidades de Estados Unidos. Delta Phi, notablemente, tiene una Cruz de Malta como símbolo. Y, originalmente, los Kappa Alpha se bautizaron a sí mismos como «Los Filósofos».

La primera casa de la fraternidad Delta Kappa Épsilon —a cuyos integrantes se suele designar con el sobrenombre de «Dekes»— fue fundada en Yale en 1844. Entre sus integrantes se contaron los presidentes Rutherford B. Hayes, Theodore Roosevelt, Gerald R. Ford, George H. W. Bush y George W. Bush, además del vicepresidente Dan Quayle. El primer director de la CIA, el vicealmirante Sidney W. Souers, era Deke. Cuando George W. Bush estudiaba en Yale en la década de 1960, los Dekes tenían fama de ser una fraternidad de bebedores, y George W. cometió sus travesuras más célebres junto a sus hermanos Deke.

Pero otra fraternidad de Yale tiene un papel mucho más destacado en las teorías conspirativas acerca de redes de ex alumnos y conjuraciones para un nuevo orden mundial. Se trata de la legendaria Skull and Bones, fundada en Yale en 1835. Cada año, sólo quince estudiantes de Yale reciben el «toque» que los hace candidatos a la iniciación. Es una sociedad muy exclusiva, pero entre sus integrantes se cuentan tres generaciones de la familia Bush: el senador Prescott Bush, George H. W. Bush y George W. Bush, por no hablar del senador John Kerry y muchas docenas de otros que han ocupado altas posiciones en el gobierno y la industria.

Skull and Bones tiene rituales de muerte y renacimiento en la logia, de confesión de los propios secretos (en este caso, sexuales), un solemne juramento de silencio y otros aspectos que han sido tomados de forma directa de la francmasonería primitiva.

Los teóricos de la conspiración aseguran que, entre otras conexiones, los comienzos de la CIA, por entonces una extensión del OSS, fueron fuertemente influidos por un grupo de iniciados en Skull and Bones, a los que se denomina *bonesmen*. George H. W. Bush encabezó la CIA. Además, se asevera que la participación de los *bonesmen* fue crucial en la fundación del Consejo de las Relaciones Internacionales. Durante la presidencia de Johnson, dos hermanos, William y McGeorge Bundy, se hicieron cargo respectivamente de la CIA y el Departamento de Defensa. McGeorge llegó a presidir la Ford Foundation. William Bundy continuó su carrera como editor de *Foreign Affairs*, la prestigiosa revista trimestral del Consejo de las Relaciones Internacionales, al que a menudo se acusa de ser parte de la conspiración para crear un nuevo orden mundial.

Una rareza entre los grupos sociales secretos es el Bohemian Club. Cada año, éste celebra un «campamento» en un soto de secuoyas en California para sus selectos integrantes. Esta curiosa sociedad comienza tales reuniones con una burlesca ceremonia «druídica» que se realiza frente a la imagen de un búho de doce metros de alto, en el transcurso de la cual se quema una efigie que encarna las «aburridas preocupaciones», señalando así el comienzo de la bacanal que, se afirma, consiste en beber, conversar y orinar contra las secuoyas. En determinados días se celebran «charlas junto al lago», que pronuncian destacados oradores provenientes de la vida pública, corporativa y política. Asistentes y conferenciantes han incluido a Henry Kissinger, el secretario de Defensa Donald Rumsfeld, el vicepresidente Dick Cheney, los

George Bush, miembro de los Delta Kappa Épsilon, Skull and bones y del Bohemian Club.

ex secretarios de Estado Colin Powell y George P. Schultz, el juez de la Corte Suprema Antonin Scalia, el senador Newt Gingrich, el fundador de *National Review* William F. Buckley y ambos presidentes Bush.

El hecho de que el actual presidente esté vinculado a los Dekes, a Skull and Bones o al Bohemian Club, con todas las interconexiones con otros hombres poderosos que ello entraña, puede ser un tema atractivo para el próximo libro de Dan Brown.

## Los Boy Scouts

Dan Brown a menudo adopta un enfoque poco común de las actividades asociativas. Esto es mucho especular, pero podría ser que los aspectos similares a la francmasonería que tienen los Boy Scouts, además de algunas de sus curiosas conexiones históricas, atraigan la atención de este autor.

Los Boy Scouts son un muy exitoso movimiento fraternal de alcance global. Casi desde sus comienzos tuvo una rama femenina igualmente popular, las Girl Scouts.

El movimiento de los Scouts fue fundado en torno a 1908 por el lord inglés Robert Baden-Powell. Tuvo un crecimiento explosivo en Inglaterra, que fue aún mayor cuando se extendió a Estados Unidos en 1910.

No hay duda de que el escultismo no es masónico. Pero sí tiene fuertes paralelismos con la francmasonería que no pueden ser ignorados.

Los Scouts tienen señales, modos de estrecharse la mano, símbolos y lemas especiales. Hay tres grados básicos: novato, segunda clase y tercera clase, la última de las cuales se identifica con un escudo que exhibe una flor de lis (un símbolo importante en *ECDV*). Hay una serie de grados más elevados (Estrella, Vitalicio, Águila), e insignias al mérito que recuerdan a la francmasonería de los ritos de York y Escocés.

En el seno de los Boy Scouts hay una organización honoraria llamada Orden de la Flecha, que tiene sus propios secretos, entre ellos ritos de iniciación y contraseñas.

Prácticamente el único requisito necesario para ingresar en los Scouts es, como en la francmasonería, la creencia en un ser supremo.

Pero lo que más aproxima el escultismo a la tradición masónica es su filosofía. Los Scouts deben, ante todo, ayudar a los demás y ser autosuficientes en toda situación. Una de las piedras basales del escultismo es la siguiente ley: «El Scout es amigo de todos y hermano de todos los Scouts». Al igual que los francmasones, tiene la obligación de ayudar a sus hermanos necesitados. (Eventualmente, esta lección alegórica se expande para afirmar que la obligación se extiende a cualquier persona que lo necesite.)

El escultismo se basa en una serie de actividades diferentes, la primera de las cuales es la *woodcraft* o capacidad de supervivencia en el bosque, que está diseñada para divertirse, pero también para lograr un fin oculto: la construcción del carácter. Uno de los objetivos originarios del escultismo era crear caballeros modernos, jóvenes de carácter caballeresco. La designación originaria de los escudos al mérito era «Escudos de Honor», y aún en la actualidad, la ceremonia en que se los otorga se denomina «Corte de Honor».

Los Boy Scouts de Baden-Powell no fueron completamente imaginados por él. Evidentemente, se inspiró en otras asociaciones juveniles, como la Boys Brigade, los Woodcraft Indians de Ernest Setton y los Hijos de Daniel Boone de Dan Beard, entre muchas otras.

A la hora de crear los Club Scouts —la sección del escultismo para niños de entre ocho y once años— Baden-Powell recurrió de forma obvia y casi exclusiva a la obra de su buen amigo Rudyard Kipling, cuyos cuentos sobre Mowgli y sus amigos los animales del *Libro de la selva* contenían todo lo necesario en materia de símbolos y folclore. Kipling, un gigante de la literatura, además de masón de vieja data, escribió una de las mejores historias de todos los tiempos sobre la francmasonería: *El hombre que sería rey*, que fue llevada al cine en una versión protagonizada por Sean Connery y Michael Caine.

Baden-Powell era un veterano soldado, un héroe de la guerra de los Boer que sirvió también en la India y en Birmania. Tal vez nunca haya sido masón, pero su padre, el reverendo Baden Powell, fue integrante de la Royal Society y profesor de Geometría en la Universidad de Oxford. ¿Qué mejores credenciales que éstas para un masón, cuya inclinación por la geometría es bien conocida?

El reverendo Baden-Powell escribió extensamente acerca de las formas de reconciliar la ciencia y la religión. En ese sentido, fue un precursor de un personaje de las novelas de Dan Brown, Leonardo Vetra, un clérigo científico que buscaba resolver ese mismo conflicto.

Pero la familia Powell tiene conexiones que se remontan mucho más atrás en la historia. Durante siglos, sus integrantes formaron parte de un gremio llamado los Mercers, una palabra antigua que significa «mercader». Uno de los Mercers más célebres fue sir Thomas Gresham, fundador del Gresham College, donde surgiría la Royal Society.

Los Mercers forman parte de las llamadas Livery Companies (Compañías de Librea) de Londres. Se trata de gremios de artesanos que llevan siglos funcionando con patentes reales que, en su momento, les permitieron controlar el comercio, pues eran ellos los que decidían quiénes ingresaban en tales corporaciones, además de fiscalizar que sus propios productos y servicios tuviesen un valor justo. La primera mención a los Mercers aparece en 1348, cuando la corporación adoptó nuevas ordenanzas. La palabra terminó por aplicarse a los pañeros, que exportaban productos de lana ingleses e importaban sedas y otras telas ricas, ambos lucrativos negocios. Existían muchas corporaciones agremiadas en Londres, y durante años disputaron por sus respectivos lugares en la escala jerárquica en lo que hacía a la Corona. Finalmente, el asunto quedó zanjado con una Orden de Precedencia de 1515, que dejó a los Mercers en el primer lugar, el número uno.

Muchas de estas Livery Companies han perdido su conexión con los oficios en sí, y funcionan casi exclusivamente como entidades de bien público. Por ejemplo, los Mercers admitieron su último aprendiz en 1888. En tiempos más recientes, la familia de Baden-Powell consideró que la organización era honorable debido a los servicios que brindaba a la sociedad.

Es interesante que el gremio de los verdaderos canteros de Londres, llamado Worshipful Company of Masons (Venerable Compañía de Canteros) ocupe el trigésimo lugar en el orden de precedencia. Esto no era lo que pensaban los canteros: ellos consideraban que les correspondía el primer lugar. Según el sitio web del gremio, éste «no debe ser confundido con los francmasones. Cualquier conexión que pueda haber existido desapareció hace siglos».

## Los mormones

Éste podría tratarse de un desvío o de una vía muerta, pero la referencia al «hijo de la viuda» que hace Dan Brown convierte en inevitable el referirse al mencionado discurso de Reed Durham, que prácticamente fusiona a los mormones con los masones.

Se trata de un discurso pronunciado en 1974 en Nauvoo, Illinois, una de las bases donde los mormones se asentaron antes de emigrar a Utah. Reed C. Durham era una figura menor de la Iglesia mormona y había sido presidente de la Sociedad de Historia Mormona. Pero su discurso se hizo célebre. Es la referencia que aparece más veces si uno busca en Google la frase «¿es que nadie socorre al hijo de la viuda?».

En mi opinión, está claro que Durham sólo tuvo la intención de animar una reunión más bien rutinaria de la sociedad histórica. De modo que llevó algunas diapositivas y notas y dio una charla sobre la relación entre mormones y francmasones. La tituló con una cita proveniente de la leyenda masónica de Hiram en cuanto «hijo de la viuda».

Mientras leía el texto de la conferencia de Durham, me imaginaba la perplejidad de su público. El relato trata del fundador de la fe mormona, Joseph Smith. Da indicios que, si se siguen, llevan a la conclusión, mucho me temo, de que éste era un charlatán. El discurso de Durham no estaba previsto para ser difundido al público, pero circularon copias de forma clandestina y, además, se publicó una transcripción que está disponible en muchos sitios web.

Creo que, para Dan Brown, la historia de los mormones debe de ser muy tentadora. Lo que, según algunos, este autor hizo con la Iglesia católica puede estar a punto de repetirse con la Iglesia de Jesucristo de los Santos de los Últimos Días.

En 1805, apenas seis años después de la muerte de Washington, Joseph Smith nació en Vermont. Posteriormente se mudaría a Palmyra, en Nueva York. A los veinticinco años fundaría la Iglesia mormona.

Joseph Smith, profeta y fundador de la Iglesia mormona.

Joseph Smith se crió en un medio en el que había una tradición de hechicería y ocultismo populares, y demostró su talento en varios campos, entre ellos un método de adivinación. Consistía en colocar dos «piedras de la visión» dentro de un sombrero. El practicante debía meter después la cara en el sombrero, para ver mejor lo que las piedras revelaban. De esta manera, podría descubrir secretos y enterarse de dónde había tesoros enterrados.

Smith llegó a ser el practicante local de tal técnica. En su juventud, les sacó dinero a unos granjeros a cambio de revelar la ubicación de un «tesoro de oro español», lo cual no hizo.

Pocos años después, Smith aseveraría que un ángel le había revelado el emplazamiento de ciertas delgadas planchas de oro enterradas, sobre las que estaba escrita la palabra de Dios. Una vez que tradujo el contenido de las planchas para su *Libro de Mormón* y fundado su Iglesia, el ángel, convenientemente, se las llevó. Smith explicó que el ángel le enseñó «egipcio reformado» para que pudiera hacer las traducciones (véase el Apéndice A: «Sistemas simbólicos»).

Durham también hace notar que Joseph Smith tomó prestados muchos elementos de la francmasonería no sólo para escribir el *Libro de Mormón*, sino para desarrollar sus símbolos y rituales religiosos y para diseñar obras de arquitectura mormona.

Como ya vimos, la frase completa «¿es que nadie socorre al hijo de la viuda?» es una súplica mediante la cual un masón le pide ayuda a sus hermanos masones, que tradicionalmente se hace alzando los brazos «hacia el cuadrado» y que se vincula al Templo de Salomón en Jerusalén. La leyenda afirma que Joseph Smith alzó los brazos y comenzó a recitar la súplica, pero sólo llegó a lo de «Oh, Señor, mi Dios» antes de ser matado por una turba en 1844.

En 1826, muy cerca de donde Smith estaba a punto de convertirse en profeta, en Batavia, Nueva York, ocurrió el mencionado caso del capitán William Morgan, supuestamente asesinado por francmasones por revelar los secretos de la hermandad.

Indudablemente, Smith se debe de haber enterado de lo ocurrido con Morgan, y es posible que hasta lo haya conocido y leído su libro. El hermano mayor de Smith, Hyrum, ingresó en la masonería, de modo que es muy posible que Smith haya tenido dos vías de acceso «al oficio» en el momento en que se puso a «traducir» las delgadas planchas de oro que, decía, le había revelado el ángel que lo visitó.

Hubo testigos que afirmaron que Smith permaneció durante dos años en una cabaña, escudriñando las piedras colocadas dentro de su sombrero, mientras su esposa, Emma, y otros iban tomando nota. El resultado, el *Libro de Mormón*, apareció en 1830. Smith adaptó muchos otros elementos de la francmasonería. A comienzos de la década de 1840, cuando construyó su gran templo en Nauvoo, Illinois, lo engalanó con abundantes símbolos masónicos. Smith empleó el lenguaje de los símbolos para explicar los principios del «legado mormón».

Todo el templo de Nauvoo fue adornado con símbolos masónicos, como el Sol, la Luna, y estrellas de cinco y seis puntas. Sobre la veleta colocó un ángel provisto de un compás y una escuadra. Poco tiempo después de que el propio Smith fuera iniciado como Maestro Masón, comenzó a desarrollar rituales para la iniciación de los sacerdotes mormones, que hacían referencia a las «llaves del Reino», así como a ciertos «signos y palabras», en un evidente eco de los rituales de la francmasonería. Smith diseñó prendas rituales mormonas que incluían mandiles y ropa interior sagrada adornados con el compás y la escuadra.

Desde el punto de vista de Dan Brown, otro elemento interesante de la historia de los mormones es la forma en que éstos tratan a las mujeres. Originalmente, Smith reservó un lugar para las mujeres en su jerarquía, y, de todas maneras, en cierto modo se consideraba que todos los mormones formaban parte de la casta sacerdotal. A la muerte de Smith, su esposa, Emma Hale Smith, pudo haber sido considerada su continuadora natural. De hecho, era la protectora de la «simiente» de su marido, bajo la forma de su hijo, Joseph III, quien en su momento encabezaría un grupo de mormones reformados. Pero, en realidad, era poco posible que Emma Smith tomara las riendas. Lo hizo Brigham Young, quien forjó una Iglesia dominada por los hombres. Para lograr sus fines, Young modificó la historia de la Iglesia.

Ello recuerda la forma en que, según la interpretación de Dan Brown, fueron tratadas las mujeres y María Magdalena en el Concilio de Nicea del 325 d. C., así como las maniobras más antiguas de Pedro y los demás apóstoles varones. En *ECDV* se afirma que María Magdalena probablemente fuera la esposa de Cristo, y habría sido la primera jefa de los cristianos (es decir, papisa), de no haber apartada por Pedro. Siempre según *ECDV*, la jerarquía masculina de la Iglesia católica fue luego afianzada por el Concilio de Nicea.

Joseph Smith también practicaba el «matrimonio espiritual» o poligamia, y llegó a casarse con unas cuarenta mujeres. Muchos de sus apóstoles, aunque no todos, siguieron sus pasos en este sentido, y ello fue motivo de disenso. Como Dan Brown ha mostrado gran interés por la sexualidad religiosa (por ejemplo, el *hieros gamos*) en *ECDV*, este aspecto de la vida de Joseph Smith puede ser muy atractivo para él.

La familia Smith se dedicó a diversas formas de falsificación de moneda y defraudación, además de a la alquimia en tanto que procedimiento para transmutar metales bajos en preciosos.

El discurso de Durham también describe pormenorizadamente un amuleto mágico o talismán, que supuestamente se encontró en el cadáver de Joseph Smith después de que fuese asesinado por una turba en 1844. Pero este talismán ha desaparecido, y la Iglesia niega su existencia. Afortunadamente, antes de su desaparición se le tomaron fotos. Se afirma que cuando murió Hyrum Smith, hermano de Joseph, se encontraron entre sus pertenencias una «daga mágica», así como ciertos documentos cifrados, llamados *lamen*, escritos con procedimientos cabalísticos y ocultistas.

El talismán de Smith era similar a amuletos que, por entonces, eran considerados mágicos o, al menos, reconocidos como la parafernalia propia de magos. Pero había algo especial en los símbolos planetarios del amuleto de Smith: uno estaba mal trazado. Los estudiosos han descubierto que ese símbolo defectuoso sólo aparece en la primera edición del célebre libro de magia *The Magus*, de Francis Barrett. Debido a un error de imprenta, la edición de 1801 muestra una equivocación en el sigilo o sello atribuido a Júpiter. Otros artefactos pertenecientes a la familia de Smith demuestran que tomó elementos de diversas fuentes ocultistas. Un novelista podría emplear esto para darnos pistas que nos lleven a sorpresas en la trama.

¿Es posible que Dan Brown vaya a emplear las reliquias de Joseph e Hyrum para proveer las pistas codificadas que nos conduzcan al tesoro? Tal vez, pero, como veremos, la historia también nos ofrece otros ejemplos de cifras y códigos que pueden desempeñar ese papel.

# Códigos y cifras

Hablemos un poco de códigos. Es indudable que Dan Brown, dada su propensión a integrar algún tipo de código a sus novelas, jugará con códigos y cifras en su próximo libro.

En la época de la revolución norteamericana, se daba por supuesto que todo caballero educado y refinado tenía razones para proteger sus mensajes. Era fácil interceptar la correspondencia, de modo que los mensajes importantes bien podían estar en código. Un antiguo sistema de codificación, atribuido a Julio César, consistía en colocar un mensaje breve en una cuadrícula. Es la «caja de César», empleada en varias novelas de Dan Brown. También era bien conocido el «cifrado por sustitución», en el cual las letras del alfabeto simplemente eran puestas en otro orden y recibían un valor numérico (véase el Apéndice A: «Sistemas simbólicos»).

Pero la guerra revolucionaria hizo que se empezaran a emplear intensamente todo tipo de códigos, espionaje, comunicaciones secretas, incluso propaganda y desinformación abiertas. George Washington supervisaba una extensa red de oficiales de inteligencia (hubo un «servicio secreto» casi desde el comienzo) y el anillo de cifrado Culper se empleó para llevar y traer mensajes secretos de los comandantes. El espía maestro Benjamin Franklin fue a Europa a negociar un tratado de no agresión con Francia, y además a buscar información de inteligencia acerca de las fuerzas militares de los británicos y otros, que envió en forma de mensajes diplomáticos codificados.

El código Culper era una sustitución basada en un pasaje largo de un documento que estuviera a disposición del emisor y del receptor. A cada una de las palabras relevantes de éste se le asignaba un número. Por ejemplo, Washington era «711», y Nueva York, «727». Franklin era «72». La incipiente nación recibió el aporte de una espía de sexo femenino, sólo conocida como «355», que murió presa de los británicos.

Washington y los continentales conocían dos tipos de tinta secreta. Uno era una tinta invisible simple que se hacía visible al calor. El segundo era llamado «mancha simpática». El mensaje se escribía con un producto químico, y quien lo recibía recurría a otro producto para revelar el mensaje y leerlo. Por lo general, el mensaje invisible se escribía entre las líneas del documento añadido, y de ahí viene lo de «leer entre líneas».

Thomas Jefferson, tercer presidente de Estados Unidos, mantenía en secreto sus mensajes diplomáticos mediante un dispositivo de cifrado que él diseñó. Consistía en veintiséis alfabetos dispuestos en ruedas que compartían un eje. Era una forma rudimentaria de la famosa máquina Enigma que emplearon los alemanes en la Segunda Guerra Mundial. La rueda de cifrado de Jefferson fue «reinventada» un par de veces y se empleó, a propósito del dispositivo codificador M-94, entre 1922 y la Segunda Guerra Mundial.

Jefferson también desarrolló un código especial para la expedición al oeste que hicieron Merriwether Lewis y William Clark en 1803. Les suministró a Lewis y Clark (que, por cierto, eran francmasones) un sistema para enviar mensajes seguros en caso de que los potencialmente hostiles franceses los interceptaran. Lewis había sido secretario personal de Jefferson, y ya había empleado un código para ayudar a éste a dilucidar quiénes eran los oficiales sobrantes (y potencialmente desleales) cuando se hizo necesario reducir el ejército permanente.

Códigos y espías van de la mano, de modo que se hace necesario mencionar a Nathan Hale. Era un fanático revolucionario de veintiún años que anhelaba hacer algo importante, pues consideraba que el año que pasó como soldado no había sido lo suficientemente emocionante. De modo que se le ocurrió la insensatez de presentarse como espía voluntario, por más que le advirtieron que era demasiado ingenuo para mentir bien. Fue arrestado casi de inmediato durante su primera misión, y ahorcado sin más. Se discute si sus últimas palabras fueron, como se dice, «sólo lamento no tener más que una vida para dar por mi país», pues existe evidencia de que no se trata de un pensamiento original, sino de una cita de una publicación de la época.

Como sea, Estados Unidos honra el espíritu y el celo de Hale, además de homenajearle como el primer espía famoso del país. Por eso, hay una estatua de Hale a las puertas de la sede original de la CIA en Langley, Virginia. Además, y esto es digno de destacar, hay una copia de tal estatua en la Universidad de Yale, donde Hale estudió, y otra en la academia Phillips-Andover, donde estudió George H. W. Bush. Algunos teóricos de la conspiración ven una conexión con Yale en

A Nathan Hale se le homenajea con varias estatuas a pesar de haber sido un espía fracasado.

todo lo que tiene que ver con los servicios de inteligencia estadounidenses.

En 1885, comenzó a circular una historia que afirmaba que un caballero virginiano había enterrado un gran tesoro de oro, plata y alhajas en la región del condado de Bedford. La leyenda afirma que Thomas J. Beale, también llamado Thomas Jefferson Beale, enterró el tesoro en 1819 o 1820 y que, antes de morir, le transmitió a un amigo, llamado Robert Morris, tres mensajes cifrados que revelaban su emplazamiento. Tales mensajes empleaban el sistema de asignar números a las palabras de un documento. Se afirma que el único de estos mensajes que fue descifrado describe la cantidad de oro y plata contenida en el tesoro. El documento empleado para codificarlos era la Declaración de Independencia, que se suele creer que fue escrita por Thomas Jefferson, famoso por, entre otras cosas, su empleo de ruedas de cifrado. Los otros dos mensajes, que consisten en incomprensibles series numéricas, no han sido descifrados, aunque muchos lo han intentado.

# Elementos sexuales en Dan Brown

Antes de proseguir, debemos detenernos en el asunto del sexo. En cierto modo, *ECDV* trata, ante todo, de sexo. En sus páginas, nos enteramos de que, en la más remota Antigüedad, la Humanidad adoraba a diosas, y que sólo en los últimos dos mil años han predominado las religiones masculinas. Sobre el final de *ECDV*, hay una fuerte sugerencia de que Robert Langdon puede partir en una misión destinada a «restaurar la feminidad sagrada».

*ECDV* nos introduce en el concepto de que el triángulo invertido representa una vulva o matriz, además del «cáliz» o receptáculo de la sangre de Cristo. Se trata de una forma de atribuir al Santo Grial la identidad del linaje sanguíneo de Cristo, que María Magdalena llevó en su vientre. La espada o triángulo que apunta hacia arriba es un símbolo fálico, como también lo son los obeliscos y pirámides que abundan tanto en *ECDV* como en *AyD*. La unión de los dos triángulos forma la estrella de David o sello de Salomón, al que a veces se identifica con la clave de Salomón.

En *ECDV*, Sophie Neveu se queda espantada cuando presencia la ceremonia de *hieros gamos* o acoplamiento sexual divino, tal y como lo practican su abuelo y el Priorato de Sión.

Langdon es un obseso de los símbolos, pero no es demasiado *sexy*. Hasta donde sabemos, ha tenido relaciones con dos mujeres. En *AyD* conoce a Vittoria Vetra y, después de cansarse de correr por Roma para salvar al Vaticano de la destrucción, se van juntos a la cama, momento en que ella le promete hacerle conocer sus habilidades sexuales de maestra de *hatha yoga*. Eso es todo lo que nos revela *AyD* de la vida sexual de Langdon. En *ECDV*, Robert y Sophie no se van a la cama, pero él obtiene un beso bastante bueno al final, además de la promesa de encontrarse en Florencia dentro de un mes.

De modo que Dan Brown y Langdon aún pueden aportar algo nuevo en ese aspecto. Langdon puede llevarse a Sophie a la cama, o no, en *La clave de Salomón*, o en otra próxima novela. Uno de los temas ocultos es el *hieros gamos*, que alude a una unión sexual entre lo humano y lo divino. Nos enteramos de que Sophie evidentemente desciende de los monarcas merovingios, herederos del hijo de María Magdalena, quien habrá tenido la sangre real de la casa de David, además de la sangre divina de Cristo. ¿Está Langdon preparado para esto, espiritualmente o en otros sentidos?

Las raíces del *hieros gamos* llegan por lo menos a la antigua Mesopotamia, donde, una vez al año, el rey se juntaba en público con una sacerdotisa, que oficiaba de prostituta sagrada, para regenerar la prosperidad y fertilidad de la tierra.

Se consideraba que, en el transcurso del ritual, la sacerdotisa se volvía divina al transformarse en la diosa Inanna. Esto tiene una analogía con el ritual cristiano en que el pan y el vino se transforman en el cuerpo y la sangre de Jesús. También tiene una conexión muy directa con *ECDV*, el cual alude al matrimonio entre Jesús y María Magdalena, erróneamente tildada de prostituta.

La unión sexual también figura en la tradición de la *alchemica coniunctio* (nupcias alquímicas). Una antigua obra que lo evidencia es el *Rosario Philosophorum*, publicado en 1550. Tiene ilustraciones que muestran a una pareja uniéndose y metiéndose después en una caja similar a un ataúd, de la que al poco tiempo emergen como un solo individuo hermafrodita.

También debe mencionarse que, a lo largo de la historia, diversas sociedades secretas, fraternidades e incluso grupos religiosos han vinculado las prácticas sexuales a las creencias religiosas. En la Inglaterra del siglo XVIII hubo un célebre club que adoraba a la diosa Venus y llevaba a cabo orgías sexuales en un antiguo monasterio, en el que los «monjes» celebraban una misa negra como parte del ritual. De hecho, he dado con un relato de la supuesta participación de Benjamin Franklin en uno de estos encuentros durante su estancia en Europa. Como originalmente la mayor parte de las confraternidades eran masculinas, la presencia de mujeres podía dar lugar a acusaciones de indecencia, en particular si los encuentros fraternales tenían lugar después de la caída del sol y si durante éstos se bebía y jaraneaba. Este mismo tipo de lógica podía llevar a que se difundiesen rumores de prácticas homosexuales en las fraternidades.

Parte de la transformación de las actitudes sexuales que ha tenido lugar con el correr de los siglos ha sido el desarrollo del concepto de la amistad entre personas del mismo sexo o entre hombres y mujeres.

El célebre francmasón escocés sir Robert Moray practicaba una forma de estoicismo cristiano. Cuando murió su esposa, confeccionó un sello que evocaba la Estrella Polar, la estrella constante, como símbolo de su perdurable amor por ella. Cuando se hizo francmasón, Moray se esmeró en diseñar su «marca masónica», que era un pentáculo, o estrella de cinco puntas, con la palabra griega *agapa* escrita en los espacios entre las puntas. Su traducción de *agapa* era «él te ama» o «ama», de modo imperativo. Otros afirman que es más preciso traducirlo como amistad. De modo que Moray hacía parte de lo que se denominó «culto de la amistad platónica» de su época, el cual hablaba mucho de «amor» entre hombres (tal era el caso de la «hermandad»), así como de amistades no sexuales con mujeres. Cuando Moray formó parte de la corte de Carlos II, conocida por su inmoralidad, se mantuvo fiel a su difunta esposa. En tiempos del primer cristianismo, un ágape era una «fiesta de amor», un día santo en el cual los miembros de las Iglesias se lavaban los pies unos a otros y se daban un inocente «beso de la paz».

Adelantémonos en el tiempo hasta 1866 y veamos qué hacía otro masón famoso, Albert Pike. Éste, que por entonces tenía 57 años, conoció a una escultora de diecinueve, quien se había hecho famosa por esculpir un busto de Lincoln y ahora trabajaba en una estatua de tamaño natural. Pike quedó impactado por la joven, Vinnie Ream, con quien inició una amistad que definió como platónica y que se prolongaría hasta el fin de su vida. Él vivió hasta los 81 años. La relación de ambos perduró aun cuando ella se casó con otro hombre. Cuando los dos coincidían en Washington, solían encontrarse una vez a la semana y leían poesía juntos. Se tomaban las manos, besaban y acariciaban pero, según se cuenta, nunca consumaron su amor. Para cumplir una promesa que hizo en 1873, Pike comenzó a escribir una serie de *Ensayos para Vinnie*, que llegó a ocupar cinco volúmenes manuscritos, y un total de 2.166 páginas. Pike, ya cerca de la muerte, dijo: «No miento si digo... que si bien todo hombre ha adorado a Anteros en uno u otro momento, es digno de piedad quien nunca ha adorado solamente a Eros». Ésta es una típica alusión de Pike a la distinción platónica entre amor no correspondido y amor correspondido.

# 4 La construcción del templo físico. La ciudad de Washington

En el capítulo tres hemos desplegado el plano de una suerte de templo cósmico virtual que existe en la mente colectiva. El templo virtual existe como combinación de símbolos e imágenes, razonamiento científico, filosofía y fe religiosa. En el plano más elevado de una novela de Dan Brown, puede que el templo con el que se relacionan los personajes, orando y persiguiendo verdades siempre elusivas, sea éste.

Pero ha llegado el momento de echarle un vistazo al templo físico. En *ECDV* y en *AyD*, Dan Brown ha aludido a ciertas estructuras circulares que recuerdan a sitios de culto paganos; por ejemplo, la Iglesia del Temple, en Londres, donde transcurre una importante escena de *ECDV*. Y en *AyD* recurre a la tradicional disposición en cruz de las catedrales, que extiende a un enorme símbolo cruciforme que abarca toda Roma. No hace falta más que un paso lógico para percibir a toda una ciudad como una suerte de templo.

Las grandes ciudades de Europa son antiguas y han sido reconstruidas por secciones una y otra vez. Pero creo que hay evidencia por doquier de que quienes crearon esas ciudades buscaron con todas sus fuerzas que la ciudad física evocase una ciudad espiritual. Así ocurre con Washington, con la ventaja adicional de que ésta fue concebida desde el comienzo para ser una gran ciudad, y todos los principales elementos arquitectónicos que se le agregaron fueron emplazados con plena conciencia del significado de los que ya estaban allí.

Ya había estado muchas veces en Washington, pero me agradó regresar allí en 2004 para revelar sitios que fueran de interés para el presente libro. Es un lugar majestuoso y siempre lo disfruto, pero la experiencia fue aún más agradable al combinarla con la información proveniente de los libros de Dan Brown. Entre otras cosas, nunca dejé de contemplar las fachadas de los edificios, ni el modo en que una u otra estatua parecen señalar o enfrentar determinadas inscripciones, ni todas las representaciones de dioses y diosas que hay allí.

Subamos al autobús que recorre Washington. Le aseguro que los lugares donde nos detendremos no figuran en el recorrido habitual de las rutas turísticas.

## La planificación de la ciudad de Washington

La masonería vivió un período de gloria con el fin de la guerra revolucionaria, pues por entonces los masones se beneficiaban del aura que irradiaba el venerado George Washington. La elección presidencial terminó antes de comenzar —sólo había un candidato posible— y llegó el momento de construir un nuevo país.

En 1787, el Congreso votó para que se reservara un terreno de cien millas cuadradas (256 kilómetros cuadrados) para crear un distrito federal. En 1790, George Washington seleccionó el territorio para el Distrito Federal o Distrito de Columbia, al que se le concedió territorio perteneciente a los Estados de Maryland y Virginia para que pudiera disponer de un cuadrado de diez millas (16 kilómetros) de lado. Washington lo dispuso de forma que sus ángulos apuntasen exactamente a los cuatro puntos cardinales. En 1848, la tierra que quedaba en Virginia, al otro lado del río Potomac, fue devuelta a ese Estado, pero aun así es fácil distinguir el trazado del cuadrado original en cualquier mapa de Washington.

¿Por qué la forma cuadrada? Bueno, Washington había sido agrimensor y era francmasón. Si uno le da un lápiz a un francmasón para que se ponga a hacer garabatos, lo más seguro es que dibuje un cuadrado o un círculo...

El congreso designó un comité, que a su vez eligió al urbanista Pierre Charles L'Enfant para que hiciera el plano de la ciudad, y contrató a Andrew Ellicott para que se ocupara de las mediciones. A Ellicott lo asistió Benjamin Banneker, figura que en nuestros días es poco conocida, pero que Dan Brown encontraría interesante. Era famoso localmente, pues era un negro libre, hábil para las matemáticas y la astronomía. Posteriormente, publicaría su propio almanaque al descubrir que los que estaban disponibles por entonces contenían errores.

Los agrimensores instalaron la piedra angular meridional el 15 de abril de 1791 en Jones Point, Virginia. Un pastor la bendijo y se celebró una solemne ceremonia masónica, de la que hablaremos más adelante. Luego, pusieron un jalón en cada milla del cuadrado, con un total de cuarenta jalones.

Una versión afirma que L'Enfant se basó en buena parte en un plan desarrollado en el siglo XVII por el famoso arquitecto Christopher Wren, prominente en la Royal Society y tal vez francmasón, para reconstruir la ciudad de Londres después de que ésta fuese destruida por un incendio. También recibió instrucciones de Thomas Jefferson. L'Enfant discutió con el comité y abandonó el proyecto sin haber terminado su tarea, pero su plan general ya estaba bien establecido.

Se suele repetir con solemnidad un delicioso mito que afirma que cuando L'Enfant se fue, se negó a entregar su documentación, pero que Banneker salvó la situación al volver a dibujar los planos de la ciudad de memoria. Pero L'Enfant y Banneker nunca trabajaron juntos, ni al mismo tiempo, de modo que la historia, aunque atractiva, no puede ser cierta.

El plan de L'Enfant tenía una serie de grandiosos conceptos. Habría una cuadrícula de calles que correrían de norte a sur y de este a oeste. A éstas se les superpondría una serie de anchas avenidas diagonales, una por cada uno de los quince Estados que por entonces integraban la Unión. Se cruzarían en grandes intersecciones, apropiadas para erigir plazas y monumentos.

Además, dispuso dos grandes vistas panorámicas. Una miraba al oeste desde Jenkins Hill, que L'Enfant calificó de «pedestal a la espera de un monumento». Allí se alzaría el Capitolio. La otra miraba hacia el sur y sería el emplazamiento de la casa presidencial, hoy llamada Casa Blanca.

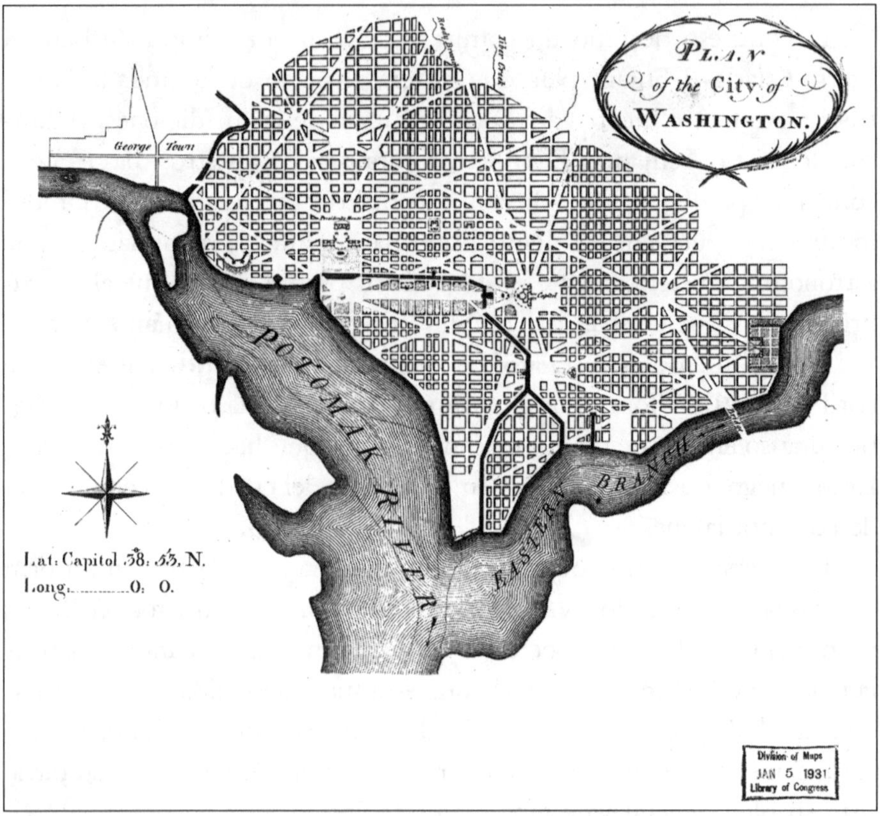


L'Enfant creó un sistema de cuadrícula con grandes vistas, amplias avenidas diagonales y muchas formas ocultas.

El amplio National Mall formaba parte del plan, pero nada siquiera remotamente parecido al Mall actual se desarrolló durante los primeros cien años. Sirvió para todo tipo de propósitos; por ejemplo, para lugar dedicado a que hozaran los cerdos, como campamento para soldados y como emplazamiento de una gran playa ferroviaria. Pero siempre estuvo destinado a un monumento principal que se ubicaría en la intersección de las dos panorámicas. Y el único monumento que tenía sentido poner allí era uno en honor a George Washington.

Washington fue concebida como ciudad ideal, pero la ciudad real tenía algunos desafíos que enfrentar.

Para empezar, un curso de agua llamado Tiber Creek atravesaba el distrito, conectando el Potomac con el ramal este. Eventualmente, se

Una gran ilusión: el Capitolio y el Mall parecen estar alineados precisamente de este a oeste.

lo canalizó, transformándolo en el Washington City Canal, que corría por lo que hoy es Constitution Avenue. En la actualidad, ha desaparecido por completo de la vista, si bien aún corre por debajo de la avenida.

En segundo lugar, más o menos todo lo que quedaba al oeste del actual monumento a Washington estaba dentro del río Potomac. Esa superficie sólo fue rellenada en las décadas de 1880 y 1890, creando el terreno donde hoy se alzan el Lincoln Memorial, el Jefferson Memorial, el Kennedy Arts Center y muchas otras estructuras. Cuando el monumento a Washington fue alzado por primera vez a su altura de 45 metros, uno podría haber arrojado una piedra al Potomac desde su base.

Además, a Washington le llevó un largo tiempo poblarse con las atestadas manzanas de edificios gubernamentales, de oficinas y de apartamentos que exhibe hoy. Durante un largo período, sus amplias avenidas estaban obstruidas por los árboles.

Una famosa frase que Charles Dickens pronunció cuando visitó la ciudad en 1842 describe las aspiraciones de Washington en comparación con sus realidades: «A veces la llaman la Ciudad de las Distancias Magníficas, pero sería más apropiado decirle la Ciudad de las Intenciones Magníficas».

## Ceremonia de colocación de la piedra fundamental, al estilo estadounidense

La primera de estas intenciones magníficas fue la construcción del edificio del Capitolio. Fue comenzada el 18 de septiembre de 1793 con una ceremonia que fijaría el tono de gran parte de lo que se haría en los siguientes dos siglos.

Una majestuosa procesión de dignatarios revestidos con todas sus galas masónicas marchó hasta el edificio al son de tambores y trompetas. Un periódico local la describió como «tal vez la más majestuosa procesión masónica de todos los tiempos». George Washington presidió la colocación de la piedra fundamental no sólo en su condición de presidente de Estados Unidos, sino como Gran Maestre de los Masones *pro tem* y como Honorable Maestro de su logia, Alexandria 22. En la procesión figuró una espada ceremonial, además de la Biblia masónica que Washington empleó en la ceremonia en que fue nombrado presidente.

Washington extendió una capa de cemento con una llana de plata que había sido fabricada especialmente para la ocasión y la piedra fundamental, un bloque que pendía de un trípode de madera, fue bajada hasta su emplazamiento. Cientos o hasta miles de personas asistieron a la ceremonia. Pero aquí hay un pequeño misterio: en la actualidad, nadie sabe con exactitud dónde está la piedra. Como se verá, lo mismo ocurrió con el monumento a Washington. Pareciera que los estadounidenses tendemos a perder nuestras piedras fundamentales.

Hubo un momento de oración y silencio, como era de esperar en una nación cristiana, pero uno de los momentos cumbre de la ceremonia llegó cuando Washington hizo algo que a la mayor parte de los estadounidenses les habría parecido de lo más extraño: ungió la piedra fundamental con «grano, vino y aceite».

La unción con grano, vino y aceite resulta altamente significativa. Es masónica. Es una adaptación de un antiguo sistema para consagrar un sitio que, por lo general, requiere cuatro elementos: grano, vino, aceite y sal. Por algún motivo, los masones estadounidenses han dejado de lado la sal, si bien tradicionalmente los textos masónicos la incluyen.

George Washington, francmasón, colocó la piedra fundamental del Capitolio en 1793.

Si usted consulta un libro de referencia masón, el mismo le dirá que el grano simboliza abundancia; el vino, gozo y alegría; el aceite, paz y unanimidad, y la sal, fidelidad y amistad. Éstas son interpretaciones que hoy llamaríamos «políticamente correctas».

Sin embargo, en realidad, en un sentido histórico estos cuatro elementos representan libaciones a los dioses paganos de la tierra, el aire, el fuego y el agua. También representan los cuatro puntos cardinales y, por tanto, los cuatro vientos asociados a éstos. Los lectores de *AyD* recordarán el asesinato ritual de los cuatro cardenales, el hito que marca el Poniente, la fuente de los Cuatro Ríos, etc.

Esta simbología es más antigua que los griegos, romanos o egipcios. Se remite a un tiempo en el que los dioses aún no tenían nombre. Con el transcurrir de los años, los doce signos del Zodíaco fueron clasificados en tres grupos de cuatro signos, que se asignaron a aspectos de la tierra, el aire, el fuego o el agua. Antes de ser adaptados para desempeñar el papel de dioses y diosas, fueron los elementos fundamentales de la astronomía y la astrología antiguas.

En *ECDV*, Dan Brown explica que «pagano» no significa «carente de religión», sino que, cuando el Imperio romano adoptó el cristianismo, esa palabra pasó a designar a cualquier religión que no fuera ésta.

Según esta definición, el emplazamiento de la piedra fundamental del Capitolio fue todo lo pagana que puede ser una ceremonia. Y esta misma ceremonia, con variaciones muy leves, ha sido parte del emplazamiento de prácticamente toda piedra fundamental de todos los principales edificios históricos de Estados Unidos. Ello es altamente revelador en un autor como Dan Brown, quien siempre busca el significado más profundo, pagano, de los símbolos visibles.

Uno de los autores que Dan Brown posiblemente estudie con más detenimiento en el curso de sus investigaciones sobre el simbolismo de Washington es David Ovason. En particular, imagino que Brown estudiará su libro *The Secret Architect of Our Nation's Capital*, subtitulado *The Masons and the Building of Washington DC (El arquitecto secreto de la capital de nuestra nación. Los masones y la construcción de Washington).* Este libro, publicado en 1999, ha sido muy influyente, especialmente entre quienes ven conspiraciones en todas partes.

## La Biblia y la llana

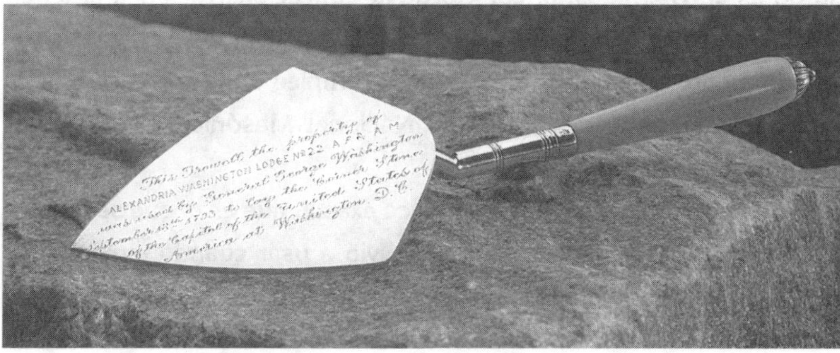


No un cetro, sino una paleta de plata usada por George Washington con la piedra fundamental del Capitolio.

**Inglaterra tiene las joyas de la Corona, entre ellas una corona y un cetro fabulosamente enjoyados. Son los símbolos de poder que se le transmiten a cada nuevo monarca en su coronación. Se conservan en una cámara especial de la Torre de Londres.**

**Norteamérica tiene una llana y una Biblia, y ambas son custodiadas por los francmasones.**

**Cuando George Washington presidió la ceremonia en la que se colocó la piedra fundamental del Capitolio en 1793, se hizo especialmente un juego de herramientas simbólicas para la ocasión, entre ellas un mazo de mármol y una llana de plata. Tras la ceremonia, Washington le donó el mazo a la logia que ofició de anfitriona en esa ocasión —la Logia 9 de Maryland— y entregó la llana a su propia logia, la Logia Alexandria 22 de Virginia, de la que fue Maestro Supremo.**

**La llana era de plata y tenía el mango de marfil. Con el correr del tiempo, se vio que casi no había una ceremonia importante de colocación de alguna piedra fundamental en Estados Unidos que prescindiera de los francmasones y de esta llana.**

**Mencionemos solamente las principales colocaciones de piedras fundamentales que tuvieron lugar en Washington: la del Smithsonian**

Institute, el monumento a Washington, la Casa del Templo (Rito Escocés), el Templo Masónico de la Gran Logia de DC (actualmente Museo de la Mujer en las Artes), la Corte Suprema de Estados Unidos, la Catedral Nacional, la Biblioteca del Congreso, el Departamento de Comercio de Estados Unidos, el edificio de la Educación Nacional, el Jefferson Memorial, el edificio del Correo de Estados Unidos y el edificio del Departamento de Estado. También se la empleó en la colocación de la piedra fundamental del Memorial Nacional Masónico George Washington de Alexandria.

Posteriormente, se hizo una réplica exacta, que es la que se emplea actualmente. La verdadera llana se volvió a usar cuando, en 1993, se escenificó la colocación de la piedra fundamental del Capitolio para conmemorar los doscientos años del episodio original. La llana se conserva en el Memorial Nacional Masónico George Washington, custodiada por la Logia 22 de Alexandria.

Ocurrió un curioso episodio cuando Washington estaba por jurar como primer presidente de Estados Unidos en 1789 en Nueva York, por entonces capital del país. Se construyó una plataforma frente al ayuntamiento de la ciudad, en Wall Street, en la que se ubicaron los dignatarios presentes, entre ellos todos los congresistas de Estados Unidos (que, por supuesto, eran muchos menos que los que son hoy). Entonces se dieron cuenta de que no tenían una Biblia para la ceremonia.

Pero no se preocuparon. Como el funcionario encargado de presidir la ocasión —Robert Livingston, canciller de Nueva York— era un Gran Maestro masón, se le ocurrió una solución de inmediato. Uno de los muchos masones presentes fue enviado al otro lado de la calle, a una cafetería donde la Logia San Juan 1 celebraba sus reuniones, y regresó con la elegante Biblia en edición King James de 1767 perteneciente a la logia.

Washington tendió su mano sobre la Biblia, que fue abierta al azar en el Génesis, capítulos 49 y 50. Pronunció el juramento y luego besó reverentemente el libro. En la actualidad, una estatua de Washington marca el lugar, que ahora está frente al Federal Building de Wall Street.

Esa misma Biblia fue usada en otros cuatro juramentos presidenciales: el de Warren Harding, en 1921; el de Jimmy Carter, en 1977 y el de George H. W. Bush, en 1989. Este último la abrió al azar.

George Washington y George H. W. Bush prestaron juramento sobre esta Biblia.

**En honor a la presidencia de su padre, George W. Bush decidió usar esa misma Biblia cuando juró como presidente en 2001. Una guardia de honor de tres masones la llevó a la ceremonia. Pero llovía, y se tomó la decisión de último momento (atribuida al vicepresidente Dick Cheney) de no arriesgarse a que el libro resultara dañado. Se utilizó una Biblia familiar de los Bush, que se mantuvo cerrada.**

**En su juramento, el presidente Reagan empleó una Biblia familiar, abierta en un versículo que había sido destacado por su madre, Nelle Reagan. Cuando juró para su segundo período presidencial en 1985, algunos grupos de cristianos conservadores lo urgieron para que abriera la Biblia en ese mismo versículo. Se trata de Crónicas 2, 7:14, que dice:**

> **Si mi pueblo, el que lleva mi nombre, se humilla orando y buscando mi rostro, y se vuelven de sus malos caminos, yo los oiré desde los cielos, perdonaré sus pecados y sanaré su tierra.***

---

* El pasaje en cuestión se refiere de forma directa al Templo de Salomón. Es parte de un mensaje que Dios le transmitió a Salomón en un sueño la noche del día en que se inauguró el templo. *{N. del T.}*

**Además de que obviamente insta al pueblo a repetirse, este versículo, se afirma, tiene un significado más profundo. Si bien se refiere a Israel, puede considerarse que se aplica a Estados Unidos en tanto que «pueblo elegido». Además, tiene que ver con el respaldo a Israel, ya que se cree que el Segundo Advenimiento tendrá lugar en Jerusalén.**

**Cuando se ajustaban los últimos detalles del juramento de Bush para su segunda presidencia, los mismos grupos cristianos le solicitaron que hiciera como Reagan y usara una Biblia familiar, no la Biblia masónica de Washington. Aunque aún no hemos confirmado que ello haya sido así, al parecer Bush hizo lo que le pedían. En ciertos círculos, esto se percibe como un símbolo de que con el presidente Bush se cumplen las profecías de la llegada del Fin de los Tiempos. En *ECDV* y en *AyD*, Dan Brown se refiere al cumplimiento de profecías referidas al milenio o a eventos de esa índole que están teniendo lugar.**

---

Mucho antes de que apareciesen las novelas de Dan Brown, Ovason recorría los grandes edificios de Washington rumiando un único pensamiento: hay una increíble cantidad de zodíacos e imágenes de antiguos dioses y diosas en toda la ciudad. A lo largo de unos diez años, Ovason contó veintitrés zodíacos importantes y más de mil signos zodiacales menores y símbolos planetarios.

Ovason buscó una explicación, y su exploración de estas alusiones planetarias lo hizo llegar a la conclusión de que Washington tiene una orientación astrológicamente definida en honor al signo de Virgo. Ovason hace la obvia asociación de Virgo con la Virgen María, y de ésta pasa a Isis y Minerva. Cada uno de sus descubrimientos tenía algún vínculo con la masonería.

En su libro, Ovason afirma que su intención no es afirmar que los masones tuvieron alguna suerte de dominio secreto en la construcción de la ciudad, o, por extensión, en la operación del gobierno. Pero fue interpretado de esa manera. Desgraciadamente, este libro suministró el combustible para teorías conspirativas verdaderamente extrañas, que interpretan que la disposición de las calles traza un pentángulo invertido —el signo de Satanás— y encuentran otros significados satánicos en el simbolismo destacado por Ovason.

Pero el simbolismo está ahí. Washington es una ciudad que exhibe símbolos en prácticamente cada fachada. Aunque la Constitución dejó claro que no habría una religión de Estado, el arte oficial, por ejemplo las pinturas del domo y los muros del Capitolio, exhibe una profusión de zodíacos, dioses griegos y romanos, motivos egipcios, referencias cristianas, además de muchas imágenes que aún desafían la capacidad de comprensión e interpretación de los críticos contemporáneos.

Ciertos temas recurrentes son los más llamativos.

Considérense, por ejemplo, los símbolos masónicos del compás y la escuadra. Si uno los mira en busca de simbología que haga referencia a lo femenino y lo masculino, es fácil interpretar que son el falo y la vulva o, como dice Dan Brown, la espada y el cáliz. Es digno de destacar que, en el símbolo masónico, aparecen unidos. Ello no es casual, y seguramente a Dan Brown le sugiera la idea de las nupcias sagradas, por no hablar del ritual del *hieros gamos*. Para los masones, la combinación de los triángulos equiláteros forma una estrella de seis puntas, que tiene el mismo significado que el yin-yang chino. En el contexto de *ECDV* de Dan Brown, su significado es esencialmente el mismo, si bien se le agregan matices sexuales.

Ya que hablamos de símbolos sexuales, no existe símbolo más fálico que el monumento a Washington. Y puede interpretarse que la cúpula del Capitolio representa un pecho. El monumento a Washington está en el centro de la ciudad, como si fuera la aguja de un gigantesco reloj de sol. Para los fines de un novelista, si uno elige correctamente fecha y hora, puede hacer que la sombra del monumento le apunte a prácticamente cualquier punto de la ciudad.

Pero para los masones, el compás y la escuadra tienen multitud de significados además de representar una estrella de seis puntas. El compás puede ser empleado para trazar un círculo que, si se lo expande tridimensionalmente, se transforma en esfera, y la escuadra, un cuadrado, que, en tres dimensiones, deviene en cubo. Para los masones la esfera representa el cielo; el cubo, la tierra.

Cuadrados, círculos, esferas y cubos están «escondidos a la vista» en todas las estructuras masónicas y, de hecho, en toda la estructura y el arte de Washington. Si uno recorre los principales edificios de la ciudad y le echa cada tanto un vistazo al pavimento, no tardará en ver que un círculo dentro de un cuadrado, o viceversa, les pareció el motivo «adecuado» a muchos de los constructores y diseñadores de la ciudad.

Los edificios y monumentos abiertamente masónicos de Washington brindan un inmejorable campo de juego simbólico para Dan Brown. La lista comienza con la Casa del Templo, el edificio clásico del 1733 de la Calle 16 NW, unas trece manzanas al norte de la Casa Blanca. Es la sede del Supremo Consejo 33.º del Rito Escocés Antiguo y Aceptado de la francmasonería. Dos inmensas esfinges custodian su puerta. Los escalones están dispuestos en series de tres, cinco, siete y nueve, y, ya antes de ingresar en el edificio, uno queda impactado por la simbología masónica.

En el interior, columnas de mármol negro sustentan un altísimo techo en un cavernoso atrio que parece un templo y que da paso a una logia ricamente decorada. Allí, en un recinto especial, están enterrados los restos del venerado masón Albert Pike. El templo alberga una gran biblioteca colmada de invalorables libros masónicos y de interés histórico. El laberíntico subsuelo alberga un museo dedicado a masones famosos, entre los que se da especial importancia a los padres fundadores, Burl Ives, J. Edgar Hoover y varios astronautas estadounidenses.

Un secreto bien conocido es que los astronautas Aldrin y Armstrong, primeros en pisar la Luna, llevaban oculta la bandera de una logia masónica entre sus prendas interiores. Como la bandera de Estados Unidos fue bajada del módulo lunar después de que ellos pisaran la superficie, la primera bandera que estuvo en la Luna fue la masónica. Ahora se encuentra en exhibición en la Casa del Templo, junto a miles de objetos históricos. Además, en el sótano hay habitaciones atestadas de otras reliquias y tesoros, demasiados como para exhibirlos todos. Cabe preguntarse qué pensaría Dan Brown de este archivo «secreto».

Se considera que el diseño del monumento a Washington es masónico por una serie de razones, una de las más importantes es el hecho de que esté rematado por una pirámide. Cuando Washington murió en 1799, el Congreso tuvo la esperanza de que su familia permitiera sepultarlo en la ciudad, en el lugar donde eventualmente se alzaría el

La bandera que se llevó a la Luna era una bandera masónica.

monumento. Se construyó una cripta debajo del Capitolio con el fin de enterrar allí a George y a Martha mientras se construía el monumento. Finalmente, ello no ocurrió pero, de haber prosperado el proyecto, habría una gran tumba piramidal en el centro de lo que hoy es el National Mall.

La familia de Washington nunca quiso desatender las instrucciones que éste dejó en su testamento, de modo que sus restos quedaron en el mausoleo de Mount Vernon. En 1865, se construyó a toda prisa un catafalco para exhibir el ataúd de Abraham Lincoln. Se guardó en la cripta del Capitolio, de donde sale en las raras ocasiones en que se vela a una figura importante allí. La última vez que se empleó fue cuando se veló al ex presidente Ronald Reagan en la rotonda del Capitolio en junio de 2004.

En la intersección de las calles 3 y D, al noroeste de Judiciary Square, hay una estatua de Albert Pike. Éste es el único general confederado que tiene una estatua importante en un lugar público de la capital de la nación. Pero lo que le hizo ganar ese lugar es su prestigio como erudito y jefe francmasón. Pike fue uno de los principales originadores de los ritos y tradiciones de la francmasonería del Rito Escocés.

Las muchas facetas de Albert Pike pueden hacer de él una figura en *La clave de Salomón*, pues conocía multitud de temas recónditos —entre ellos, los misterios más hondos de la francmasonería— y tiene muchas conexiones históricas extrañas. En su vejez, lucía como la mismísima encarnación del mago Merlín, con su cabello largo hasta los hombros, barba y expresión de sabiduría. Dan Brown empleó a Leonardo da Vinci para que éste creara códigos y secretos para *ECDV*; podría hacer lo mismo con Pike en *La clave de Salomón*.

Una estructura ubicada en Alexandria, Virginia, debe ser incluida en la lista de construcciones abiertamente masónicas. Se trata del impactante Memorial Nacional Masónico George Washington, construido por los masones para honrar al más famoso de sus integrantes.

Como Dan Brown entrelaza la religión con sus argumentos siempre que puede, se impone buscar escenarios religiosos, como una iglesia o una catedral, en Washington. Hay muchos de éstos, pero vale la pena mencionar que la Catedral Nacional, emplazada en un lugar destacado, sobre una colina al noroeste de la ciudad, tiene una rica colección de ornamentos y tallas en piedra, digna de cualquiera de las grandes catedrales de Europa. Como éstas, tiene bóvedas y criptas subterráneas que recuerdan a las catacumbas. La rica simbología de la catedral puede interpretarse en muchos sentidos, incluyendo el masónico, claro. Abundan las gárgolas y los grutescos (entre ellos, un Darth Vader, como se puede ver en el sito web de la Catedral Nacional). Sería razonable esperar que Dan Brown incluya al menos una escena de persecución en estas catacumbas estadounidenses en *La clave de Salomón*.

El mencionado astrólogo y simbólogo, David Ovason, cree que el Triángulo Federal de la ciudad de Washington representa la alineación de tres estrellas de la constelación de Virgo, ocurrida el 10 de agosto de 1791. Este vínculo con Virgo (la Virgen) debería ser muy atractivo para Dan Brown, pues no sólo remite a la Virgen María sino también a Venus, el cáliz, la rosa y la «feminidad sagrada». Todos ellos fueron temas de *ECDV* que Dan Brown combinó de una forma que asombró a todos sus lectores.

La Catedral Nacional se iguala a las mejores catedrales europeas y, como éstas, alberga criptas subterráneas.

Una teoría realmente extraña que circula por Internet asevera que la disposición de Washington simboliza un pentáculo invertido, símbolo de Satanás o Baphomet, lo cual representaría el supuesto lado oscuro de la francmasonería. El sitio web más popular entre los que se adhieren a esta teoría vincula la simbología de Washington con la topografía del planeta Marte. A mí me llama la atención que los teóricos de la conspiración busquen con tanto ahínco un pentáculo en el trazado de las calles, cuando al otro lado del río tienen un símbolo tan obvio como el Pentágono. Otro sitio web desarrolla ocho o nueve temas simbólicos a partir del trazado de las calles, entre ellos formas como la pirámide, el hexagrama y el pentagrama, pero también el falo y la vulva, el compás y la escuadra, el Árbol de la Vida e incluso un corte transversal de la gran pirámide de Gizé, en Egipto. Si usted acepta la teoría de la gran pirámide, tal vez deba cavar en busca de un tesoro oculto bajo el Potomac, en algún punto ubicado entre el campo de golf East Potomac y el aeropuerto nacional Ronald Reagan. Y, por cierto, ¡que tenga suerte!

# Retratos y pinturas de George Washington

Ya hemos abarcado varios monumentos imprescindibles, además de otros que no figuran en la mayor parte de los mapas turísticos, e incluso algunos que ni siquiera conocen los residentes locales. Pasemos ahora a hablar de pintura. George Washington, nuestro primo favorito, es un muy buen tema en el que concentrarnos, de modo que trataremos de las muchas pinturas que lo representan.

Durante la revolución y los años que la siguieron, Washington fue casi deificado por la agradecida población. Tras conducir la lucha, trató de retirarse a su plantación. Regresó como presidente durante dos períodos antes de jubilarse definitivamente. Gozó de su retiro durante pocos años antes de morir en los últimos días de 1799. Fue sepultado, con rituales masónicos y cristianos, en un mausoleo en Mount Vernon.

Todos querían tener su retrato. Washington posó para muchos pintores, a veces a petición de los francmasones, aunque detestaba hacerlo. Le hicieron obsequios que incluían ornados mandiles masónicos; entre ellos, uno que perteneciera al marqués de Lafayette y que le regaló la viuda de éste.

Mucho antes de la revolución, Washington posó para muchos retratos. Como en su juventud estaba particularmente orgulloso de haber sido designado coronel en la milicia de Virginia, le gustaba posar de uniforme. Pero en los años en los que encabezó el ejército continental y, posteriormente, cuando fue presidente, las solicitudes y súplicas para que posara para retratos habían alcanzado un nivel intolerable. Se había vuelto demasiado famoso, como las celebridades de hoy, a las que todos miran y fotografían incesantemente.

Una considerable cantidad de pintores famosos retrató a Washington, entre ellos John Trumbull, Charles Wilson Peale y Gilbert Stuart. Pero casi siempre lo hacían parecer rígido e incómodo. Como realmente le incomodaba posar, tal vez no hayan hecho más que reflejar la realidad.

En el siglo XVIII no había forma de producir en masa o copiar una pintura, de modo que el artista que lograba que su modelo posara para él contaba con una gran ventaja. Si el modelo se lo permitía, el pintor hacía muchos esbozos y posados adicionales, para poder pintar lienzos más variados y seguir cobrando por su venta durante años. Luego otros artistas copiaban estos originales, y estas copias se difundían hasta llegar a los artistas que hacían grabados para ilustrar libros, de modo que así, finalmente, el público en general terminaba por conocer alguna imagen que se pareciera un poco al gran hombre del que se tratara.

El más afamado de los grandes pintores que retrataron a Washington fue Gilbert Stuart. Llegó un poco tarde, en un momento en que Washington estaba ya harto de pintores. Cuando, en el transcurso de la primera sesión de posado en 1795, Stuart trató de conversar de temas intrascendentes, Washington no se mostró dispuesto a seguirle el juego. En palabras de Stuart «una apatía parecía apoderarse de él y una expresión vacua, horrible de pintar, invadía su rostro». Si se miran con atención los retratos que pintó Stuart, se detectará, a pesar de los esfuerzos de éste, cierta expresión de mal humor en el rostro de su modelo. El semblante de Washington que figura en los billetes de un dólar es una adaptación de un retrato que le hizo Stuart.

En los años subsiguientes, Stuart pintó al menos ciento cuatro retratos de Washington, básicamente en tres poses. La más apreciada era la

Retrato realizado por Gilbert Estuart de un Washington levemente malhumorado que más tarde se adaptó para los billetes de un dólar.

que lo mostraba de cuerpo entero. Se la denominó versión *Landsowne*. Una copia de estas características está en la Casa Blanca, y la conocemos gracias a Dolly Madison, que salvó la pintura del fuego cuando los británicos incendiaron la Casa Blanca en 1814. Dolly permaneció allí valientemente hasta el último momento, pues consideró que hacerlo era un deber sagrado.

Charles Wilson Peale pintó a Washington por primera vez en 1772. Ambos hombres se hicieron amigos, sin saber qué les depararía la historia. Peale se hizo masón en 1774. Se unió al ejército continental en 1776, y sirvió a las órdenes de Washington en varias batallas, además de durante el crudo invierno que éste pasó en Valley Forge entre 1777 y 1778. De modo que tuvo frecuentes ocasiones de retratar a Washington, incluyendo una, en 1779, en la que luce su uniforme de general. Esta versión no tardó en ser copiada por Jean-Baptiste Le Paon, y es la primera semblanza del prócer que fue conocida en Europa.

Un artista menor, William Joseph Williams, consiguió que Washington posara en 1793 a instancias de sus «hermanos» francmasones, una de las últimas veces que lo hizo. El resultado lo muestra revestido de las insignias de Masón Supremo de Virginia, con una expresión más bien sombría.

Uno de los muchos artistas que asistieron al pintor inmigrante italiano Constantino Brumidi, quien trabajó frecuentemente en la ciudad de Washington, fue el pintor Albion Hurdle. En 1840 pintó un retrato póstumo de Washington que lo representaba de cuerpo entero y luciendo todas las galas masónicas. Hurdle pertenecía, como Washington, a la logia Alexandria 22, donde hoy pende su cuadro, muy reverenciado por los francmasones.

En 1875, momento para el cual el aura de Washington apenas si había disminuido, el domo del Capitolio fue pintado con una *Apoteosis de George Washington*, que lo representaba ascendiendo al cielo como una divinidad, rodeado de doncellas celestiales.

Quien pintó ese fresco fue Constantino Brumidi, hoy desconocido para la mayor parte de los estadounidenses, pero que en su momento fue un artista de renombre. Era un inmigrante que pintó muchas obras por encargo del gobierno, y se considera que la *Apoteosis* es su obra maestra. Representa a Washington rodeado de dos diosas, la Libertad y la

Fama, y también por un círculo de trece vírgenes, que representan los primeros Estados de la Unión. Pero se afirma que Brumidi empleó como modelos de estas últimas a prostitutas de la ciudad con las que había trabado relación.

De modo que una de las cosas más parecidas a una pieza de arte sacro que tiene Estados Unidos representa, en realidad, a un grupo de prostitutas.

Éste es otro mito o leyenda que encajaría con los temas de Dan Brown de la feminidad sagrada y las acusaciones de prostitución que se le hicieron a María Magdalena. En *ECDV*, Dan Brown explica que, en el pasado, un papa leyó mal la Biblia y equiparó a María Magdalena con una prostituta citada en otro versículo. Así, durante más de mil años, Magdalena fue considerada una ramera redimida, hasta que, hace muy poco tiempo, la Iglesia corrigió su error.

# Esculturas y monumentos a George Washington

En todo Estados Unidos se sabía que se construiría un monumento a George Washington en el centro del Mall, pero tan seguros estaban todos de que se haría algún día que el proyecto fue postergado una y otra vez. La idea fue planteada a pocas semanas de la muerte de Washington, y el Congreso estuvo a punto de aprobar un plan en 1801, pero el propósito no terminaba de concretarse, y pasaron décadas hasta que se comenzó.

La cercana ciudad de Baltimore prefirió no esperar, y erigió una estupenda estatua de Washington sobre una columna de 55 metros de altura. Su piedra fundamental se emplazó en 1815, y el monumento se completó en 1824. Robert Mills, de Charleston, Carolina del Sur, un escultor formado en Estados Unidos, ganó el concurso de diseños con uno que consistía en una inmensa columna con balcones, una importante base e inscripciones, que estaría coronada por una estatua de Washington, vestido de guerrero romano, conduciendo un carro tirado por caballos. Algunas consideraciones con respecto a su coste hicieron que el proyecto fuera reducido a una columna más sencilla y grácil, afortunadamente rematada por una representación de Washington de pie y en una actitud más amigable.

En un curioso eco del simbolismo de los pilares que adoptó Francis Bacon, el autor estadounidense Herman Melville describió así el monumento de Baltimore: «El gran Washington está sobre su altísimo palo mayor en Baltimore, y, como si fuera uno de los pilares de Hércules, su columna marca ese punto de la grandeza humana que pocos mortales pueden sobrepasar».

Avergonzado por el éxito del monumento de Baltimore, el Congreso tomó medidas para impulsar el proyecto de Washington, pero el avance aún era irregular, y la piedra fundamental no se emplazó hasta 1848. Así y todo, la realización se siguió demorando, y en 1876, año del centenario, la nación otra vez quedó abochornada por el hecho de contar con un monumento que apenas llegaba a los 45 metros de altura. Finalmente, fue completado en 1884.

La idea de representar a Washington conduciendo un carro se le había ocurrido a muchas personas, ya que por entonces se estilaba comparar a las figuras reverenciadas con algún dios o emperador romano. De modo que en 1818 Antonio Canova, considerado el mejor escultor italiano de su época, erigió una estatua que representaba a Washington vestido con armadura romana y cabellos rizados al estilo de Julio César. La estatua estuvo en la gobernación de Raleigh, Carolina del Norte, hasta que un incendio la destruyó en 1831. Fue reemplazada en 1970. Si bien ha llegado a ser motivo de orgullo para los habitantes de Carolina del Norte, en su momento no gustó, y a veces fue objeto de burla. El leal amigo de Washington, el marqués de Lafayette, dijo que se parecía más a él mismo que a su amigo George.

No fue ése el caso de un excelente retrato esculpido por otro gran artista, el francés Jean-Antoine Houdon, quien pasó dos semanas con Washington en su casa de Mount Vernon, donde estudió sus facciones y medidas, además de hacerle una máscara a modo de molde facial. Una historia afirma que Martha Washington entró antes de que la máscara se endureciera, y George sonrió levemente, dejando impresa en el calco una sonrisa como la de la Mona Lisa. Houdon hizo un busto de terracota de Washington y se lo regaló. Éste se conserva en Mount Vernon.

En 1770, el artista estadounidense Benjamin West había roto una larga tradición al retratar a un famoso general británico vestido de uniforme, no de romano. Cuando Houdon le preguntó a Washington cómo preferiría vestir en la estatua que le estaba haciendo, éste respondió que con su uniforme continental. De modo que Houdon lo representó así, con gran éxito. La pose que le atribuyó a su modelo, sin embargo, era la del famoso romano Cincinato, quien abandonó su granja para ejercer de general, y luego regresó allí para vivir sencillamente y en paz; exactamente igual que Washington.

Una de las estatuas de Washington se convirtió en un elefante blanco. Se trató del encargo que el Congreso le hizo en 1832 al escultor estadounidense Horatio Greenough, un artista formado en Harvard y empapado en el estilo neoclásico. En su momento, Greenough trabajó en Roma y Florencia. En 1841 su estatua llegó a Washington, y el Congreso ordenó colocarla en la rotonda del Capitolio.

Greenough había decidido que su Washington pareciera Zeus. La estatua lo representa con un torso desnudo y musculoso, sentado en actitud majestuosa, con una mano alzada y la otra empuñando una espada. El pedestal está adornado de dioses griegos. Encarna a Washington como un dios pagano, y es una ilustración perfecta para una novela de Dan Brown.

La estatua, de tres metros de alto y doce toneladas de peso, fue descubierta en su inauguración, y los congresistas pudieron contemplar lo que ellos, y los contribuyentes, habían pagado. A casi nadie le gustó. Además, estaba mal iluminada, pues, al estar en el centro mismo de la rotonda, la luz le llegaba directamente desde arriba, lo que le daba una apariencia sombría.

Afortunadamente, al cabo de unos dos años el suelo comenzó a hundirse y resquebrajarse y se hizo necesario llevarse la estatua de allí. Se la colocó en el patio este del Capitolio, y allí quedó durante muchos años, expuesta a las inclemencias del clima y de las palomas. En algún momento, alguien se dio cuenta de que hubiera sido una indignidad permitir que se siguiera deteriorando, de modo que, en 1908, fue trasladada al ala oeste del Smithsonian Institute. A lo largo de los años, esa ala albergó distintas exposiciones, pero, durante un período, Washington llegó a presidir —¡Dios mío!— las ostras, mejillones y estre-

La estatua de Greenough: realmente la imagen de un dios pagano.

llas de mar de la colección de invertebrados marinos. La sala ni siquiera tuvo luz eléctrica hasta 1956.

En 1962, la estatua fue a dar a su actual emplazamiento, en lo que hoy se conoce como Museo Nacional de Historia Americana, en la avenida Constitution. La iluminación es mucho mejor, pero así y todo, Washington aún resulta extraño caracterizado como Zeus. (Por favor, perdóname, querido primo George.)

En 1866, cuando llegó el momento de encargar una estatua de Lincoln, aún quedaban congresistas vivos que recordaban el fiasco de Zeus-Washington. Pocos meses antes de que Lincoln fuese asesinado, un amigo le propuso que ayudara a una pobre y muy talentosa joven aprendiz de escultora posando para que ella le hiciese un busto. La joven, Vinnie Ream, hizo un excelente busto de Lincoln, que finalizó pocos días antes de que lo asesinaran.

La joven, ayudada por su buena apariencia y su vivaz personalidad, logró que el Congreso le encargara una estatua de Lincoln de tamaño natural. Tras debatirlo mucho, los senadores se arriesgaron y confiaron en la muchacha de diecinueve años. Esta vez, el resultado fue maravilloso. Cuando en 1871 se descubrió la estatua de Lincoln, muchos de sus viejos amigos afirmaron que les parecía estar viéndolo. La estatua de Lincoln aún ocupa un lugar de honor en la rotonda del Capitolio.

Vinnie Ream no tardaría en ser la «amiga» platónica del legendario francmasón Albert Pike. La relación entre ambos se prolongaría durante veinticinco años (véase el Apéndice D: «Elementos sexuales en Dan Brown»).

La construcción más importante es, por supuesto, el monumento a Washington, completado en 1884, que a menudo es considerado masónico en su diseño. Al ser terminado fue, durante un breve período, la estructura más alta del mundo, además de la más alta que nunca hubiera sido construida en Washington (hasta que se erigió la Catedral Nacional). El monumento tiene 555 pies (172 metros) de altura. Algunos afirman que el 5-5-5 es simbólico, pues para los masones es un número especial y todo lo que aparezca por partida triple tiene un significado oculto. Un destacado especialista en temas francmasónicos me ha asegurado que, de hecho, el 555 no significa nada desde el punto de vista de la masonería. Pero, como ocurre con otras leyendas, ha sido repetida con tanta frecuencia que ha adquirido la pátina de la verdad.

Pero éste no fue el último monumento dedicado a Washington. En 1932, los masones mismos —que rara vez en su historia estuvieron tan unidos en un mismo proyecto— construyeron el magnífico Memorial Nacional Masónico George Washington en la cima de una elevada colina en Alexandria, Virginia. Nadie que vaya allí puede dejar de sentir la imponente presencia del Memorial: es una estructura impresionante. Tiene 333 pies (103 metros) de altura (3-3-3, ¿entienden?) y es el punto visible más alto en muchas millas a la redonda.

Es, para decirlo de forma sencilla, un templo a George Washington. El vestíbulo central es una obra maestra de columnas de mármol y murales que alberga una inmensa estatua de bronce, de tres pisos de alto, que representa a George Washington vestido con todas las galas masónicas. Hay una recreación de su logia, la Alexandria 22, donde se ven reliquias washingtonianas. Abundan los recintos simbólicos especiales, entre ellos uno dedicado a los templarios y otro que contiene una reproducción ricamente detallada del Arca de la Alianza. Entre docenas de piezas de arte simbólico, hay una que representa las ruinas del Templo de Salomón.

El Memorial Nacional Masónico George Washington sería el escenario perfecto para una novela de Dan Brown, ya que uno podría correr de una a otra habitación persiguiendo el simbolismo de la historia antigua y la francmasonería.

## El obelisco increíble

De las historias que tratan de estatuas y monumentos, la del monumento a Washington se cuenta entre las más misteriosas e intrigantes, pues está vinculada a los masones e incluso a una conspiración.

Cuando Washington aún vivía, se propuso elevarle un monumento que incluyera un retrato escultórico ecuestre. La idea original era representarlo en un carro tirado por seis caballos, pero después se prefirió que apareciese montado a caballo o hasta de pie. Se propuso construir una pirámide con una base de treinta metros cuadrados, diseño que estuvo a punto de ser el escogido.

Pero cuando en 1836 comenzaron a hacerse esfuerzos serios por construir el monumento, el diseño seleccionado fue una suerte de panteón de los padres fundadores, una columnata circular que albergaría estatuas ecuestres de diversos próceres, y en la que Washington sería la figura central y más grande. Del centro de la cúpula de esta rotonda brotaría un obelisco de 180 metros de altura.

Era un diseño feo, y habría sido demasiado caro. Incluso una vez que el diseño se transformó en un concepto centrado en un obelisco, debió ser modificado muchas veces por razones estéticas y estructurales antes de que, en 1884, fuese completado.

La piedra fundamental y original del monumento, un bloque de mármol que pesó veinticuatro toneladas, fue asentada el 4 de julio 1848 con ceremonias masónicas formales, según se relata en la historia publicada del monumento, que se puede encontrar en su sitio web, administrado por el Servicio Nacional de Parques:

La piedra fundamental fue asentada formalmente por el gran maestre Benjamin B. French, de la Gran Logia de Libres y Aceptados Masones del distrito de Columbia. Vestía los mismos mandil y estola masónicos que pertenecieran al presidente Washington, y blandía el mismo mazo que éste usara cuando asentó la piedra fundamental del Capitolio de Estados Unidos el 18 de septiembre de 1793. French aplicó la escuadra, el nivel y la plomada masónicos al ángulo nordeste de la piedra, y declaró que era correcto. A continuación, ungió la piedra fundamental con elementos masónicos tradicionales: grano, que invoca la bendición de la abundancia para la nación; vino, que representa el gozo siempre presente en nuestro vasto territorio; y aceite, que es el aceite curativo de la consolación.

Una vez más, se trata de una explicación ingenua de libaciones paganas.

Misteriosamente, aunque la piedra fundamental era grande y fue emplazada de forma pública, su ubicación exacta ha sido olvidada y nadie sabe con precisión dónde se encuentra.

En 1854, cuando la construcción del monumento languidecía, tal y como había ocurrido en otras ocasiones, llegó una serie de piedras conmemorativas para éste, provenientes de Estados Unidos y de otros lugares del mundo. Según el relato del sitio web oficial del monumento:

> Entre las piedras que enviaron los gobiernos extranjeros, había una del papa Pío IX. Era un histórico bloque de mármol del templo romano de la Concordia, de aproximadamente 90 centímetros de largo, 25 centímetros de espesor y 45 centímetros de altura. El regalo enfureció al Partido Americano, un grupo minoritario popularmente conocido como «Know-Nothing». El partido era hostil a los estadounidenses nacidos en el extranjero y a la Iglesia católica. Los Know-Nothing juraron que la «piedra del papa», como la llamaron, nunca formaría parte del monumento a Washington.

Es importante comprender qué significaba la piedra del papa para los Know-Nothing y los demás estadounidenses que simpatizaban con ese movimiento. Era mucho más que un mero trozo de mármol decorativo. No sin cierta justificación, percibían al Vaticano (en particular, cuando se aliaba con intrigantes monarcas europeos) como un dispositivo para la conquista del mundo. Para ellos, la «piedra del papa» pretendía plantar la bandera vaticana en Estados Unidos. Lo que vendría a continuación, creían, era una invasión de cruzados católicos que obligarían a todos a convertirse con la punta de sus espadas.

Este simbolismo sería doblemente significativo para Dan Brown, quien ya ha representado a la Iglesia católica como una fuerza imperial en materia de religión y política. Particularmente en *AyD*, las fuerzas de los Illuminati y la ciencia se alían contra la hegemonía de la Iglesia.

Pero la historia del monumento a Washington continúa:

La noche del lunes 6 de marzo de 1854, entre la una y las dos de la madrugada, mientras el vigilante nocturno montaba guardia junto al monumento inconcluso, que para entonces había alcanzado una altura de 48 metros, un grupo de hombres surgió de la oscuridad, rodeó su garita y le bloqueó la puerta con piedras recogidas de la cercana área pantanosa. A continuación, los intrusos tomaron la piedra del papa, la cargaron en una carretilla y se la llevaron.

El vigilante no le pudo explicar al comité de investigación de la Sociedad por qué dejó transcurrir casi dos horas antes de dar la alarma, ni por qué no ahuyentó a los intrusos con su escopeta. La Sociedad lo despidió de su trabajo, y ofreció una recompensa de 100 dólares por la piedra o cualquier información que llevase al arresto de quienes la sustrajeron. Nadie fue detenido y la piedra nunca fue recuperada. El incidente indignó a muchos estadounidenses, y las contribuciones bajaron marcadamente.

Durante años, se creyó que la piedra había sido arrojada al Potomac, cerca de Long Bridge, pero nadie la encontró. Hace algunos años se publicó un informe que afirmaba que estaba enterrada en la intersección de las calles P y 22, cerca del límite con Georgetown. Un reportero emprendedor que investigó este rumor entrevistando a una cuadrilla de trabajo de la Potomac Electric Light and Power Company que se encontraba cavando en el vecindario no descubrió ni la «piedra del papa» ni ninguna información adicional sobre el tema. Uno de los rumores más difundidos actualmente, en particular entre los turistas católicos que visitan el monumento, afirma que la «piedra del papa» fue despedazada por los Know-Nothing y sus fragmentos, molidos y mezclados con el cemento que se empleó para unir las piedras del monumento.

En 1982, gracias a los esfuerzos de un sacerdote de la región de Seattle, el entonces papa Juan Pablo II envió una piedra de reemplazo. Fue puesta a 136 metros de altura. Pero, curiosamente, la historia del monumento que publica el Servicio Nacional de Parques no la menciona.

Hubo otras piedras de origen misterioso, entre ellas una proveniente de la antigua Cartago, donada en 1854 y extraviada en 1890, que terminó por aparecer en el pozo del ascensor en 1950. Si se combinan todas las piedras de Washington cuyo rastro se ha perdido (como las ya mencionadas piedras fundamentales del Capitolio y del monumento a Washington), ciertamente parece surgir un patrón.

Por medio de la infiltración, durante un tiempo el Partido Know-Nothing se hizo con el control de la sociedad constructora del monumento a Washington, hasta que el Congreso intervino y se hizo cargo. De modo que los antiinmigrantes Know-Nothing, que funcionaban de la forma más secreta en que puede hacerlo un partido nacional, controlaron durante un período uno de los monumentos más importantes del país. ¿Es posible que hayan cavado allí un subsótano en el que almacenaron secretos o tesoros? Eso ciertamente sería un gran recurso argumental para una novela de Dan Brown.

Una de las muchas piedras masónicas que cubren el monumento a Washington.

El monumento a Washington es un símbolo llamativo, que se destaca por multitud de razones, pero hay muchas otras estructuras en la ciudad que, aunque pueden parecer más convencionales, también exhiben símbolos que están «ocultos a la vista».

## Panteones

Sigamos una línea de razonamiento *danbrowniana* en lo que se refiere a la arquitectura (claro que, tal vez, la sigamos hasta que nos lleve demasiado lejos). Tomemos el círculo y el cuadrado o, al menos, comencemos con el círculo.

Como cuenta Dan Brown en *ECDV*, los templarios se caracterizaban por construir «iglesias redondas», una de las cuales (la iglesia londinense del Temple) figura prominentemente en una de las escenas cumbre de *ECDV*. Pero, en realidad, la iglesia del Temple está compuesta por un sector redondo y otro rectangular.

Si continuamos buscando cosas por el estilo en materia de arquitectura, veremos que hay una miríada de estructuras en las que algo redondo aparece asociado a algo cuadrangular.

Pero, lo que es más significativo, esta percepción revela una cadena que trasciende la historia y la geografía. En el año 27 a. C., en Roma se construyó un templo que se llamó el Panteón. Éste fue destruido, pero se reconstruyó en el 125 d. C. Su concepto originario fue la idea de Marco Agripa de unificar a la población del Imperio romano en cuanto a los cultos que ésta practicaba, pues se adoraba a distintos dioses o, en caso de tratarse de los mismos, los nombres variaban. De modo que un panteón es un templo para múltiples dioses.

La estructura del panteón consistía en una parte redonda y otra rectangular. La parte redonda estaba techada con un domo, rematado por un orificio llamado *oculus*. La parte rectangular es un pórtico. Esta estructura es la más antigua reliquia arquitectónica del mundo grecorromano que haya sobrevivido.

El Panteón de Roma ha sido empleado como iglesia católica desde el siglo VII. Dan Brown es muy aficionado a señalar los casos en que la Iglesia construyó sobre sitios paganos y se apoderó de éstos, reemplazando a los dioses paganos con sus equivalentes cristianos; santos, por ejemplo. En *AyD*, el primer intento —frustrado— que hace Robert Langdon por detener al Asesino consiste en correr al panteón, momento en el cual los lectores son sometidos a una concienzuda conferencia sobre tal edificio, y sobre los antecedentes paganos del cristianismo.

El concepto de un panteón fue recuperado en muchas ocasiones, pero ciertamente tuvo una de sus expresiones más notables en París. El Panteón de París fue construido en un sitio escogido por el rey de los francos, Clovis I —primero del linaje merovingio y, si hemos de creer a *ECDV*, descendiente de María Magdalena— como basílica sepulcral, en el 507 d. C. La actual estructura se comenzó a construir bajo el reinado de Luis XV en honor a santa Genoveva, pero, tras la revolución, se convirtió en un templo en honor de los «dioses» del pueblo.

El primero de tales «dioses» fue Voltaire, quien, como ya se dijo, fue francmasón y amigo de Benjamin Franklin. En 1791, los restos de Voltaire se transportaron allí en una majestuosa procesión (aunque posteriormente fueron sustraídos y, se dice, tirados a la basura). Entre los franceses famosos allí sepultados están Víctor Hugo, Jean Monet, Marie y Pierre Curie y Emile Zola. La planta del Panteón de París es cruciforme, pero las partes más destacadas del edificio son el domo y el pórtico.

En el Nuevo Mundo, la más famosa y visible de las estructuras en forma de panteón tal vez sea el Capitolio de Estados Unidos. Comenzado en 1793, está dominado por un domo y un pórtico (en realidad, dos pórticos, uno en cada «fachada», que miran, respectivamente, al este y al oeste). En el techo del domo central está el mencionado fresco de Constantino Brumidi que muestra a Washington ascendiendo al cielo como un dios. Originalmente, la mencionada estatua clásica de Washington iba a emplazarse en el centro de la rotonda, pero no gustó, y además, hizo que el suelo se resquebrajara con su peso. Pero el Capitolio aún alberga otras estatuas de grandes estadounidenses, como si fuera un templo para múltiples dioses.

Thomas Jefferson, que era un gran estudioso de la arquitectura, pasó algún tiempo como embajador de Estados Unidos en París. Las estructuras clásicas que vio allí le influyeron profundamente y marcaron un

Jefferson consideraba el diseño del Panteón como una estructura perfecta, por lo que fue natural su elección para construir el Jefferson Memorial.

punto de inflexión en su carrera arquitectónica. En el transcurso de sus viajes, en una ocasión se pasó la mitad de un día contemplando un templo romano, la Maison Carré de Nimes. A su regreso, Jefferson diseñó edificios para la Universidad de Virginia, el más famoso de los cuales, la rotonda, está claramente inspirado en los panteones de Roma (que nunca vio) y de París.

Como Jefferson consideraba que éste era el «más perfecto» de los diseños arquitectónicos, cuando llegó el momento de construir el Jefferson Memorial a comienzos del siglo XX, la elección natural y lógica fue un panteón (si bien hubo una relativamente larga y acre controversia al respecto). El «dios» que tiene allí su santuario es, por supuesto, Thomas Jefferson.

Originalmente, el diseño del monumento a Washington no fue el que vemos hoy.

Según algunas descripciones publicadas, el diseño de Robert Mills que se escogió en 1836 «combinaba elementos de las arquitecturas griega, babilonia y egipcia. Su enorme base circular era un edificio semejante a un templo, de 60 metros de diámetro y 30 de alto. En torno a

El monumento a Washington tiene un inusual diseño de panteón nacional.

la rotonda habría treinta inmensas columnas de tres metros y medio de diámetro. Por fuera de éstas, estaba previsto otro círculo compuesto de estatuas de quienes firmaron la Declaración de Independencia, héroes de la guerra revolucionaria y del propio Washington. Del centro se alzaría un obelisco de una altura total de 180 metros».

Mills lo denominó «panteón nacional». Una vez más, los elementos de su diseño consistirían en la combinación de las formas rectangular y redonda, y albergaría a múltiples dioses.

# Fiebre de búsqueda del tesoro

Hasta ahora, nuestra gira por Washington nos ha llevado por estructuras que están por encima de la superficie de la tierra, pero tengo el pálpito de que, en el contexto del próximo libro de Dan Brown, figurará un tesoro enterrado. Ello suscita dos preguntas: ¿qué sería ese tesoro? y ¿dónde estaría enterrado?

Comencemos por el «qué»:

Existe un relato que tiene que ver con un tesoro oculto y con la historia de Estados Unidos, que trataremos de forma pormenorizada más adelante. Tiene que ver con un grupo que actuó en la Guerra de Secesión, los Caballeros del Círculo Dorado. Si la trama del próximo libro de Dan Brown se va a ocupar de estos «caballeros» vernáculos, el tesoro podría consistir en una fabulosa cantidad de monedas de oro y plata, además de lingotes: toda la riqueza que le quedaba a la Confederación en el momento en que sus jefes decidieron que era una causa perdida.

Pero podemos considerar otras ideas. El tesoro más importante de todos podría ser el que se asocia al Templo de Salomón, que no sólo podría incluir riquezas increíbles en oro, plata y alhajas, sino también el Arca de la Alianza.

Debe mencionarse que la leyenda afirma que reliquias de gran significado fueron enterradas en la capilla Rosslyn de Escocia. Éstas, en la ficción, podrían haber sido trasladadas a Estados Unidos. Entre ellas estarían no sólo el Arca de la Alianza, sino también la genuina Piedra del Destino (también llamada Piedra de Scone) e incluso la cabeza momificada de Cristo. Claro que, en *ECDV*, Dan Brown afirma que el Santo Grial —una manera de denominar las reliquias de María Magdalena— estuvo, al menos por un tiempo, enterrado bajo la capilla de Rosslyn.

Otra idea intrigante es la encarnación moderna, científica, de la antigua alquimia. Supongamos, por ejemplo, que el tesoro enterrado sea meramente el verdadero secreto de la transmutación de los metales (por ejemplo, del plomo en oro) o de la materia en energía, a temperatura ambiente, etc. Otra posibilidad, y no la menos importante, es que el tesoro sea el secreto de la vida eterna, pero esto sería seguir demasiado de cerca los pasos de la popular película *Indiana Jones y la última cruzada*.

La ya mencionada película *La leyenda del tesoro perdido* toma muchos de los temas que le interesan a Dan Brown y les agrega una leyenda referida a un tesoro de los templarios que consiste en una combinación del tesoro del Templo de Salomón con otros artefactos históricos; entre ellos, pergaminos de la legendaria Biblioteca de Alejandría. Asocia los templarios a los francmasones, añade códigos y tecnologías que atribuye a Benjamin Franklin, y oculta el tesoro debajo de la iglesia de la Trinidad, en Wall Street, Nueva York.

En este contexto, vale la pena mencionar a un par de autores. Hasta ahora, los temas de las novelas de Dan Brown han tenido estrechos paralelismos con *The Hiram Key (La clave de Hiram)*, de Cristopher Knight y Robert Lomas. En ese libro, tras una serie de asociaciones que ponen a prueba nuestra credulidad hasta el límite, los escritores llegan a la conclusión de que una cripta del tesoro similar a la que aparece en *La leyenda del tesoro perdido* está escondida bajo la capilla de Rosslyn, esperando ser abierta con la clave de Salomón. Entre otras cosas, contendría los «rollos nasoreos», que, afirman los autores, posiblemente traten de «la historia de Jesús, el Cristo, la ceremonia secreta de la resurrección de los vivos y la importancia de construir el espíritu humano como si se tratase de un templo». En un libro posterior, *The Second Messiah (El segundo Mesías)*, los mismos autores analizan el sudario de Turín, y afirman que fue el empleado para envolver al martirizado jefe de los templarios Jacques de Molay, quien, dicen, fue un segundo mesías y descendía de un antiguo linaje de «sumos sacerdotes de Yahvé judíos», a través de una Orden llamada Rex Deus.

Aunque estos libros están en los anaqueles dedicados a la no ficción, se basan en cadenas muy tenues de «hechos» y suposiciones. Pero no sería la primera vez que Dan Brown recurre a libros de esta clase como base para sus novelas. Para *ECDV*, Brown consultó entre otras fuentes el libro *Santa Sangre, Santo Grial*, de Michael Baigent, Richard Leigh y Henry Lincoln, y también *El templo y la logia*, de Michael Baigent y Richard Leigh.

Aquí va una modesta suposición: creo que el tesoro probablemente sea algo relacionado con el genoma de Jesús, según fue transmitido a través de María Magdalena, que, figurativamente, es el Santo Grial. *ECDV* nos dice que Sophie Neveu desciende de este linaje y es, por tanto, una «diosa» y también un «cáliz». Es posible que el libro trate de alguna forma de clonación o de manipulación del ADN, lo cual suministraría la «nanotecnología» que Dan Brown tiende a incluir en sus novelas. Además, esperaría que el tesoro tuviese un valor incalculable. ¿Podría ser, por ejemplo, que tal genoma contuviese el potencial de inmunizar contra todas las enfermedades?

En cuanto a dónde se encontraría el tesoro, arriesgaré una suposición caprichosa al final del presente capítulo, pero se tratará de una especulación muy arriesgada, porque no puedo tener la certeza de que Dan Brown recoja las mismas pistas que yo. Pero sí les aconsejaría a todos que perciban la ciudad de Washington como un gigantesco campo de juego del escondite, y busquen pistas en todos los edificios y en todos los símbolos y códigos.

## Mira para arriba, mira para abajo

Uno de los aspectos más atractivos de Washington como escondrijo de un tesoro es que tiene muchos lugares en los que buscar bajo tierra. Una gran fuente de orgullo para esa capital es su sistema de Metro, envidia de muchas ciudades del mundo. Si uno tiene la intención de escribir una novela, y suele hacer que sus tramas se desarrollen a lo largo de más o menos veinticuatro horas —como acostumbra Dan Brown—, encontrará útil que sus personajes recorran la ciudad en trenes subterráneos. Brown empleó este recurso en Londres en *ECDV*, pero se trató de un uso muy forzado: de hecho, para tomar el tren subterráneo, Sophie y Langdon pasaron sin detenerse junto al lugar al que querían ir.

Pero además, hay aspectos subterráneos en muchas de las principales estructuras de Washington. La nueva forma de llegar al monumento a Washington es bajo tierra. En el sótano del Lincoln Memorial hay unas poco conocidas estalactitas, que proveen una atmósfera de lo más tétrica. Como se dijo, bajo el edificio del Capitolio hay una cripta que se construyó con la intención de que albergara los huesos de Martha y George Washington, si bien nunca se usó para eso. En cambio, allí se guarda el catafalco que se emplea como base del ataúd cuando se vela a alguna gran figura en la rotonda. Bajo la Catedral Nacional también hay criptas, y el sótano de la Casa del Templo es, literalmente, una cueva del tesoro de artículos históricos.

Hay túneles bien conocidos que conectan los edificios que albergan las oficinas de la Casa Blanca y el Senado con sus respectivas cámaras, así como todo tipo de refugios antiatómicos y túneles de evacuación construidos durante la guerra fría (a los que, presumiblemente, se le habrán agregado otros, nuevos, después del 9/11). Y, en algún lugar por debajo de Washington, existen los restos de un sistema de trenes subterráneos anterior al actual.

En 1980, se cavó un túnel bajo la embajada rusa de Washington para que el FBI y la NSA espiaran a los comunistas de forma conjunta. Una embarazosa revelación pública de este hecho en marzo de 2001 llevó a que Dick Cheney, el vicepresidente de Estados Unidos, declarara que «aun si fuera cierto que tal túnel fue cavado, de todas maneras yo no podría decirlo».

¿Fue ése el único túnel secreto construido en Washington por el gobierno? Bueno, si ése fuera el caso, yo no podría decir nada al respecto. ¡Pero Robert Langdon sí!

Lugares tétricos como éstos siempre están asociados a ciertas leyendas. Por ejemplo, se le atribuyen no menos de cinco o seis fantasmas al Capitolio; entre ellos, un soldado que hace la venia y desaparece. En el National Statuary Hall, en una ocasión, un vigilante vio que todas las estatuas cobraban vida. Se habla de un espectral gato negro demoníaco que aparece a veces en la Casa Blanca o en el sótano del Capitolio y que presagia malas noticias, como un magnicidio o una quiebra del mercado bursátil. El gato se le acerca a uno dando saltos y, a medida que se aproxima, luce más grande y más feroz, hasta que desaparece. En la Biblioteca del Congreso, se dice, un policía uniformado ayuda a encontrar la salida a quienes se pierden entre los anaqueles, y después desaparece.

## Figuras de poder

La disposición de Washington puede ser interpretada, verosímilmente, como equivalente a la de una logia masónica. No es fácil hacer coincidir ambas exactamente, pero las afinidades son significativas y bien pueden servir para una novela de Dan Brown. Entre otras cosas, Dan Brown puede guiar a Robert Langdon por el centro de la ciudad, dándole pistas que remitan a las posiciones dentro de una logia masónica.

En las logias, el Venerable Maestro se sienta al este, el Primer Vigilante se ubica en el oeste, el Segundo Vigilante en el sur, y el norte queda vacío, pues de esa dirección «no llega luz» (es decir, no llegan conocimiento ni iluminación).

Intentar aplicar esta disposición a Washington es tentador, aunque un poco frustrante. No es coincidencia que el núcleo del trazado de la ciudad sea una cruz, y no cabe duda de que ello tendrá algún significado para Dan Brown, quien, al fin y al cabo, se las compuso para hacer que los asesinatos de *AyD* ocurrieran en una gran cruz tendida sobre Roma.

La intención original de los urbanistas fue que las dos vistas panorámicas de la ciudad convergieran en el monumento a Washington, pero éste debió ser desplazado debido a la humedad del suelo del emplazamiento originalmente previsto, y, de hecho, habría sido imposible construir los brazos oeste y sur de la cruz si no se hubiesen rellenado posteriormente algunas secciones del río Potomac.

Al este se alza el Capitolio, rematado por la Estatua de la Libertad, que representa a la república al modo de una diosa clásica. Mira hacia el este y, si bien no es lo que los masones llamarían un «Honorable Maestro», sí está en el lugar que ocuparía éste en la logia, elevado por encima de los demás.

Si se acepta que el Lincoln Memorial es el remate occidental de la formación, entonces Abraham Lincoln está sentado al oeste, y encarna muy adecuadamente al Primer Vigilante. Al sur (del otro lado del estanque) está Thomas Jefferson, de pie, mirando directamente hacia la Casa Blanca, al norte; podría ser el Segundo Vigilante. Así, la Casa Blanca quedaría en la posición septentrional de la logia (de donde no llega luz). Es una suerte de sede —o asiento— vacante.

Si pensamos en asientos del poder, Washington tiene muchos, entre ellos la sede del gobierno, las centrales de todas las agencias gubernamentales, etc. Prácticamente todo grupo de influencia tiene aquí su centro, así como también muchas corporaciones que participan de forma directa de proyectos oficiales. Si se lo contempla desde ese punto de vista, el reluciente suburbio de Arlington llamado Rosslyn, en Virginia, sobre la margen occidental del Potomac (en la continuación del brazo oeste de la cruz), puede ser considerado la sede occidental del poder en un escenario similar a una logia. Ese núcleo de torres de acero y vidrio alberga algunas de las corporaciones más importantes de Estados Unidos.

Como ya se dijo, algunas curiosas conexiones estatuarias remiten a Nathan Hale. La estatua de Hale se alza en el lugar donde éste estudió, la Universidad de Yale, a la que también asistieron George H. W. Bush y George W. Bush. Hay otra estatua de Hale en la academia Phillips-Andover, donde también estudió George H. W. Bush y que es la gran rival de la universidad a la que asistió Dan Brown, Philips-Exeter. Hay otra estatua de Hale en la sede de la CIA, agencia que en su momento dirigió George H. W. Bush.

Hay muchos indicios de que el grupo escultórico llamado Kryptos, existente en la sede de la CIA, figurará en el próximo libro de Dan Brown. No sólo hay pistas al respecto en la sobrecubierta de *ECDV* y en el sitio web danbrown.com, sino también un creciente rumor en Internet. *Kryptos*, que significa «escondido», fue creado en 1990 por el artista James Sanborn. El grupo consiste en una serie de objetos, el mayor de los cuales es una plancha de cobre que representa un pergamino y está perforada por un mensaje codificado que contiene 865 caracteres divididos en cuatro secciones. Otros elementos del grupo escultórico están esparcidos a lo largo de un sendero y en un patio del nuevo cuartel general de la CIA.

Esta escultura verdaderamente enigmática presumiblemente plantee un desafío para los mejores espías y descifradores de códigos de Estados Unidos, que pasan al lado de ella regularmente. Como exhibe líneas y más líneas de caracteres crípticos, ciertamente se presta para ser usada en una novela de Dan Brown. Por ejemplo, mediante el sencillo procedimiento de inventar un mensaje codificado y asociarlo a la escultura, Dan Brown podría crear una pista que ayude a Robert Langdon a avanzar por la trama.

Pasaron ocho años antes de que la comunidad criptográfica lograse desovillar al menos parte del mensaje principal. En 1998, un analista de la CIA, David Stein, resolvió las tres primeras partes. Un año después, Jim Gillogly, un analista de sistemas californiano también las descifró. Aún quedan 97 caracteres por descifrar en la última sección. Pero el escultor declaró que, aun si todo el mensaje fuese descifrado, no sería fácil interpretarlo. Al parecer, un pasaje de la tercera sección proviene de la descripción que hizo el arqueólogo Howard Carter en 1922 de lo primero que vio al asomarse dentro de la tumba de Tutankamón. Otro pasaje dice: «¿Quién conoce la ubicación exacta? Sólo WW». La identidad de «WW» fue un pequeño misterio hasta que, a comienzos de 2005, Sanborn confirmó que son las iniciales de William Webster, director de la CIA en la época en que la escultura fue inaugurada.

La CIA exigió que Sanborn le entregara a Webster un sobre sellado con el mensaje codificado. Así se hizo, en la ceremonia de inauguración. Nueve años después, Webster le dijo a un periodista que había leído el mensaje, pero que había olvidado su contenido, que era «filosófico y oscuro». Pero en una entrevista que le concedió a *Wired News*,

La escultura de Kryptos de la sede de la CIA es todavía un desafío para los descifradores de códigos.

a comienzos de 2005, Sanborn afirmó que, de todas maneras, no le había dado a Webster el mensaje completo. Omitió la última parte, dijo, «porque así se hace en el oficio de espía, ¿no? El engaño está en todas partes». Ed Scheid, ex director del centro de criptografía de la CIA, quien ayudó a Sanborn a emplear los sistemas de códigos, les ha sugerido a los periodistas que, en la última parte, el idioma inglés puede estar «enmascarado».

Como Dan Brown ha empleado la frase «Only WW knows» («Sólo WW lo sabe») en la sobrecubierta de *ECDV*, está claro que, cuando el libro se publicó en 2003, estaba bastante al día con respecto al significado del código de Kryptos.

## El tesoro de los rebeldes

*Shadow of the Sentinel (La sombra del centinela)*, un libro que apareció en 2003, obra de Bob Brewer y Warren Getler, abre un camino rico pero complicado a la promesa de un tesoro más importante que el de Beale. Para su reciente edición en rústica, el libro ha sido titulado *Rebel Gold (El oro de los rebeldes)*.

El libro relata pormenorizadamente la educación de un buscador de tesoros aficionado, Bob Brewer, quien pasó su juventud en las montañas Ouachita de Arkansas, donde su abuelo y su tío, ambos expertos hombres de los bosques, le señalaron muchas veces ciertas hayas en las que había grabados extraños símbolos. Le dijeron, crípticamente, que tenían algo que ver con un «tesoro de los españoles».

Cuando Brewer creció, investigó a fondo el significado de tales indicios, y comenzó a percibir que había muchas otras señales en los bosques. Aprendió cómo encontrar ciertos implementos de hierro enterrados que hacían oscilar la aguja de las brújulas y, tras decidir que detrás de todo eso había un sistema, encontró un jarrón lleno de monedas de oro y de plata. Nuevos esfuerzos lo llevaron a entender mejor los indicios y a descubrir otros pequeños tesoros ocultos.

También descubrió que existió una organización secreta llamada los Caballeros del Círculo Dorado (CCD). Eran sureños que se asociaron en torno a 1845 y formaron parte del movimiento secesionista que sembró las semillas de las que brotaría la guerra civil. En ciertos Estados norteños, los CCD se expresaron bajo la forma del Movimiento Copperhead, que intentó volver a Estados como Indiana y Ohio contra la Unión. Se atribuyeron la inspiración de insurrecciones que tuvieron lugar en Nueva York y en otros lugares.

Más adelante en la guerra civil, los CCD pasaron a la clandestinidad, manteniendo su organización. Cuando el sur confederado reconoció que su causa estaba perdida, sus jefes les confiaron a los CCD grandes cantidades de oro para que lo enterraran en el oeste.

En una curiosa asociación, el libro afirma que el proscrito Jesse James fue uno de los jefes de los CCD a quienes se confió el oro que fue llevado al oeste. Otra curiosa aseveración es que los CCD crearon el Ku Klux Klan, a sabiendas de que esa organización se transformaría en un detestado enemigo público, que, era de esperar, se extinguiría con el fin de la guerra. De este modo, dicen, nadie le prestaría atención a los CCD, quienes tenían la intención de alzarse posteriormente para crear un nuevo orden mundial.

Según *Rebel Gold*, esto tenía mucho que ver con los masones y, especialmente, con un famoso masón del que ya hablamos, Albert Pike. Éste no sólo fue un hombre complejo y enigmático, sino que también es un eslabón muy significativo con los CCD, si es que se puede demostrar tal nexo. Es bien sabido que Pike fue francmasón y que estuvo vinculado a los Know-Nothing, pero sus vinculaciones con los CCD y el Ku Klux Klan son puramente especulativas.

Según historias desenterradas por Getler y Brewer, Albert Pike fue uno de los agentes secretos mejor camuflados con que contaron los CCD. Tal vez, suponen, incluso haya sido el cerebro de ese grupo. Fieles a la lógica conspirativa, los autores alegan que la ausencia de evidencia directa prueba que Pike fue un agente competente.

El registro histórico sólo muestra que, tras la guerra civil, Pike devino en una poderosa fuerza en el Rito Escocés de la francmasonería. Ayudó a construir esa organización en los derrotados Estados sureños y llegó a Gran Comandante del «Supremo Consejo Madre».

Y aquí es donde aparece Jesse James, quien, según los autores, fue un masón de grado 32, si bien los especialistas en historia masónica afirman que no existen pruebas de esto. Según el libro, los CCD, a través de Pike, se infiltraron en la masonería y la emplearon para sus propios fines. Una de las misiones de James habría sido acompañar a una o varias caravanas cargadas de tesoros y encargarse de que éstos fueran enterrados. Siempre de acuerdo con ese relato, elaboró mapas llenos de símbolos; entre ellos, muchos de origen masónico.

Tras largos estudios, Bob Brewer logró discernir un vasto patrón geométrico trazado por esos signos, y descubrió que ese patrón se centra en una región determinada de las montañas de la Superstición en Arizona. Una suerte de cuadrícula o rejilla masónica, basada en un rombo que contiene círculos (otra vez el cuadrado y el círculo) muestra, en sus intersecciones, los sitios donde estarían los tesoros. Pero des-

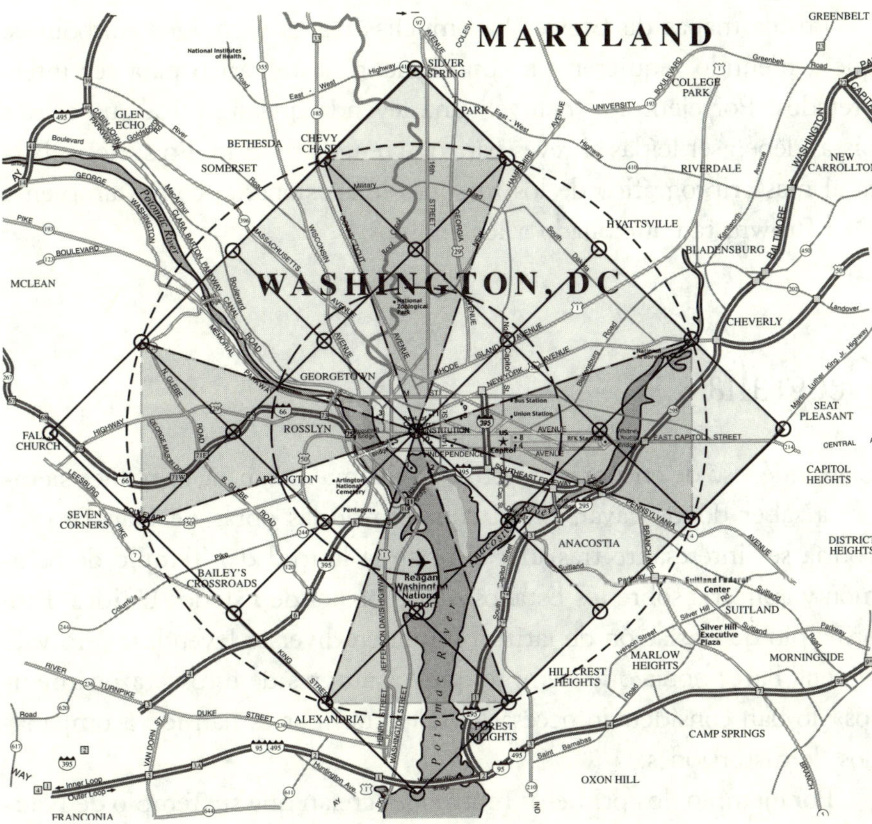


Cuadrícula del tesoro de los CCD superpuesta al plano del distrito de Columbia. (Los puntos clave corresponden a la intersección de las líneas.)

graciadamente, si bien Brewer hizo algunos hallazgos menores, se encontró con el gran problema de que los sitios que más prometían resultaron estar administrados por la Oficina de Protección de Tierras de Estados Unidos, y no está permitido cavar en busca de tesoros en esos lugares.

Noté que a la cuadrícula de *Rebel Gold*, en la que se distingue claramente la silueta de una cruz de Malta, se le puede dar otra escala y superponerla con la ciudad de Washington, en particular con el distrito de Columbia originario. Tal vez sea llevar las cosas demasiado lejos, pero es el tipo de simbología que podría atraer a Dan Brown, ya que enlaza a los templarios, los masones, Washington y un tesoro oculto. En estas páginas se puede ver el mapa con la cuadrícula superpuesta. También recomiendo leer *Rebel Gold* para tener una idea acerca de la simbología de los CCD.

En los mapas de Brewer hay muchas claves y códigos simbólicos, que a menudo requieren un conocimiento sistemático para ser interpretados. Por ejemplo, incluyen una leyenda que significa que ciertas pistas deben ser leídas al revés para que tengan sentido. En síntesis, hasta al más criptográfico de los masones le apasionaría, como también a Dan Brown, tan aficionado a los códigos.

## Geografía

Claro que, eso de encontrar tesoros, en última instancia, se reduce siempre a saber dónde cavar. En el contexto de las obras de Dan Brown, podría ser interesante trasladar al oeste la latitud del Templo de Salomón y aplicarla sobre los Estados meridionales de Estados Unidos. Este principio de traslación de latitud figura en diversas leyendas. Pero vale la pena hacer notar que siempre que los autores de estos «razonamientos» lo han considerado necesario, tales transportes han ido acompañados de distorsiones.

Por ejemplo, los primeros mormones creían que su Templo de Nauvoo, en Illinois, había sido alzado en una línea de latitud que difería en diez grados de aquella donde se encuentra el Templo de Salomón.

Pero esto no es así, pues Jerusalén está en 31° 46' Norte y Nauvoo está aproximadamente en 40° 30' Norte.

Pero quienes quieran redondear la latitud de Jerusalén a 32°, se encontrarán de inmediato con un significado masónico: se puede acceder a 32 grados a través del Rito Escocés.

Si un barco que llevara a las Tribus Perdidas de Israel (entre otros conceptos míticos) hubiese navegado hacia el oeste siguiendo la latitud del Templo de Salomón, habría tocado tierra en la isla norteamericana de Ossabaw, no muy lejos de Savannah, Georgia. Las leyendas vinculadas a las Tribus Perdidas de Israel incluyen la idea, popularizada en el siglo XVIII y recogida por la mitología mormona, que creó Joseph Smith, de que los indios son, en realidad, tales tribus.

Si seguimos redondeando, nos encontraremos con que la línea de los 32° pasa muy cerca de Savannah. También atraviesa muchos Estados sureños, pasando a través de tantas ciudades que sería demasiado largo mencionarlas a todas (aunque vale la pena decir que una es Midland, Texas).

Pero todo esto se basa en los 32 grados. Recordemos que en el Rito Escocés existe un grado 33 —y que los números 3, 33 y sus variaciones son importantes desde el punto de vista simbólico para los masones— y ocupémonos de la latitud 33° Norte, que toca la costa de Estados Unidos cerca de Charleston, Carolina del Sur, ciudad importante para los masones del Rito Escocés. Fue allí donde se fundó el Rito Escocés para Estados Unidos en 1801.

Si pasamos de latitudes a longitudes, en *ECDV* Dan Brown escribió acerca de los diversos meridianos cero nacionales, entre ellos la «línea de la Rosa» que atraviesa París. El hecho histórico es que los franceses siguieron considerando que su línea era el meridiano cero aun cuando el mundo ya llevaba mucho tiempo aceptando que éste es el que pasa por Greenwich, en Inglaterra. En 1884, cuando una conferencia internacional zanjó finalmente el asunto, había una docena de países que pretendían albergar el meridiano cero.

Lo que Brewer y Getler revelan en *Rebel Gold* es una misteriosa coincidencia geográfica. Llegaron a la conclusión de que el supuesto tesoro de la derrotada Confederación fue enterrado en las montañas de la Superstición, cerca de la línea de los 33° Norte de latitud. Y además descubrieron que, si uno considera que el meridiano cero es el que atraviesa Washington —lo cual era el caso en los mapas de 1851—, entonces el supuesto emplazamiento del tesoro viene a quedar sobre la línea de longitud 33° Oeste. De modo que queda en un cruce exacto de 33 con 33.

Trazar el centro exacto de la ciudad de Washington es un poco más difícil. Washington es, de las ciudades importantes, la que tiene la ilusión óptica más grande. Se trata de la manera en que el monumento a Washington, cuya imagen se repite en el estanque del Reflejo, parece estar ubicado a mitad de camino entre el Capitolio y el Lincoln Memorial. Esto es el resultado de un cuidadoso diseño destinado a hacerle ver al espectador que estas estructuras están perfectamente alineadas a lo largo de un eje este-oeste. Pero no es así.

Como ya se dijo, debido a la humedad del suelo del sitio cercano al Potomac donde se pretendía construir originalmente el monumento a Washington, su emplazamiento debió ser ligeramente desplazado hacia el este y el sur del lugar exacto donde se cruzan las vistas panorámicas del Capitolio y la Casa Blanca.

En 1804, se colocó un obelisco mucho más pequeño que el actual —llegaba hasta la rodilla de un hombre— en el punto de cruce correcto. Era una piedra baja y ancha, con un remate aplanado sobre el cual había grabada una cruz. El poste fue colocado a instancias del entonces presidente Thomas Jefferson, que estaba ansioso por poner a Estados Unidos en pie de igualdad con los países más avanzados del mundo en materia de ciencia y tecnología. De modo que decidió que la piedra marcaría el meridiano cero de Estados Unidos, que debería ser el punto de partida para la longitud de todos los mapas del país a partir de entonces. Como para ese momento el lugar estaba a orillas del Potomac, se lo llamó la Piedra Muelle de Jefferson. Las embarcaciones que debían esperar allí para entrar en el canal de la ciudad se amarraban al poste. La piedra original desapareció en 1874, pero el que lo reemplazó en 1889 aún está ahí.

Esa piedra no debe ser confundida con el «hito cero» o límite cero que se encuentra al norte de éste, en la elipse, y que da sobre la Casa Blanca. Éste fue colocado en 1920 con el fin de imitar el hito áureo de la antigua Roma, que es la razón de ser de aquello de que «todos los

La Piedra Muelle de Jefferson, baja y ancha, marca el punto central entre dos grandes vistas.

caminos conducen a Roma». Si la idea del «hito cero» hubiese arraigado, éste marcaría el comienzo de todas las carreteras federales. Todos deberíamos estar felices de que la idea no haya prosperado; si no, cuando anduviésemos, digamos, por el suroeste, veríamos a cada tanto un poste que diría, por ejemplo, «milla 2.746».

Sea como sea, quienes visitan Washington no tardan en aprender que el edificio del Capitolio es el punto cero del sistema vial, de modo que el cuadrante —NO, NE, SE, SO— es de importancia esencial cuando uno le dice a un taxista que lo lleve a algún lado.

También cabe mencionar que el punto central del distrito de Columbia no es ninguno de los sitios recién mencionados. Queda cerca de la Organización de Estados Americanos, una o dos manzanas al norte y al oeste de la piedra de Jefferson. He interrogado a expertos en geografía a este respecto, aunque aún no sé bien por qué; se trata de una mera corazonada.

Sin embargo, y basándome en la importancia de los puntos centrales y de las líneas geográficas que marcan la disposición de la auténtica ciudad de Washington, así como del empleo que Dan Brown hizo de la «línea de la Rosa» como meridiano cero en *ECDV*, tengo la certeza de que habrá una importante pista geográfica de esta naturaleza en *La clave de Salomón*.

Y además, así como Dan Brown no confinó a Langdon y Sophie a los límites de la ciudad de París en *ECDV*, tampoco hay razón para suponer que Langdon se vaya a circunscribir a los límites de la ciudad de Washington en su próximo libro. A pocas millas de allí hay lugares interesantes y altamente significativos.

Expondré aquí una pequeña idea personal, inspirada por los indicios que llevaba encontrados para el verano de 2004. Me condujo a un lugar apenas fuera de los límites de la ciudad. Pero se trata sólo de uno de los cientos de maneras de considerar los indicios filosóficos y físicos que se pueden aplicar a Washington, de modo que no me cabe duda de que otras personas también tendrán sus propias y muy válidas ideas al respecto. Lo maravilloso de esta pesquisa es que uno puede ser su propio guía. Uno, además, conoce arte y arquitectura maravillosos, y piensa cosas elevadas... y todo gracias a Dan Brown.

## Rosslyn en el Nuevo Mundo

La última ocasión en que Sophie Neveu y Robert Langdon están juntos en *ECDV* es en la famosa capilla Rosslyn, en Escocia. Se la conoce como la «capilla de los Códigos» debido a los muchos símbolos que hay tallados en las piedras que la componen. Como Rosslyn fue construida por los templarios y es un alarde del arte de la cantería, constituye una referencia natural para las historias que Brown escriba sobre el regreso de Langdon a Estados Unidos.

Y si uno mirara hacia el oeste desde lo alto del Capitolio, más allá del monumento a Washington y del Lincoln Memorial, a la otra orilla del Potomac, vería un suburbio de Virginia llamado Rosslyn.

Este «suburbio» consiste, en realidad, en un grupo de torres de acero que albergan las sedes de algunas corporaciones muy importantes. ¿Puede tratarse de mera coincidencia, o será que Dan Brown va a ocultar alguna pista o tesoro en esta versión «Nuevo Mundo» de Rosslyn?

Aquí podemos indagar un poco más en las coincidencias. A la vista de Rosslyn, hay una pequeña isla en el Potomac. Desde 1717, fecha en que fue adquirida, hasta la década de 1790, perteneció a la familia de George Mason, un muy destacado patriota virginiano que sólo ha alcanzado recientemente la honra que merece. Algunas de las frases más elocuentes de la Declaración de Independencia se deben a su pluma. Fueron tomadas en préstamo atrevidamente por Thomas Jefferson de la Declaración de los Derechos de Virginia que Mason escribió unos meses antes de la Declaración de Independencia nacional.

La isla fue conocida durante mucho tiempo como isla de Mason. Aquí puede haber un juego de palabras, pues George Mason no era francmasón. Pero John Mason, su heredero, construyó una hermosa casa y una plantación en la isla, y recibía allí a algunos de los caballeros más afamados de la época, entre ellos James Madison y Thomas Jefferson.

Posteriormente, la isla pasó a manos del gobierno y fue convertida en reserva natural dedicada a la memoria de Theodore Roosevelt, que era francmasón. Una inmensa estatua de bronce que representa a Roosevelt en trance de pronunciar un vehemente discurso se alza en un fresco soto que ocupa el punto más alto de la isla.

También es digno de destacar que el puente que cruza el Potomac al norte y al oeste de la isla sea el Puente Key («llave»), así llamado en honor del francmasón Scott Key, autor del himno nacional de Estados Unidos.

Di con este sitio al pensar en tres palabras —Rosslyn, Mason, Key— muchos meses antes de que la editorial de Dan Brown anunciara el título de *La clave de Salomón*. Visité la isla un caluroso día de verano y encontré que tenía un ambiente claramente afín al de un templo.

¿Dan Brown nos hará seguir claves como «llave» (Key) o «isla del masón» (de Mason) para llegar a un punto crucial de nuestra pesquisa? ¿Está el tesoro escondido en el sitio hacia donde mira Roosevelt? (¿Encontraré un pozo allí la próxima vez que vaya?)

Además, creo haber encontrado aun otra inquietante coincidencia. Recientemente se ha erigido un pequeño y agradable monumento que conmemora a George Mason en un reducido jardín ubicado a la sombra del mucho más grande Jefferson Memorial, no muy lejos del puente que la mayor parte de los residentes de Washington llaman «puente de la Calle 14», pero que oficialmente se llama Puente Conmemorativo George Mason. El Memorial consiste en un grupo de bancos sobre los que se alza una estatua de bronce de George Mason, quien se ha detenido por un momento en medio de su lectura de Cicerón y Rousseau. Tiene su tricornio y su bastón al alcance de la mano. Mason dirige su mirada hacia el norte con aire amable, más o menos en la dirección de la isla de Mason.

# 5 EPÍLOGO: TERMINA LA TRAVESÍA... POR AHORA

Aquí termina nuestro recorrido, pero la búsqueda del tesoro tan sólo acaba de empezar.

Al comenzar el libro, nos ocupamos de unas pocas pistas, como la cita del «hijo de la viuda» y el indicio sobre la «clave de Salomón». También extrajimos cuantas pistas quisimos de las novelas protagonizadas por Langdon que escribió Brown. A continuación, no hicimos más que seguir las conexiones a donde fuera que éstas nos llevaran, cruzando siglos, océanos y culturas cuando fue necesario.

Hemos estado siguiéndole el rastro a un puñado de grandes ideas. *ECDV* y *AyD* las reflejaron en sus contextos europeos, pero en el próximo libro de Dan Brown pueden tener un desarrollo ulterior y ser transportadas a Estados Unidos, lugar donde a menudo las ideas han arraigado y prosperado. La idea de que una persona pueda estar en contacto directo con Dios, sin intermediarios, y de esa manera mejorarse a sí misma en lo espiritual, es producto del iluminismo, además de haber recibido aportes del hermetismo, el rosacrucismo y otras escuelas de pensamiento. Los estadounidenses tienen una larga tradición de autosuperación e independencia religiosa.

La idea de que antes de los santos cristianos hubo dioses y diosas paganos —un tema rico y vasto para Dan Brown— está abundantemente reflejada en el arte y la arquitectura de la capital de Estados Unidos. A pesar de que nuestra Constitución separa a la Iglesia del Estado, nuestros edificios exhiben muchas figuras divinas provenientes de la astrología y de las religiones del mundo.

La idea de que existe un conflicto tal vez irresoluble entre ciencia y religión aún acecha en Estados Unidos. Desde el creacionismo para un bando, hasta el espectro de la clonación humana o el desastre ambiental para el otro, pareciera que siempre habrá combustible para que ambos ejércitos alimenten sus hogueras.

La idea de que existen profundas conspiraciones, elemento fundamental de todas las tramas de Dan Brown, ciertamente está viva y coleando. Se la encuentra en miles de sitios web dedicados a las teorías conspirativas, y es postulada con toda seriedad por ciertos grupos políticos y religiosos. A la cabeza de la lista, siempre figura alguna encarnación de los Illuminati, pero hemos visto por qué también los francmasones reciben esas mismas acusaciones.

Pero los francmasones, así como cientos de las organizaciones que hoy llamamos ONG, también son el núcleo del impulso estadounidense de ayudar a los demás. A veces, la generosidad de Estados Unidos es pasada por alto como «gran idea».

La idea de que «la historia la escriben los que triunfan» es uno de los aforismos favoritos de Dan Brown. En nuestro recorrido por la historia, hemos aprendido a separar la real de la falseada, inventada, en la medida en que tal cosa es posible.

Construimos, en primer lugar, un templo de la mente. Está inconcluso. Ni siquiera está, como el legendario Templo de Salomón, estrictamente definido por un plano. Más bien, es el templo que cada uno se construye para sí, con libertad para diseñarlo como mejor le parezca. Puede ser tan individual como usted guste, y puede incorporar cualquier idea que a usted le agrade. Algunos recintos pueden estar colmados de tesoros, otros tener sólo unos pocos artículos y otros estar vacíos. Depende simplemente de cuántos elementos recogió usted durante nuestro recorrido por los pasillos de la historia y la filosofía.

Es perfectamente posible que algunas habitaciones estén vacías, porque, si usted quiere, puede pasarse el resto de sus días llenando su templo de tesoros. Puede hacerlo cada vez que visite un museo o un monumento, lea un libro acerca de los padres fundadores o vaya a ver una película y descubra que hay símbolos y significados más profundos en todas partes.

Le hemos echado un vistazo al templo físico que es la ciudad de Washington. Nos enfocamos ante todo en el primo George, pero sólo como ejemplo destacado. Hay mucho que aprender acerca de los padres fundadores, y usted encontrará gran parte de la información relevante en Washington. Aun si usted nunca leyó una novela de Dan Brown, encontrará que esa ciudad contiene un tesoro en arte, arquitectura e historia. Pero si sus sentidos están agudizados por la lectura de Dan Brown, entonces, su visita a Washington se convertirá en una auténtica experiencia espiritual.

Pero vaya pronto. Si Dan Brown hace por Washington lo que hizo por Roma y París, es casi seguro que nuestra capital se llenará de peregrinos provistos de ejemplares de *La clave de Salomón*. De modo que, si quiere usted hacer una gira personal de inspección, hágalo antes de que lleguen las muchedumbres.

# Apéndice A
# Sistemas simbólicos

Robert Langdon, profesor de «simbología» de Harvard, es fundamental para las novelas de Dan Brown, pues abre los ojos de los lectores a las muchas ramificaciones del simbolismo. De hecho, éstas contienen tantas referencias a símbolos, pormenorizadamente descritos y combinados en mosaicos verbales, que el lector fácilmente puede confundirse. En una única página, Dan Brown puede referirse a un símbolo del tarot, otro griego, otro egipcio y así sucesivamente. Muy a menudo, el símbolo es una cuestión, pero su significado profundo, oculto, es otra, y ésa es la verdadera pista que Langdon debe interpretar.

Una de las mejores maneras de apreciar a fondo las referencias de Langdon es clasificando el simbolismo según la tradición y la cultura de donde provenga. De hecho, hay muchos sistemas de simbolismo, que cubriremos en términos generales en el presente apéndice. Mi intención es referirme a la mayor parte de los sistemas que Dan Brown adopta, exponiendo al mismo tiempo algunos hechos poco conocidos, así como formas poco habituales de interpretarlos.

## Jeroglíficos

Un tema favorito de Dan Brown es la manera en que la Iglesia cristiana muy frecuentemente suprimió y sustituyó creencias «paganas», que se continuaron expresando de distintas maneras. Tal vez sea sorprendente enterarse de que los jeroglíficos son un excelente ejemplo de una extensión de ese concepto. Además, para los francmasones, y también para otros grupos, los jeroglíficos representan secretos ocultos.

Sólo un lingüista nos podría decir con precisión cuál es el lenguaje escrito más antiguo, pero el de los jeroglíficos es, sin duda, un candidato a ese puesto. Es una lengua que lleva muerta mucho tiempo, pero que vivió durante un largo período. Algunos jeroglíficos han sido datados a fecha tan temprana como el año 3150 a. C., y se siguieron usando hasta el siglo IV de la era cristiana.

Originalmente, este lenguaje pictórico tenía funciones prácticas, pero en algún momento llegó a ser empleado sobre todo para escribir las cosas verdaderamente grandes e importantes: las inscripciones en los muros de las grandes construcciones, como templos y pirámides. Dos lenguajes egipcios se desarrollaron de forma paralela: el hierático y el demótico, que se empleaban para los documentos y el comercio. Posteriormente, la lengua viva egipcia se transformó en el idioma conocido como *copto*.

La larga y gloriosa historia de los faraones —y los jeroglíficos— de Egipto comenzó a decaer hace unos dos mil cuatrocientos años. Los persas conquistaron Egipto. Después, Alejandro Magno derrotó a los persas. Pero, a su muerte en el año 323 a. C., su imperio se derrumbó. De modo que el control de Egipto pasó a los griegos y a la dinastía de los tolomeos. El pensamiento griego se instaló y prosperó, en detrimento del egipcio. Eventualmente, los romanos se hicieron con el control de Egipto.

En su momento, Roma pasó a considerarse un imperio cristiano. Los antiguos dioses y símbolos egipcios fueron tildados de «paganos». En el siglo IV, las lenguas egipcias fueron proscritas, y los documentos en ellas escritos, destruidos.

En un abrir y cerrar de ojos, en términos históricos, todo el conocimiento referido a cómo leer los jeroglíficos desapareció.

En la Edad Media y después, los eruditos se interesaron por el lenguaje jeroglífico, aunque seguían sin saber cómo leerlo. No es que fuera una lengua terriblemente complicada. Pero sus glifos representaban fonéticamente sonidos que nadie había pronunciado durante mil años.

El rescate de las obras de los griegos no sirvió de nada. Para adivinar cómo suena un lenguaje fonético, hay que estar en condiciones de emitir los sonidos que lo componen.

Pero siempre que hace falta, aparece un seudoerudito. Un legendario «erudito», el jesuita alemán Athanasius Kircher, tenía tal fama de sabio que fue invitado a sentar cátedra en el prestigioso Collegio Romano de Roma, ciudad donde eventualmente fundaría una escuela y un museo propios. Sus muchas indagaciones en ciencia y matemáticas eran legendarias, pero, además, fue el más destacado egiptólogo de su tiempo. En 1652 publicó una importante obra, *Oedipus Aegyptiacus*, que tuvo una amplia difusión.

Buena parte de las investigaciones de Kircher sobre el copto fueron correctas, pero básicamente se engañó a sí mismo cuando creyó que podría traducir los jeroglíficos. Por ejemplo, tradujo un texto egipcio que en realidad significaba «Osiris dice» como: «La traición de Tyfon termina en el trono de Isis; Anubis custodia la humedad de la naturaleza». ¿Qué les parece?

Kircher afirmaba que el egipcio antiguo había sido la lengua de Adán, y que Hermes Trismegisto, legendario inspirador del hermetismo, era, en realidad, Moisés. (Posteriormente, cuando escribió acerca de China, dijo que, en realidad, Confucio era Moisés y Hermes.) Como no había nadie que pudiera contradecirlo, Kircher siguió diciendo cosas como éstas durante mucho tiempo.

En la vida real, Kircher colaboró con otro de los genios polifacéticos de Dan Brown, Gianlorenzo Bernini, una de las estrellas de *AyD*. Kircher ayudó a Bernini a «traducir» los jeroglíficos de los obeliscos que éste empleó para sus recreaciones barrocas de las iglesias y plazas de Roma, y lo aconsejó sobre la fuente de los cuatro ríos de la plaza Navona, el lugar de una crítica escena de asesinato en *AyD*.

Kircher no fue el único que pretendió haber descifrado los jeroglíficos. Si avanzamos en el tiempo unos dos siglos y llegamos al nacimiento de la Iglesia mormona, veremos que su fundador y profeta, Joseph Smith, les dijo a sus seguidores que le había sido dado el conocimiento necesario para leer «egipcio reformado» cuando le mostraron las «planchas de oro» donde estaba escrito el *Libro de Mormón*, que él tradujo.

Los seguidores de Smith debieron enfrentarse constantemente con críticos y descreídos. De modo que se alegraron cuando, en 1835, dieron con un irlandés itinerante, Michael Chandler, quien apareció en el pueblo con un carro lleno de curiosidades egipcias. A cambio de una pequeña tarifa, Chandler permitía ver cuatro auténticas momias egipcias, así como una cantidad de rollos de papiro escritos con jeroglíficos.

En América y Europa crecía el interés por lo «cultural», y las «momias» formaban parte de éste. La palabra momia proviene en realidad de una designación del *bitumen* (asfalto), ingrediente que, a lo largo de la historia de Egipto, figuró entre los empleados para acondicionar las momias (si bien, en realidad, y cuando podían obtenerla, los egipcios preferían cierta resina para tal proceso). En el siglo XIX se creía que si uno reducía una momia mediante el calor, obtendría cierta cantidad de bitumen que, por entonces, era considerado un medicamento. De hecho, las personas tomaban dosis de polvo de momia molida. Comenzaron a aparecer momias en exhibiciones itinerantes como la de Chandler, y, en la alta sociedad, incluso llegaron a figurar en macabras fiestas en las que se las desenvolvía y estudiaba como curiosidades.

Los mormones le llevaron de inmediato los papiros a Joseph Smith, con la esperanza de que pudiera leerlos. No les decepcionó. Smith le dijo a Chandler que realizar una traducción completa le llevaría algún tiempo, pero que ya podía descifrar, de memoria, algunos de los símbolos. Chandler incluso escribió una suerte de declaración jurada para los mormones, en la que decía que había visto cómo Joseph Smith podía descifrar los jeroglíficos. Claro que no había forma en la que Chandler pudiese saber si éste era el caso.

El primer período de «traducción» fue fructífero, y Smith escribió unas diez páginas a partir de los papiros, de los que afirmó que se trataban del antiguo *Libro de Abraham* (sobre el cual se basaba el libro del Génesis) y del *Libro de José*. A lo largo de su vida, Smith abandonó y retomó su tarea en repetidas ocasiones. A su muerte, en 1844, aún estaba inconclusa. Pero eventualmente los mormones declararon que el *Libro de Abraham*, traducido por Smith, formaba parte de la Biblia. Los papiros originales desaparecieron, según se dijo, destruidos en un incendio.

Pero en 1966, un arabista los encontró en los sótanos de un museo de Nueva York. Algunos auténticos egiptólogos compararon la obra de Smith con sus fuentes, que resultaron ser el *Libro de los muertos* egipcio. Un ejemplo de la «traducción» de Smith, por ejemplo, es un punto en que el original meramente dice «después». Para Smith, el significado de ese pasaje era: «Pero yo, Abraham, y Lot, hijo de mi hermano, le oramos al Señor, y el Señor se me apareció y me dijo: álzate y llévate contigo a Lot; pues mi intención es que abandones Haran...». ¿Qué les parece?

Joseph Smith se perdió la auténtica resolución del enigma de los jeroglíficos por pocos años. En 1799 fue descubierta la piedra Rosetta, que fue llevada a Inglaterra en 1802. El texto escrito en ella circuló entre los estudiosos. El inglés Thomas Young, quien publicó su obra en 1819, adelantó un poco la labor, pero el verdadero desciframiento lo hizo el francés Jean François Champollion, cuya obra apareció a finales de la década de 1820. Estaba en francés, así es que es poco probable que le hubiese llegado a Joseph Smith de alguna forma comprensible para él.

De modo que esto confirma una vez más una lección: cuando no se cuenta con datos históricos precisos, siempre aparecerá alguien dispuesto a inventarlos. A lo largo de la historia, los inventores de esta índole han dejado huellas que se entrecruzan de sus curiosas teorías e hipótesis ocultistas. Estas ideas y teorías han llegado a formar parte de la historia. Dan Brown es un maestro en el rastreo de tales rarezas, que transmuta alquímicamente en hilos de oro que entreteje en las tramas de sus novelas.

## Cábala

Quienes no han indagado en la cábala tienden a considerarla un complejo sistema de superchería. Recientemente ha pasado a formar parte de la cultura popular, y Madonna, por ejemplo, ha revelado que lleva años estudiándola. Muchas celebridades cabalistas han dado en frecuentar centros cabalísticos de moda en Nueva York y Los Ángeles. Pero uno de los «secretos» de la cábala es la forma en que puede proveer un gran entretenimiento, una satisfactoria búsqueda del conocimiento y una experiencia de meditación que ciertamente calma y también puede llegar a ser curativa.

La cábala es un antiguo sistema hebreo para buscar la iluminación y la senda que lleva a Dios mediante el estudio de las Sagradas Escrituras y la interpretación de los significados ocultos de las letras y las palabras. Su tradición afirma que data del 1800 a. C., fecha en la cual uno de los libros cabalísticos, el *Sefer Yetzirah (Libro de la Creación),* fue escrito por Abraham. Tal vez sea imposible confirmar que ésta sea su antigüedad, pero no cabe duda de que data de muchos siglos antes de Cristo.

La cábala, en razón de su antigüedad, de que sus cultivadores habitaron muchas partes de Europa, África y el Medio Oriente, y de que sus conocimientos arcanos fueron muy apreciados por estudiosos no judíos, ha engendrado una vasta descendencia filosófica. La cábala figura en manuales ocultistas del Renacimiento, y también en algunos aspectos de la francmasonería.

El punto de partida de la francmasonería es la luz espiritual (y también la física), que brilla desde lo alto y provee de saber e inspiración. La cábala parte exactamente de ese mismo concepto. Y hay muchos otros vínculos.

Algunos principios de la cábala pueden expresarse mediante un diagrama conocido como Árbol de la Vida. Ese esquema está compuesto de diez centros de energía espiritual conocidos como *sefirot*, que significa «números». Tales centros están conectados por sendas, que trazan un mapa de cómo la luz fluye del cielo a la Tierra, o cómo la iluminación desciende de Dios al hombre.

A cada uno de estos senderos se le ha adjudicado una de las veintidós letras del alfabeto hebreo, que tienen un valor numérico. También los nombres de Dios se asocian al diagrama.

El hebreo antiguo no tiene vocales, de modo que tradicionalmente se necesita la asistencia de un rabino para leer las escrituras. Uno de los nombres de Dios se expresa con los cuatro caracteres YHVH, que representan el Nombre Inefable de Dios que nunca debe ser pronunciado. Esta representación de cuatro letras es conocida como *tetragram-*

*maton*. Pero los estudiosos no judíos insistían en pronunciarlas de algún modo, así que ese tetragrama ha derivado en la palabra «Jehová». En las escrituras hebreas, es sustituida por la palabra *Adonai*, que significa «Señor».

El *tetragrammaton* ha sido adoptado muchas veces por distintas prácticas. Aparece en diversas iglesias cristianas, además de en mandiles o placas masónicas y en símbolos ocultistas como los amuletos o talismanes.

Un ejemplo frecuentemente citado de la asociación numérica que practica la cábala, conocida como *guematría*, es el siguiente:

> La cábala emplea la palabra *ilan* para significar «árbol». Ésta se escribe con las letras *álef-iud-lámed-nun*. *Álef* vale uno; *iud*, diez; *lámed*, treinta, y *nun*, cincuenta, de modo que la palabra suma en total 91.
>
> La palabra *malaj* significa «ángel». Se escribe *mim-lámed-álef-jaf*, que equivale a cuarenta-treinta-uno-veinte, en total, también 91.
>
> El *tetragrammaton* es *iud-heh-vav-heh*, que suma 26, mientras que *Adonai*, o Señor, suma 65. Juntas, suman 91. De este modo, para un cabalista no es casual que el 91 enlace los conceptos de árbol, ángel y Señor Dios.

Como a lo largo de los siglos la cábala recibió tantos aportes, existen muchas diferencias de interpretación, e incluso el diagrama del Árbol de la Vida puede diferir. Una de sus representaciones más difundidas es el llamado Árbol de Ari, que muestra al último *sephirot* unido a los demás por una senda única. Pero otra representación, tal vez más antigua, es el Árbol de Gra, en el cual el esquema aparece como un par de hexágonos estrechamente entrelazados.

Si a usted le atraen estas cosas, puede descubrir un pentángulo invertido en el Árbol de Ari, con lo cual podrá alimentar su teoría preferida respecto del simbolismo satánico.

Otro aspecto curioso de la cábala es que está en condiciones de suministrar las palabras que hacen cobrar vida a un *golem*. Se trata de una criatura hecha de arcilla a la que, con la serie de palabras adecuada, se le puede infundir vida para que proteja a su amo, aunque a veces —como a Frankenstein— no se la puede controlar. Para los auténticos cabalistas, esto no es una fantasía.

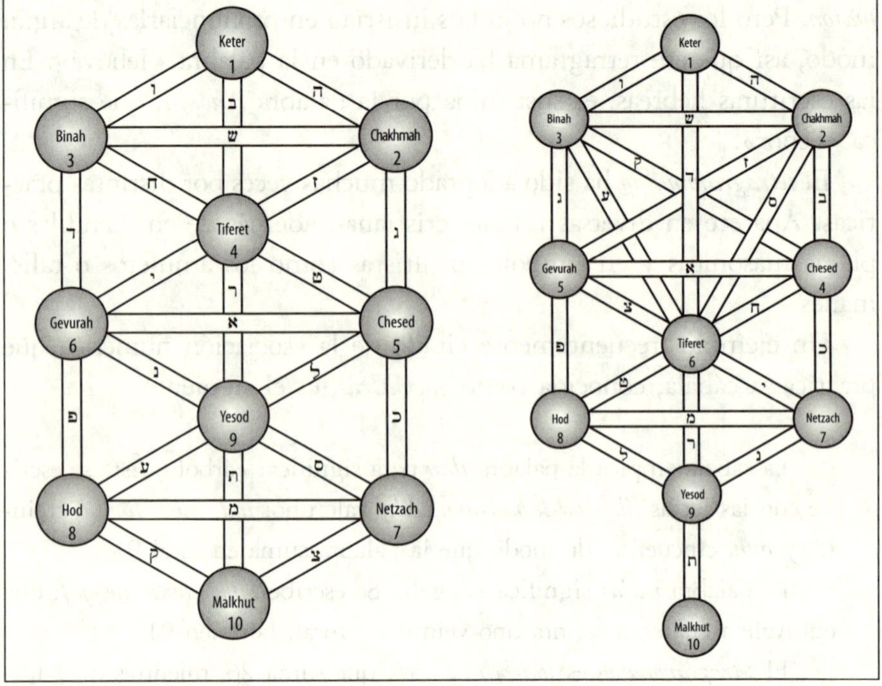


El Árbol de Gra (izquierda) y el Árbol de Ari (derecha) trazan los puntos del Árbol de la Vida de la cábala.

Una adepta a la astrología y el tarot, Christine Payne-Towler, ha hecho una elegante demostración de la correspondencia exacta entre el Árbol de Gra, los arcanos mayores del tarot y los símbolos astrológicos.

## Pitagóricos y cabalistas

Se afirma que Pitágoras, nacido en la isla griega de Samos, pasó veinte años viajando en busca de los secretos de las matemáticas y la geometría y llegó, dicen algunos, hasta la India. Cuando regresó, fundó una sociedad secreta religiosa consagrada a los números. De hecho, su dios era el concepto de número. Para unirse a la sociedad, uno debía donarle todas sus posesiones y pasar una ceremonia de iniciación. Se diferenciaba de muchas de las confraternidades que han existido a lo largo de la historia (incluyendo la francmasonería) en que permitía el ingreso de mujeres.

Pitágoras vivió aproximadamente entre los años 560 y 480 a. C., pero su pensamiento parece haberse transmitido, probablemente a través de la Academia de Platón, a la obra de griegos posteriores, entre ellos Euclides (325-285 a. C.). Euclides trabajó en Alejandría, en Egipto, célebre como punto de encuentro de los eruditos, durante el florecimiento de esta ciudad, de modo que algunos de sus escritos fueron preservados, y recuperados durante el Renacimiento europeo.

El famoso teorema de Pitágoras que expresa las propiedades del triángulo rectángulo pasó a ser el cuadragésimo séptimo postulado de Euclides. Todos los artesanos vinculados a los oficios de la construcción —entre ellos, los canteros— indudablemente emplearon los aspectos prácticos del triángulo 3-4-5. Con que un artesano recordara este único «secreto», podía trazar un ángulo recto (de 90 grados) dondequiera que estuviese, con recursos tan simples como, por ejemplo, un trozo de cuerda anudado.

Es fácil comprender cómo la elegante simplicidad de este teorema hizo que fuera considerado un misterio revelado de origen divino. Pero éste es sólo un pequeño ejemplo de las cosas de las que se enteraron estos adoradores de los números. Los pitagóricos también descubrieron relaciones numéricas armónicas entre los distintos tonos que podía producir una cuerda de lira. Creían que estos principios se podían aplicar al cosmos, y por eso hablaban de la «música de las esferas».

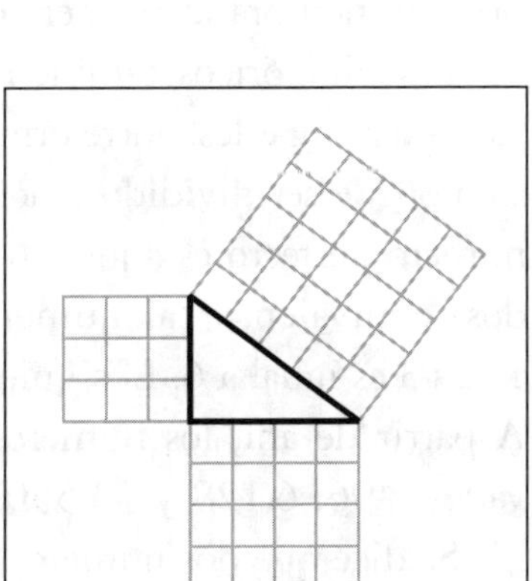

Esta representación de un triángulo 3-4-5 es tanto un símbolo masónico como una elegante demostración matemática.

No es de extrañar que trataran de hacer de ello un secreto que sólo podía ser conocido por quienes fueran adecuadamente iniciados.

La leyenda afirma que los pitagóricos y los primeros estudiosos de la cábala compartían secretos. Era una combinación natural, dado que también los cabalistas veneraban muy especialmente los números, pues creían que las cifras asociadas a las letras hebreas expresaban poderosos secretos divinos. Tal vez Pitágoras haya obtenido esos conocimientos en el transcurso de sus viajes a Oriente, pues por entonces el principal centro de la cábala se encontraba en Babilonia. Pero también es posible que pitagóricos y cabalistas hayan dado con sus secretos matemáticos de forma independiente, o que ambos los hayan derivado de algún contacto con la India.

A veces, los pitagóricos podían comenzar con cosas simples para luego llegar a las demostraciones más complejas e intrincadas. Por ejemplo, hay un procedimiento para hacer un triángulo simple con un punto en una primera hilera, dos en una segunda, tres en una tercera y cuatro en una cuarta. Lo denominaron *Tetraktys*, y era considerado sagrado porque la suma de los puntos daba como resultado diez, considerado el más sagrado de los números. La *Tetraktys* puede expresarse de forma mucho más sofisticada, en página siguiente.

De hecho, los pitagóricos les adjudicaban principios a los números. Por ejemplo, el 1 es la unidad, el número de la razón; el 2, la diversidad de opinión y el primer número verdaderamente femenino; el 3 es armonía, y es masculino, además de representar la suma de lo único con lo diverso (1+2); el 5 es el matrimonio, además de la suma de la primera hembra al primer macho (2+3). El 10 representa el universo.

Los pitagóricos también clasificaban los números en primos, perfectos o amigables, entre otras propiedades. Número primo es aquel que sólo puede ser dividido exactamente por sí mismo o por la unidad. Un número perfecto es aquel en el cual todos sus posibles divisores, sumados, equivalen a tal número. Por ejemplo, el 6 es perfecto porque 1+2+3 es igual a 6. El siguiente número perfecto es 28 (1+2+4+7+14). A partir de ahí, los números perfectos se hacen rápidamente más elevados: 496, 6.128 y 33.550.336, por nombrar algunos.

Se dice que dos números son amigables entre sí cuando uno de ellos equivale a la suma de los divisores del otro. Un conocido ejemplo, des-

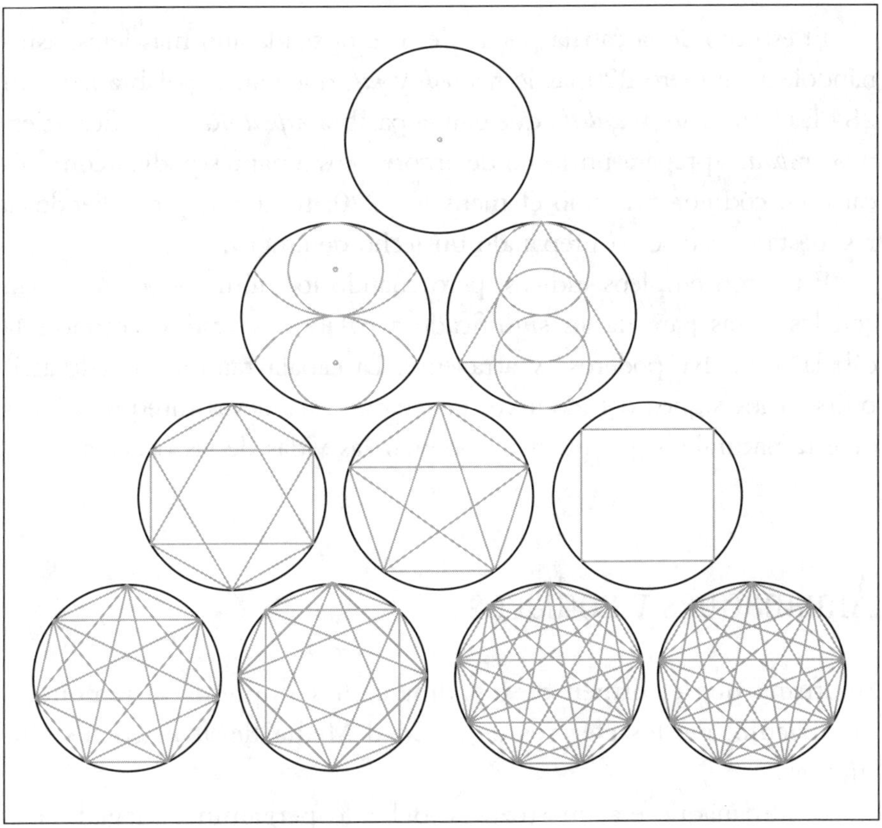

La *Tetraktys* demuestra la cuenta pitagórica del 1 al 10, además de servir como elemento de estudio.

cubierto por los pitagóricos, es el de 220 y 284. Los divisores de 220 son 1, 2, 4, 5, 10, 11, 20, 22, 44, 45 y 110, que sumados dan 284. Los divisores de 284 son 1, 2, 4, 71 y 142, que sumados dan 220.

El paso siguiente es crucial. De quedar meramente atónito ante estas relaciones numéricas, uno pasa a creer que se deben a la influencia divina. Y uno puede también llegar a la conclusión de que, si emplea estos números, puede hacerse con parte del poder de tal divinidad.

Por ejemplo, se hicieron amuletos basados en los números 220 y 284 para que quien los usara obtuviera amor y amistad. En la numerología árabe, uno escribía el 220 sobre un trozo de fruta y 284 en otro. Luego se comía uno de los trozos y le daba el otro al objeto de sus afectos, lo cual unía a ambos en un vínculo amoroso.

El estudio de la cábala puede llevar esta senda aún más lejos, asignándole al número 220 las letras *resh* y *jaf*, que dan la palabra *raj*, y al 284 las letras *resh-pe-daleth*, que dan la palabra *rapad*. *Raj* significa «tierno», *rapad*, «prepara un lecho de amor». Los amantes podían comunicarse en código, enviando el mensaje «220: ternura», y recibiendo la respuesta «284: se ha preparado un lecho de amor».

Éstos son empleos lúdicos, pero cuando los números se combinan con las letras para darles significado a palabras sagradas, entonces la cábala se vuelve poderosa y atrayente. La cábala también puede atribuirse a los signos del Zodíaco, generando así nuevas interpretaciones de esta naturaleza que pueden gobernar las vidas de las personas.

## Almanaques y zodíacos

Se afirma que el origen de los almanaques impresos se remonta a un artículo que los clérigos de la Edad Media llevaban en sus cinturones.

El almanaque era un trozo de delgado pergamino, plegado a la manera de un mapa de carreteras, que los sacerdotes llevaban colgando a la cintura. Una de sus funciones primordiales consistía en determinar las festividades del calendario cristiano, como la Pascua, que es una de las «fiestas movibles». Como la Iglesia custodiaba el saber astronómico, el almanaque servía como referencia para cosas como las estaciones (equinoccios y solsticios) y los ciclos lunares.

La gente quería otras cosas para sus almanaques. Por ejemplo, el registro que hacían éstos de las festividades de los santos era un intento de suplantar las celebraciones con que la gente honraba a los dioses y diosas paganos. Además, la travesía astrológica del Sol, la Luna, los planetas y las estrellas era parte del sistema de creencias de la época. Para la gente, los signos del Zodíaco eran fuerzas poderosas y también realidades vitales, dijera lo que dijera la Iglesia. Formaban parte integral del almanaque.

En cuanto apareció la imprenta a finales del siglo XV, la gente comenzó a pedir lo que quería, y lo que quería eran almanaques. Se trataba de una herramienta vital para su vida cotidiana, para asuntos tales como sembrar y cosechar, o cómo planear sus vidas para un próximo invierno especialmente duro.

A medida que el almanaque se iba refinando con el correr de los siglos, una página se fue convirtiendo en esencial; ningún editor que no la incluyera podía esperar que su almanaque se vendiera. Se trataba de la página ilustrada llamada «hombre zodiacal». Se trataba, simplemente, de la representación de un hombre desnudo, con líneas que mostraban qué signos gobernaban cada parte del cuerpo.

Hasta cierto punto, representaba el reconocimiento de los símbolos y dioses paganos. Y parecía que el hombre zodiacal alimentaba las creencias populares en las ciencias ocultas. Pero también tenía un fin práctico: la medicina. Si es que había una referencia básica para la medicina popular, se trataba de esta página. Si uno mismo o los integrantes de su familia enfermaban, se consultaba al hombre zodiacal para decidir qué alimentos (o hechizos) administrar.

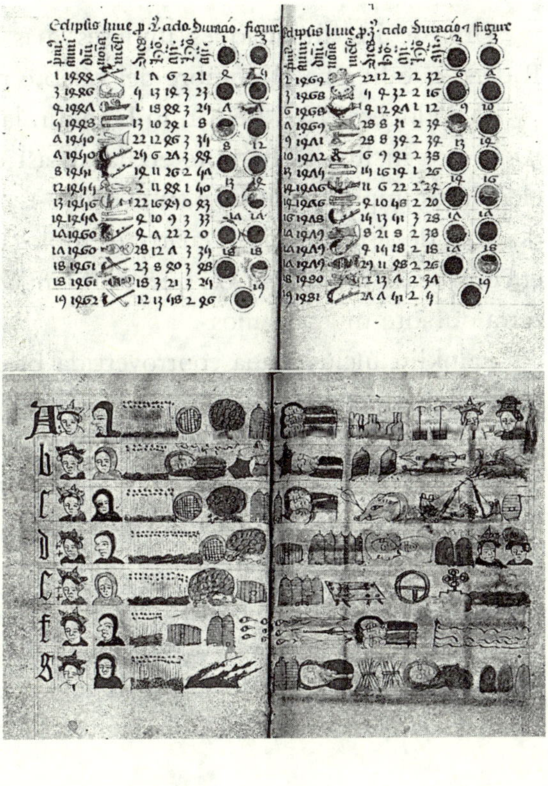

Los clérigos de la Edad Media llevaban en sus cinturones almanaques llenos de símbolos y calendarios.

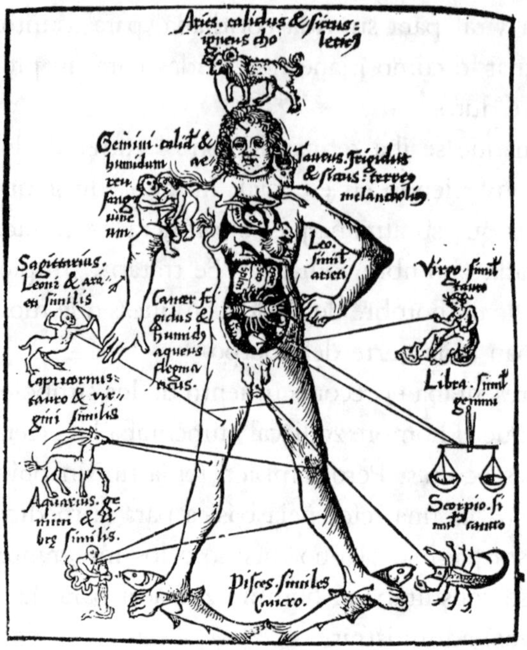

Ningún almanaque podía tener éxito sin un «hombre zodiacal». Este dibujo con anotaciones era a menudo la única guía médica que poseían las familias.

Uno de los almanaques ingleses más exitosos fue el *Merlin*, de Riders, que llevaba el nombre del célebre mago.

Cuando, en 1732, Benjamin Franklin lanzó su *Poor Richard's Almanack*, éste incluía al hombre zodiacal, así como muchos otros de los elementos imprescindibles para el éxito. Y es que Franklin había tomado cosas de al menos otros cuatro ejemplos de ese género. Uno de éstos era el *Poor Robin's Almanack*, que William Winstanley publicó en Inglaterra durante muchos años.

Franklin incluyó una controvertida broma editorial en la primera entrega de su almanaque. Su rival más exitoso era un editor de almanaques llamado Titan Leeds. Franklin, a propósito de «Poor Richard», afirmó que tenía el triste deber de informar que su buen amigo Leeds había descubierto, a través de la astrología, que su muerte, en una fecha y una hora precisas, era inminente. Cuando Leeds publicó una indignada respuesta en su almanaque, «Poor Richard» no aceptó que había cometido un error, sino que, dijo, la respuesta de Leeds era un engaño, pues él sabía que su buen amigo ya había muerto y que, además, jamás diría semejantes cosas sobre él. El diálogo continuó durante ocho años hasta que Leeds finalmente murió de veras, dejando a Franklin con la última palabra.

# Tarot

Aunque se suele afirmar que las cartas del tarot fueron un invento renacentista aparecido en torno a 1450, hay muchos indicios de que en realidad refleja conocimientos que tienen por lo menos dos mil años de antigüedad.

La mayor parte de las barajas de tarot constan de 78 cartas. Veintidós de éstas son los arcanos (secretos) mayores; 56, los arcanos menores. Los arcanos mayores son representaciones cargadas de simbolismo.

Mucho antes de que Dan Brown aludiera a la tradición gnóstica en *ECDV*, se sabía que existen vínculos entre el tarot y el pensamiento gnóstico por un lado, y con la cábala por otro, y también, claro, con los signos astrológicos anteriores a la civilización.

Las primeras barajas de tarot impresas aparecieron a comienzos del siglo XV, pero los historiadores del tarot afirman que hay barajas pintadas a mano que se remontan al año 1200. Pero si a la ecuación se suman los gnósticos y la cábala hebrea, entonces el origen del tarot se puede remontar al siglo IV de la era cristiana.

El gran tema de *ECDV*, el culto a una «diosa», se refleja en muchas de las cartas del tarot. Por ejemplo, en la famosa baraja Visconti Sforza, el arcano llamado Suma Sacerdotisa remite claramente a la leyenda de la papisa, y también a la, más antigua, de María Magdalena. Muestran interpretaciones de temas como la reencarnación, la expulsión del Jardín del Edén y otros por el estilo.

Esencialmente, el simbolismo era un procedimiento para velar ideas que no podían ser discutidas de forma abierta frente a los poderes constituidos. Entre ellas, las prevalecientes interpretaciones ortodoxas del judaísmo y del cristianismo, las cuales, en distintos períodos, trabajaron para clausurar a las diosas y dioses del paganismo o las tradiciones gnóstica, egipcia, babilonia y otras por el estilo. De modo que el tarot era, una vez más, algo que «oculta mostrando».

No hay un tarot único (como tampoco hay un gnosticismo o una cábala únicos), de modo que las interpretaciones difieren, pero aquí damos una tabla de correspondencias que muestra una manera de vincular la numerología, la cábala y los arcanos mayores del tarot.

Esta tabla está tomada de la obra de Christine Payne-Towler, una estudiosa de la astrología, el tarot y la cábala que lleva treinta y cinco años ocupándose de la correspondencia entre esos sistemas. Al hacerlo, ha alcanzado considerable reputación como adepta. Considera que el tarot es como «el fichero de los misterios occidentales». Payne-Towler ha sido ordenada obispa del Templo de la Morada del Santo Grial y de la Iglesia Gnóstica de Santa María Magdalena, «creadas para las personas de todos los orígenes y creencias cuya alma aspire y se oriente a un

| Phonetic Letter | Tarot No. | English Alphabet | Hebrew Letter | Kabbalah Value | Astrology Symbol | Arcana Name |
|---|---|---|---|---|---|---|
| Alef | 1 | A | א | 1 | 🜁 | Magus |
| Bet | 2 | B | ב | 2 | ☾ | Priestess |
| Gimel | 3 | C | ג | 3 | ♂ | Empress |
| Dalet | 4 | D | ד | 4 | ☉ | Emperor |
| Heh | 5 | H | ה | 5 | ♈ | Pope |
| Vav | 6 | V | ו | 6 | ♉ | Lovers |
| Zayin | 7 | Z | ז | 7 | ♊ | Chariot |
| Chet | 8 | Ch | ח | 8 | ♋ | Justice |
| Tet | 9 | T | ט | 9 | ♌ | Hermit |
| Yod | 10 | I | י | 10 | ♍ | Wheel |
| Kaf | 11 | C | כ | 20 | ♀ | Strength |
| Lamed | 12 | L | ל | 30 | ♎ | Hanged Man |
| Mem | 13 | M | מ | 40 | ♆ | Death |
| Nun | 14 | N | נ | 50 | ♏ | Temperance |
| Samech | 15 | S | ס | 60 | ♐ | Devil |
| Ayin | 16 | Ayn | ע | 70 | ♑ | Tower |
| Pe | 17 | P | פ | 80 | ☿ | Star |
| Tzade | 18 | Ts | צ | 90 | ♒ | Moon |
| Qof | 19 | Qk | ק | 100 | ♓ | Sun |
| Resh | 20 | R | ר | 200 | ♄ | Judgment |
| Shin | 21 | Sch | ש | 300 | ♃ | World |
| Tav | 22 | Th | ת | 400 | △ | Fool |

Todos los sistemas simbólicos mayores se pueden combinar en una tabla de correspondencias, uniendo siglos de misterios de tradición popular con los símbolos de la piedra Rosetta.

equilibrio entre las Divinidades Femenina y Masculina en el marco del cristianismo». Ella y algunos allegados también practican lo que denominan «francmasonería pansófica», que admite tanto a hombres como a mujeres.

## Cuadrados y círculos mágicos

Uno de los misterios de la Antigüedad consiste, sencillamente, en disponer números y letras en forma de cuadros. Ello no sólo forma parte de la numerología precristiana, sino que también tiene un sólido vínculo con un padre fundador de Estados Unidos: Benjamin Franklin.

En su época, y en la actualidad, Franklin es conocido por muchas cosas asombrosas, pero nadie lo tenía por un gran matemático. Así que tome esto como lección: nunca dé por sentado que lo sabe todo acerca de Ben Franklin.

Nuevos descubrimientos han demostrado que Franklin era un verdadero maestro de las matemáticas, especializado en descubrir lo que se conoce como «cuadrados mágicos».

La idea de un cuadrado mágico puede expresarse fácilmente de forma numérica de la siguiente manera:

| | | |
|---|---|---|
| 2 | 9 | 4 |
| 7 | 5 | 3 |
| 6 | 1 | 8 |

Cuadrado mágico de números del 1 al 9, cuya suma de líneas da 15.

Si se suma cualquiera de las líneas, el resultado será 15; si se suma cualquiera de las columnas, también dará 15, y lo mismo ocurrirá sumando las diagonales. Es un cuadrado mágico de 3x3, que emplea todos los números entre el 1 y el 9.

Casi todas las grandes culturas —entre ellas, la china, la musulmana y la hindú— se han interesado por los cuadrados mágicos. El concepto también puede hallarse en la larga senda que lleva a los griegos, los hebreos e incluso los primeros cristianos.

Éste es el cuadrado mágico que figura en el grabado de Albrecht Dürer llamado *Melancolía-I* (1514), y que fue originado por un matemático italiano.

Es un cuadrado de 4x4, que emplea todos los números entre el 1 y el 16.

En las culturas que le atribuyen un significado a los números, las cosas toman un sentido místico. Por ejemplo, éste es un cuadrado musulmán que emplea los números comprendidos entre el 18 y el 26: este cuadrado suma 66, que es el valor numérico de la palabra «Dios» en el sistema de Arabia Oriental llamado *Abyad*.

Bueno, no parece demasiado difícil hacer un cuadrado mágico, ¿verdad? Con tiempo, mediante ensayo y error, uno mismo podría construir uno.

| | | | |
|---|---|---|---|
| 16 | 3 | 2 | 13 |
| 5 | 10 | 11 | 8 |
| 9 | 6 | 7 | 12 |
| 4 | 15 | 14 | 1 |

| | | |
|---|---|---|
| 21 | 26 | 19 |
| 20 | 22 | 24 |
| 25 | 18 | 23 |

Cuadrado mágico de Albrecht Dürer, usando números del 1 al 16 (izquierda).
Cuadrado mágico arábico para Dios, da un total de 66 por línea (derecha).

Pero la cosa puede ponerse más difícil. A lo largo de los siglos, los matemáticos serios han tomado el cuadrado mágico y creado otros mucho más grandes a partir de éste. En tiempos de Franklin había dos libros disponibles que exponían tales conceptos. Uno de éstos mostraba los 880 posibles cuadrados de 4x4. Para Franklin, era una manera de combatir el aburrimiento. Del mismo modo en que otros se pondrían a hacer garabatos, durante la aburrida asamblea de Pensilvania, Franklin se dedicó a desarrollar cuadrados mágicos de 8x8 y aún más.

Cuando descubrió el *Arithmetica Integra* de Martin Stifel (1487-1567), Franklin se dio cuenta de que existía un desafío aún mayor. Stifel había producido un cuadrado de 64x64. Franklin aceptó el desafío, y dio con un cuadrado de 64x64 superior al de Stifel, pues mientras que el de éste «sólo» cumplía con 34 condiciones, el de Franklin cumplía con 96.

Pero eso no le bastó a Franklin. Se le ocurrió la novedosa idea de un círculo mágico. Consistía en una serie de números concéntricos y excéntricos con números radiales. De haber sido conocida en su momento, la obra matemática de Franklin habría sido considerada un logro asombroso, pero buena parte de la misma pasó desapercibida hasta que recientemente un profesor de Matemáticas de la Universidad de Vilanova, Paul C. Pasles, quien prepara un libro donde cuenta toda la historia, la descubrió.

Una cosa digna de destacar es que Franklin era un francmasón y, como hemos visto, la simbología de la francmasonería incluye círculos y cuadrados. Tal vez ello sea el motivo por el cual consideró que un círculo mágico sería el complemento perfecto de un cuadrado mágico.

Pero el logro de Franklin no significa que la historia de estos cuadrados haya terminado. Para empezar, ocupémonos de esta antigua forma conocida como cuadrado mágico del Sol:

Se trata de un cuadrado de 6x6, cada una de cuyas líneas y columnas suma 111. Pero lo significativo es que la suma de todos sus números da como resultado 666. Si bien 666 ha sido considerado el «número de la bestia» (Satanás), el hecho es que algunos estudiosos afirman que este cuadrado se asignaba a Apolo, dios griego del Sol. También

| | | | | | |
|---|---|---|---|---|---|
| 6 | 32 | 3 | 34 | 35 | 1 |
| 7 | 11 | 27 | 28 | 8 | 30 |
| 19 | 14 | 16 | 15 | 23 | 24 |
| 18 | 20 | 22 | 21 | 17 | 13 |
| 25 | 29 | 10 | 9 | 26 | 12 |
| 36 | 5 | 33 | 4 | 2 | 31 |

Cuadrado mágico del Sol.

se afirma que contiene un simbolismo gnóstico. En la época romana tardía, el dios del Sol era Mithras, llamado *Sol Invictus*, sol invicto. Dan Brown parece sentir un especial interés por Mithras, que aparece repetidas veces en *ECDV*.

El concepto de cuadrado mágico toma un curioso sesgo cuando los números se sustituyen por letras. El llamado cuadrado Sator-Rotas es tal vez el más significativo de éstos:

| | | | | |
|---|---|---|---|---|
| S | A | T | O | R |
| A | R | E | P | O |
| T | E | N | E | T |
| O | P | E | R | A |
| R | O | T | A | S |

Cuadrado Sator-Rotas. ¿Cristiano o mithraico?

Esta asombrosa disposición se puede leer hacia arriba, hacia abajo, hacia atrás y hacia delante. Además, otra de sus particularidades, que posiblemente se trate sólo de una extraña coincidencia, ha sido muy significativa para los cristianos durante siglos. Las letras pueden ser dispuestas en una figura cruciforme, de modo que se vea *(Alfa) Pater Noster (Omega)*, que se lee hacia arriba y hacia abajo.

Este resultado les pareció sobrenatural a muchos, quienes dieron por sentado que el cuadrado era un vehículo para el mensaje codificado *Pater Noster* rodeado de *Alfa* y *Omega*. *Pater Noster* significa «Padre Nuestro» en latín. El padre nuestro en latín fue la plegaria que los católicos rezaron durante muchos cientos de años. El *Alfa* y *Omega* se interpretan como una referencia al mensaje bíblico de que Dios es el principio y el fin.

Durante mucho tiempo —posiblemente más de mil años— la asociación de *Pater Noster* con el cuadrado Sator-Rotas le dio un significado cristiano a éste. Se hizo costumbre poner este cuadro alfabético sobre la puerta de las casas para proteger y preservar la salud de sus habitantes. Se grabó en el fondo de los vasos que se empleaban para beber, y también en amuletos.

Otros interpretaron el cuadrado de otra manera, pues dieron por sentado que esa disposición debía pertenecer a la cábala. De hecho, en algunos textos de magia, conocidos como grimorios, sus caracteres apa-

```
      α
      P
      A
      T
      E
      R
αPATERNOSTERΩ
      O
      S
      T
      E
      R
      Ω
```

Acróstico cristiano procedente del cuadrado mithraico de Sator-Rotas.

recen en hebreo. En la *Clavicula Salomonis* o *Llave de Salomón*, el cuadrado Sator, escrito en hebreo, figura como talismán mágico.

Pero en el transcurso de una excavación llevada a cabo en 1937 en Pompeya, ciudad sepultada por ceniza volcánica en el 79 d. C., se produjo un asombroso descubrimiento: en la pared de un baño, estaba garabateado el cuadrado Sator-Rotas.

Los eruditos dieron marcha atrás, pues se dieron cuenta de que lo de *Pater Noster* ya no tenía sentido. Era una frase latina, y la mayor parte de los primeros textos cristianos estaban escritos en griego. Además, no había mediado el suficiente tiempo entre la muerte de Cristo y la destrucción de Pompeya como para que los Evangelios se hubieran escrito. De modo que los estudiosos se vieron obligados a indagar más profundamente en la historia y, recientemente, han desarrollado una nueva hipótesis sobre el origen del cuadrado.

Actualmente se cree que el cuadrado Sator-Rotas proviene del culto de Mithras, y que fue importado al Imperio romano, antes del nacimiento de Cristo, por legionarios que regresaban de Persia. Uno de los grandes misterios no resueltos de la historia es el significado que ese cuadrado tuvo para los devotos de Mithra, tema sobre el cual no existe una interpretación definitiva.

Además del cuadrado Sator-Rotas, que aparece en multitud de amuletos mágicos, hay todo un compendio de cuadrados mágicos verbales que aparecen en varios libros de magia que a veces les atribuyen, falsamente, una gran antigüedad. Se pretendía que estos cuadrados se podían emplear para resolver muchos problemas, como enfermedades, amores no correspondidos, etc. Se afirmaba que algunos de los cuadrados podían emplearse para invocar y controlar a los demonios.

Las olas de inmigrantes que llegaron a Estados Unidos, comenzando con los primeros colonos, trajeron consigo estas ideas de magia y superstición. Las Iglesias, estrictas o libertarias, no pudieron eliminar las persistentes culturas populares alternativas y ocultistas.

Un buen ejemplo es el de la familia de Joseph Smith, originaria de Vermont, pero que se trasladó al oeste del Estado de Nueva York. Por momentos, eran ardientes cristianos, pero practicaban muchas tradiciones populares y mágicas. Cuando Joseph Smith, fundador de la fe mormona, fue asesinado, llevaba un talismán mágico consagrado a Júpiter, deidad asociada a su fecha de nacimiento. Se afirma también que los Smith (entre ellos Hyrum, hermano de Joseph) llevaban *lamens*, que eran comunes en la época. Se trata de trozos de pergamino sobre los que se han escrito hechizos y conjuros (además de cuadrados mágicos). La familia también custodiaba una «daga mágica» grabada con los símbolos de Escorpio y Marte.

# Música

El mundo de la música es un vasto reino simbólico que cabe mencionar aquí. Algunos de sus aspectos son muy antiguos, otros han influido en características de la historia que venimos tratando en estas páginas, además de otros muy modernos.

Hasta ahora, Dan Brown le ha prestado muy poca atención a la música en sus novelas. Ello es desconcertante, pues Brown proviene de un medio de gran influencia musical. Su madre tocaba el órgano en la iglesia, y en su juventud, él aprendió a tocar instrumentos de teclado. Cantaba en un coro, y cuando se unió al Club de la Alegría del Colegio de Amherst, tuvo la ocasión de participar en una gira mundial, lo cual fue, como recordaría posteriormente, un punto crucial en su vida artística. Cuando terminó sus estudios, siguió tocando teclados, cantando y componiendo sus propias canciones, en lo que mostró suficiente habilidad como para plantearse seguir una carrera como músico en Hollywood a comienzos de la década de 1990. Pero como sus cedés apenas si vendieron, se dedicó a escribir novelas.

El padre de Dan Brown era profesor de Matemáticas, y fue la fuente de buena parte de las discusiones sobre números de Fibonacci, la proporción áurea Phi y otras cosas por el estilo que aparecen en *ECDV*. De modo que sería de esperar que, en su juventud, Dan haya oído mencionar las leyendas que afirman que los pitagóricos estudiaban —o mejor dicho, adoraban— la armonía de las matemáticas.

Si bien no hay modo de que los pitagóricos hayan podido conocer las frecuencias exactas, sí podían afinar instrumentos de cuerda, predecesores de la lira, lo que los llevó a descubrir que las octavas de un tono musical dado están relacionadas con la mitad del largo de la cuerda que se pulse para generarlas. En otras palabras, si, como en la guitarra moderna, una de las cuerdas está afinada en mi, cuando uno la pulsa en la mitad exacta de su recorrido —el duodécimo traste— obtendrá la octava superior de esa nota.

Además, descubrieron que otras relaciones armónicas —el sistema que hoy conocemos como escala musical— se expresaban mediante proporciones de increíble simplicidad. Éstas son como 6:8:9:12, de la cual puede derivarse 8:9, de lo cual se obtienen todas las notas de la escala.

En la actualidad, estos sencillos hechos se dan por sentados, pero, en realidad, si uno se pone a pensar sobre todo lo que implican, probablemente la única reacción adecuada sea caer de rodillas frente al Gran Arquitecto del Universo, que urdió estas proporciones en la trama del cosmos.

Una excelente descripción de las asombrosamente simples proporciones de la armonía aparece en *Jesus Christ, Sun of God (Jesucristo, Sol de Dios)*, de David Fideler, donde también se indaga a fondo en la *guematría* de los números armónicos.

Pitágoras vivió y murió cinco siglos antes de Cristo. Adelantémonos en el tiempo hasta llegar a un antiguo padre de la Iglesia cristiana, Clemente de Alejandría (ca. 150-216 d. C.), quien tenía una profunda conciencia de las antiguas tradiciones griegas y gnósticas vinculadas a los números y las deidades, y que sabía cómo se aplicaban éstas a la música. Su afirmación de que el cristianismo era «la Nueva Canción» está llena de significado, pues implica que aquél era una prolongación de las creencias helenísticas.

La música, como otras corrientes temáticas de este libro, es un poderoso río que corre sin cesar, y en el que desembocan muchos afluentes. Durante mucho tiempo la Iglesia católica fue la principal depositaria del conocimiento formal de este río.

Y comenzó muy temprano. Por ejemplo, los más antiguos modos de canto eclesiástico fueron definidos por Ambrosio, obispo de Milán, a finales del siglo IV. El sistema fue perfeccionado a finales del siglo VI bajo la égida del papa Gregorio, y por ello se conocen como «cantos gregorianos», lo cual deja de lado por completo a Ambrosio. Posteriormente, en el Renacimiento, los ocho modos gregorianos recibieron nombres griegos, por ejemplo «jónico» o «dórico», meramente como sistema de referencia.

En torno a 774 d. C., el diácono Pablo compuso un sencillo himno para la festividad de San Juan Bautista (que, como vimos, era importante para francmasones y templarios). Aproximadamente en el año 1020 d. C., el monje Guido de Arezzo tomó la primera sílaba de cada línea de ese himno a San Juan:

> *Ut* queant laxi
> *Re*sonare fibris
> *Mi*ra gestorum
> *Fa*muli tuorum:
> *Sol*ve polluti,
> *La*bii reatum, Sancte Johannes

Y así obtuvo *ut*, *re*, *mi*, *fa*, *sol* y *la*.

Pasaron unos seiscientos años o más hasta que esto se modificó y llegó a ser la escala que empleamos hoy: *do*, *re*, *mi*, *fa*, *sol*, *la*, *si*. Esta historia de la escala está muy bien relatada en la página web www.standingstones.com/modeharm.html.

Ciertamente, éste es un recorrido demasiado veloz por la historia de la música, pero muestra cómo los muy antiguos comienzos de la comprensión formal de la música se vinculan con la escala que se emplea hoy, que contiene un homenaje implícito a San Juan Bautista.

Aunque ello signifique truncar injustamente la historia de la música, volvamos a adelantarnos en el tiempo, esta vez hasta el período Barroco. Una de las cosas más notables y menos comentadas de este período es que, durante el mismo, compositores y músicos tomaron los ocho modos de la herencia gregoriana, que había sobrevivido a lo largo de la Edad Media y del Renacimiento, y descartaron seis de ellos. Los dos modos que se siguieron empleando de forma generalizada fueron el jónico y el aeolio, que pasaron a ser respectivamente conocidos como las escalas mayor y menor.

Es interesante notar que la música celta tradicional aún emplea algunos de los otros modos, lo que la diferencia de la mayor parte de la música que se oye en la actualidad. Es un conocimiento musical «secreto» que está «oculto a la vista». Los músicos que quieran explorar los modos dórico o mixolidio encontrarán fácilmente la información necesaria para hacerlo.

Hubo grandes músicos y compositores durante el Barroco, pero el gigante de la era fue Johann Sebastian Bach (1685-1750). Bach se crió en Alemania en una época en la que aún había intensas luchas religiosas, y en la que muchos de sus compatriotas emigraban a América. La región donde nació había albergado muchos movimientos rosacruces y pietistas, pero él y su familia musical estaban firmemente arraigados en la sociedad luterana y calvinista, que lo protegió y nutrió durante toda su carrera. Posteriormente, esa misma región vería el ascenso de Adam Weishaupt, fundador de los Illuminati. Pero no hay motivo para creer que Bach practicase creencias rosacruces o masónicas. Se ciñó al marco de la religión ortodoxa que conocía. En términos generales, lo que es notable en él es la capacidad intelectual que demuestra su música. Sin embargo, uno de los hijos de Bach, Johann Christian, que también se destacó como músico, fue francmasón.

La especialidad de Bach era la forma conocida como canon. En un canon se plantea un tema musical, al que luego se une una segunda voz que desarrolla el mismo tema, pero cinco grados más arriba o cuatro grados más abajo en la escala. El tema también puede ser invertido, incluso tocado «en espejo». El desafío consiste en realizar tales variaciones sin perder la armonía. Una forma menos estricta es la fuga que, de todas maneras, podía llegar a ser muy compleja. Bach era un maestro del canon y de la fuga, y podía componerlos mentalmente para muchas voces en el momento.

De hecho, en torno a 1747, Bach le hizo una célebre visita a Federico el Grande, rey de Prusia, quien también era un músico consumado. Federico desafió a Bach planteándole un tema complejo. De inmediato, Bach respondió desarrollando el tema en un canon a tres voces, al que siguió otro a seis voces de su invención que dejó atónitos a los presentes. Después, se fue a su casa y compuso para el rey una pieza de gran complejidad a la que llamó simplemente *Una ofrenda musical*, y que contiene una fuga a seis voces.

Todo esto figura en un curioso libro, *Gödel, Escher, Bach: an Eternal Golden Braid* (en la edición castellana, *Gödel, Escher, Bach: un eterno y grá-*

*cil bucle*), escrito por Douglas R. Hofstadter en 1979 y muy leído en la década de 1980.

Hofstadter, uno de los más notables eruditos de nuestro tiempo, dejó azorados a sus lectores al combinar a matemáticos (Gödel y otros) con artistas gráficos (M. C. Escher y otros) y músicos (Bach y otros) en su búsqueda de lo que llamó «extraños bucles» que, al cabo de unas setecientas páginas, culmina planteando lo que él considera que podría ser la mejor base para la inteligencia artificial.

Hofstadter describe en detalle cómo Bach hizo de *Una ofrenda musical* un acertijo. No escribió cada una de las notas, sino que dejó que el rey las dedujera a partir de las convenciones canónicas. En un momento, Bach le indicó al rey: *Quaraendo invenietis* («el que busca encuentra»). Aunque no era francmasón, Bach se parecía a éstos en su amor por velar la verdad.

Hofstadter nos cuenta que Bach tenía muchos trucos musicales a su disposición, entre ellos escribir su propio nombre en notas musicales y componer una pieza muy especial que vuelve sobre sus propios pasos y va subiendo de clave. Hofstadter la llamó «canon infinitamente ascendente» y la consideró una muestra del «bucle autorreferente» que el artista M. C. Escher expresó de forma gráfica cuando representó, por ejemplo, una de sus manos dibujando a la otra.

La era de Bach finalizó aproximadamente para el momento de su muerte a mediados del siglo XVIII. Con Joseph Haydn (1756-1791), el «padre de la sinfonía», surgía una nueva era musical: la clásica. Social y políticamente, fue la época del iluminismo. El gigante musical de este período fue Wolfgang Amadeus Mozart (1756-1791). Tanto Haydn como Mozart eran francmasones.

El extravagante Mozart escribió una de las obras musicales más descaradamente masónicas de todos los tiempos: *La flauta mágica*, una ópera que goza de una popularidad que trascendió al tiempo.

Tal y como hizo Bach en su momento, Haydn y Mozart disfrutaban ocultando pequeños trucos en su música. La famosa *Sinfonía sorpresa* de Haydn fue compuesta para amodorrar al rey y luego despertarlo sobresaltado. Y Mozart incluyó en su partitura de *Don Giovanni* el sonido de músicos que afinan sus instrumentos.

El mencionado Douglas Hofstadter recurrió a ideas tan intrigantes como tomar cánones al estilo de Bach que suenan iguales si se los interpreta normalmente o de forma invertida y combinarlos con secuencias recurrentes artificiales de ADN, el código genético de la vida. En ese momento, debe de haber parecido increíble que las secuencias de ADN se pudieran manipular de esa manera. Tal vez al autor le habría agradado enterarse de que, dos décadas más tarde, los investigadores realmente incluyeron códigos secretos en secuencias artificiales de ADN para, entre otras cosas, evitar la falsificación de éstas. Como el ADN, la música consiste en datos secuenciales.

La música es un sistema simbólico peculiar, porque no sólo se escribe, sino que se oye, brindando así formas prácticamente infinitas de transmitir significados ocultos. Considérese, por ejemplo, el gran tema inicial de la *Quinta Sinfonía* de Beethoven, cuya cadencia expresa la letra V en código Morse. Se podría extender ese concepto de la manera de transmitir un mensaje completo en código Morse. Los cambios tonales, por muchos que fueran, serían irrelevantes para la descodificación, pues el vehículo para los datos sería el ritmo. Considérense los casos modernos en que, por ejemplo, la gente reproduce canciones de los Beatles al revés para descubrir los mensajes que, según los rumores, allí se ocultan. Supóngase la composición de mi autoría, una cacofonía misericordiosamente breve llamada *Play Me*, un ejemplo de otra (y más bien estúpida) forma de codificar algo en música.

Si se le aplicara un código de cifrado a la música escrita, sería relativamente fácil esconder un mensaje en una serie de notas. Y, con los ordenadores actualmente disponibles, cualquiera puede codificar vastas cantidades de datos secretos en una pieza musical mediante la compresión de sonido y otras técnicas.

Hasta ahora, ninguno de estos sistemas de codificación figura en las novelas de Dan Brown, pero, dada su formación musical, no podemos descartar que aparezcan en *La clave de Salomón*.

**Play Me,** by David A. Shugarts

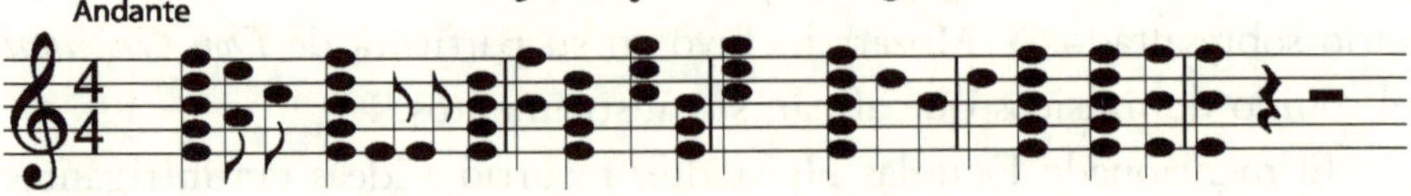

# Apéndice B
# La familia Sinclair

Sobre el final de *ECDV*, se revela que Sophie Neveu es hija de un Plantard y una Saint-Clair, lo cual la hace pariente por partida doble de la línea de reyes merovingios y, por tanto, descendiente de Jesús y de María Magdalena.

La referencia a Plantard se vincula con un fabulador de la década de 1950, Pierre Plantard, creador de los documentos apócrifos del supuesto Priorato de Sión, quien trató de vincular su nombre a un árbol genealógico que no era el suyo. No cabe duda de que el linaje de Plantard es pura invención. Pero los Saint-Clair son reales.

En *ECDV*, se les da una importancia central a las tierras de la familia Saint-Clair, ubicadas al sur de Edimburgo, en Escocia. En esas tierras estaba el pueblo llamado Roslin, nombre que se modificó a Rosslyn al aplicarse al castillo y la capilla que los Saint-Clair construyeron allí.

Cuando la familia se instaló en sus tierras escocesas, cambió su nombre a Sinclair. Ello puede ser motivo de confusión cuando se sigue el paso de esa familia por la historia. Es importante estar atentos a las variantes, que no se limitan a Saint-Claire y Sinclair, sino que incluyen también la forma Sinkler. Además, esta familia aparece en muchos lugares distintos; entre ellos, Estados Unidos y Canadá.

Cuenta la leyenda que la familia francesa Saint-Clair acompañó a Guillermo el Conquistador, el francés normando que invadió Inglaterra en 1066. Pero la historia de sus derechos territoriales sólo comenzó cuando William Sinclair, oponiéndose a los normandos, ayudó a Malcolm III a acceder al trono de Escocia. El hijo de William Sinclair, sir Henry Sinclair, fue el primer heredero de Rosslyn.

Henry Sinclair acompañó a Godofredo de Bouillon en la Primera Cruzada, en 1096, y participó en la toma de Jerusalén. Estuvo entre los primeros integrantes de la Orden del Temple cuando ésta se fundó en 1118. A partir de ese momento, la familia quedó asociada al Temple, y a lo largo de muchas generaciones, sus integrantes entraron en batalla como caballeros templarios. Dos de ellos llegaron a Gran Maestre de la Orden.

Los templarios vivieron su apogeo en los siglos XII y XIII, hasta que Felipe el Hermoso cayó sobre ellos el célebre viernes 13 de octubre de 1307. En 1317, la Orden fue disuelta oficialmente. Pero se afirma que en 1314 los templarios participaron en una victoria casi sobrenatural cuando sir William Sinclair fue en ayuda de Robert Bruce cuando éste se enfrentó a los ingleses en Bannockburn. Fue una de las mayores victorias escocesas de todos los tiempos. La mayor parte de los escoceses eran infantes, que se enfrentaron a miles de caballeros ingleses, que los sobrepasaban por tres a uno. En el momento álgido de la batalla, unos quinientos montados escoceses cargaron sobre los ingleses, quienes volvieron sus grupas y huyeron aterrados. Se afirma que lo que derrotó a los ingleses fue la visión de esos templarios a caballo.

La batalla tuvo lugar el 24 de junio, fecha que en el mundo anglosajón se conoce como el «solsticio de verano» y que era importante en tiempos del paganismo y también para la tradición cristiana, en la que se la considera el natalicio de san Juan Bautista, santo patrono de los francmasones. Antes del combate, los escoceses se arrodillaron a rezarle a cierta caja dorada, llamada «el relicario de Monymust», que, se afirma, contiene los huesos de un santo.

Los ingleses se desplegaron frente a los escoceses. Su rey, Eduardo I, dijo burlonamente que los escoceses estaban pidiendo misericordia cuando los vio orar, pero se le informó de que sólo solicitaban la asistencia divina. El relicario, decorado con símbolos pictográficos, incluyendo toscos círculos y rectángulos, parecía un Arca de la Alianza en miniatura. Algunos autores conjeturan que esto, combinado con la señal de la cruz templaria y un inesperado ataque de caballería, fue lo que precipitó la desordenada retirada de los ingleses.

Los lectores de *ECDV* ya saben qué es la leyenda de la capilla de Rosslyn, cuya construcción, que quedó inconclusa, fue comenzada en torno a 1450 por la familia Sinclair. Dan Brown la llamó la «catedral de los códigos» por la simbología templaria y masónica que muestran sus tallas y que está entretejida en su diseño. Además, la familia Sinclair ha desempeñado un destacado papel en la francmasonería a lo largo de los siglos. Masones, templarios y Sinclairs se unen en una apretada trama que atraviesa los siglos.

Una misteriosa coincidencia (o no tanto): Dolly, la famosa oveja que fue el primer mamífero clonado a partir de un adulto de su propia especie, fue creada en el Instituto Roslin, una instalación biomédica ubicada en el pueblo que es el hogar ancestral de los Sinclair escoceses.

Los Sinclair viajaron mucho. La más significativa de las leyendas a este respecto es la que trata de Henry Sinclair, nacido en 1345, quien pasó a la historia como el príncipe Henry. La familia Sinclair ya podía remontar sus raíces hasta los vikingos, pero este nexo se reforzó cuando Henry se emparentó por matrimonio con la familia real de Suecia y Noruega. Tenía veinticuatro años y era señor de Rosslyn cuando fue designado conde de las Orcadas y señor de Shetland por el rey Olaf VI de Noruega.

En 1396, cuando el príncipe Henry se encontraba en las islas Feroe, se enteró de que se había producido un naufragio. Por entonces, se estilaba saquear las naves que naufragaban, pero Henry llegó a tiempo de salvar al comandante, con quien entabló amistad. Era un navegante y cartógrafo veneciano llamado Nicolo Zeno, hermano del célebre almirante veneciano Carlo Zeno, conocido como «el León».

Con la ayuda y los conocimientos de Nicolo Zeno y de su hijo Antonio, en 1398 (casi cien años antes de Colón), el príncipe Henry partió al frente de una flota de doce naves con rumbo a Occidente: Groenlandia, Nueva Escocia y, según la leyenda, incluso Nueva Inglaterra. Iban con él doscientos o trescientos soldados (las versiones difieren) que, se afirma, eran templarios. Iban también algunos monjes cistercienses, conocidos por sus habilidades agrícolas. Es evidente que partían con la intención de conquistar y colonizar.

Posteriormente, un nieto de Zeno publicó un «relato» del viaje, así como un mapa que parece mostrar ciudades y otros puntos identificables de Nueva Escocia y Terranova. Se afirma que los exploradores entablaron amistad con los indios *micmac*, y tal vez hayan llegado a asentamientos fundados por europeos naufragados hacía décadas.

Sin embargo, buena parte de la historia del príncipe Henry en el Nuevo Mundo es el resultado de embellecimientos y suposiciones.

Eso queda especialmente claro en la historia secundaria del «caballero de Westford». Según ésta, el príncipe Henry y algunos de sus seguidores se las compusieron para navegar corriente arriba por el río Merrimack, de Massachusetts. Allí, uno de los templarios, sir James Gunn, murió. Sus compañeros, según una leyenda, grabaron una inscripción en su memoria en un peñón rocoso cerca de la actual Westford, Massachusetts. Un sabio escritor afirmó que tal inscripción muestra a un templario con una espada quebrada y el blasón de la familia Gunn. Pero, posteriormente, un arqueólogo de Harvard visitó el peñón y lo que encontró fue una marca en forma de T carente de cualquier significado especial, que, según afirmaba la historia local, había sido tallada allí por dos muchachos de la región en la década de 1800.

Otra leyenda, que tiene mucha más evidencia que la respalda, habla de un tesoro escondido en un pozo protegido por ingeniosas trampas en Oak Island, Nueva Escocia. Supuestamente, enterrada en el pozo hay una piedra, en la que una inscripción, grabada en un código masónico, advierte de que hay grandes riquezas enterradas en un nivel más profundo. Pero como el pozo está hecho de modo que se inunde mediante un túnel que lo conecta con el mar, nadie ha podido encontrar el tesoro, aunque, a partir de 1796, se han realizado regularmente expediciones para buscarlo.

La leyenda de Henry Sinclair cumple con los requisitos de suministrar una conspiración abarcadora que explica qué ocurrió con el mayor tesoro de todos los tiempos: el de los templarios. Esta interpretación afirma que, tras los arrestos de 1307, los templarios huyeron del sur de Francia. Fueron por mar a Escocia, donde el rey, que había sido excomulgado, ya no tenía nada que temer de la Iglesia católica y los acogió. El tesoro habría salido de allí a bordo de la flota del príncipe Henry, rumbo a la isla Oak, desde donde en algún momento habría sido llevado a la Norteamérica colonial. En la reciente película *La leyenda del tesoro perdido*, éste consiste en el contenido completo del Templo de Salomón, sumado a tesoros de los faraones y a documentos de la Biblioteca de Alejandría. En la película, está enterrado bajo la iglesia de la Trinidad del bajo Manhattan.

Si bien el oro y las riquezas no son despreciables, en *ECDV* Dan Brown sugiere que el verdadero tesoro podría consistir en reliquias (huesos) de María Magdalena, o en objetos cuya importancia esencial fuese de naturaleza religiosa, espiritual o histórica.

Hay dos historias muy extrañas vinculadas a dos miembros de la familia Sinclair. En ambas figuran corazones que fueron extirpados de sus cuerpos. En 1330, sir William Sinclair, leal caballero escocés y guerrero, fue uno de los integrantes del pequeño ejército que llevó a las cruzadas el corazón de Robert Bruce. Cuando, en 1329, Bruce yacía en su lecho de muerte, se dio cuenta de que no podría ir, como su abuelo, a las cruzadas. Hizo que sus mejores y más leales caballeros, encabezados por James Douglas, le juraran que se llevarían su corazón para enterrarlo en la iglesia del Santo Sepulcro de Jerusalén. El corazón embalsamado fue colocado en un cofrecillo de plata que James Douglas se colgó al cuello.

Los caballeros no llegaron a Jerusalén. Prefirieron detenerse en España para combatir contra los moros, quienes los derrotaron y mataron. Sir William Sinclair y su hermano perecieron en la batalla. Finalmente, el corazón de Robert Bruce fue llevado de regreso a Escocia.

Adelantémonos en el tiempo hasta 1998. Alisdair Rosslyn Sinclair, descendiente legítimo de los Sinclair, y que conocía bien sus propios antecedentes templarios, viajó a Jerusalén desde Amsterdam, donde se ganaba la vida como constructor de guitarras. Cuando estaba a punto de embarcarse en el vuelo de regreso desde Israel, las autoridades del aeropuerto le encontraron el equivalente a 5.000 dólares en marcos alemanes en un doble fondo de su maleta, y lo detuvieron. Se informó que se había ahorcado con los cordones de sus zapatos en la celda del aeropuerto. Se le realizó una autopsia en Jerusalén antes de devolver el cadáver a su familia en Escocia. Pero cuando las autoridades escocesas realizaron una segunda autopsia, vieron que el corazón de Sinclair faltaba.

Ante el reclamo de Escocia, las autoridades israelíes entregaron un corazón que, dijeron, había sido extirpado para examinarlo y determinar si Sinclair había sido un consumidor de drogas.

Según una teoría conspirativa que se centra en la supuesta inminencia del Fin de los Tiempos, los templarios nunca abandonaron su esperanza de recuperar Jerusalén, aunque hay poderosas fuerzas que se les oponían. Y agregan que era inevitable que un heredero de los Sinclair que haya sido tan imprudente como para visitar esa ciudad fuera asesinado.

En un contexto de Dan Brown, esto no es tan rebuscado como parece a primera vista. Al fin y al cabo, tanto en *ECDV* como en *AyD* se menciona un evento apocalíptico profetizado por los Illuminati y que aún no ha tenido lugar.

# Apéndice C
# Muerte y resurrección

Casi con certeza, la resurrección bajo algún aspecto —religioso, espiritual o físico— figurará en la nueva novela de Dan Brown. Si Brown indaga a fondo en la francmasonería, simplemente es imposible que deje de lado el ritual de muerte figurada y resurrección que forma parte del rito de iniciación como Maestro Masón (y también del de Skull and Bones). Ello plantea muchas implicaciones y conexiones.

Una de las teorías que Dan Brown ha postulado en público es la que afirma que Jesús sobrevivió a la crucifixión. Esto, sin duda, es provocativo y, si *La clave de Salomón* lo incluye como tema, puede llevar el antagonismo entre Dan Brown y las religiones tradicionales a nuevas alturas. Sin embargo, ideas de esta índole circulan desde hace siglos. Por ejemplo, Giordano Bruno fue quemado en la hoguera en el año 1600 por decir, en esencia, que Jesús era meramente «un mago especialmente hábil». Es probable que esta escandalosa idea se haya originado en el estudio que Bruno hizo de antiguos escritos herméticos y ocultistas.

En este orden de ideas, la alquimia puede enseñar a manejar la fuerza vital espiritual, dándole al hechicero o mago el poder de curar y también, sí, hasta de resucitar. A pesar de estas actividades sobrenaturales, en la actualidad Bruno es famoso como hombre de ciencia. De hecho, muchos de los primeros científicos fueron alquimistas y estudiantes de lo hermético. También la historia temprana de la medicina es, en realidad, una historia de alquimia, brujería, ocultismo, astrología y cosas por el estilo, apenas matizada por incursiones esporádicas en el campo de la ciencia.

Un excelente ejemplo de ese estado de cosas es el relato de los últimos días de George Washington. Los tratamientos médicos a los que fue sometido lindan con la hechicería, y, tras su muerte, el tema de la resurrección se trajo a colación.

El ex presidente disfrutaba finalmente de su retiro en su bienamada finca, en Mount Vernon. A los 68 años aún era un hombre fuerte, que disfrutaba de recorrer a caballo sus tierras cada vez que podía. El 12 de diciembre de 1799 cabalgó por sus granjas desde aproximadamente las diez de la mañana hasta las tres de la tarde, con mal tiempo, viento, granizo y lluvia que desencadenaron una intensa nevada. Pero cuando regresó a su casa, Washington no se cambió de ropa, pues dijo que le parecía que su gabardina lo había mantenido seco. Al día siguiente estaba un poco afónico, y la nevada continuaba, de modo que pasó la mayor parte del día dentro. Sin embargo, por la tarde dedicó algún tiempo a recorrer el gran terreno del fondo de su casa, que terminaba en barrancos sobre el río Potomac, para marcar algunos árboles que debían ser cortados. Cuando fue a acostarse esa noche, su secretario, Tobías Lear, le sugirió que tomara algo para su resfriado. Washington repuso: «No, ya sabe que nunca tomo nada para el resfriado. Que se vaya como vino».

En torno a las dos o tres de la madrugada, George despertó a Martha Washington para decirle que se sentía muy mal, pues «había cogido frío». Martha vio que le costaba mucho hablar y respirar. Quiso levantarse y alertar al personal doméstico, pero él se lo impidió, alegando que si lo hacía también ella cogería frío. De modo que se quedó en cama acompañándolo hasta el amanecer, cuando vino un sirviente y les encendió el fuego de la chimenea.

Mandaron a buscar un médico, prepararon un remedio casero y llamaron al capataz de la plantación, Albin Rawlins. Washington había sufrido muchas enfermedades graves en su vida, que muchas veces fueron tratadas sangrándolo, lo cual, se suponía, ayudaba a depurar el torrente sanguíneo de sustancias dañinas. Le tenía tanta fe a tal procedimiento, conocido como flebotomía, que tenía siempre a mano los elementos necesarios para realizarlo. Estaba tan convencido de que sería lo primero que sugeriría el médico cuando llegara que le pidió a Rawlins, quien se había mostrado conocedor de la técnica en otras ocasiones, que lo sangrara.

Cuando Rawlins le abrió una herida, no corrió mucha sangre, de modo que Washington le dijo «más, más». Martha no estaba de acuerdo, dijo, no le parecía que el sangrado fuese la solución indicada, pero Rawlins obedeció a George.

El remedio casero consistía en una mezcla de vinagre, melaza y mantequilla, y tal vez pudiera aliviar un dolor de garganta, pero a Washington le fue imposible tragarlo. Cuando lo intentó, sufrió convulsiones y estuvo a punto de asfixiarse.

El primer doctor que convocaron fue el médico de confianza de Washington, James Craik, de Alexandria, Virginia, quien lo había acompañado en todas las principales batallas de la guerra revolucionaria. Anteriormente, Craik le había aconsejado a la familia que, en caso de emergencia, recurriera a otro médico, Gustavus Brown, quien vivía al otro lado del Potomac, justo frente a Mount Vernon. Martha recordó esto y lo mandó buscar.

El primero en llegar, en torno a las nueve de la mañana, fue el doctor Craik. Preparó un nuevo compuesto para gárgaras —esta vez, con vinagre y una infusión de salvia—, que también casi ahoga al paciente. Alrededor de las once de la mañana, temiendo que el doctor Brown llegase demasiado tarde, Craik mandó buscar a otro médico de Alexandria, Elisha Cullen Dick, que era francmasón. Mientras esperaban su llegada, Craik sometió a Washington a una nueva flebotomía.

Los doctores Brown y Dick llegaron poco después de las tres de la tarde, examinaron al paciente y cambiaron impresiones. El doctor Brown creía que la enfermedad era una infección de las amígdalas. El doctor Craik coincidió sin mucho entusiasmo. El doctor Dick, de 37 años —mucho más joven que los otros dos—, no estuvo de acuerdo. Para él, no se trataba de una infección de amígdalas, sino de una inflamación de las membranas de la garganta. Es interesante notar que los doctores Craik y Brown habían estudiado en Edimburgo, Escocia, mientras que el doctor Dick había nacido y estudiado en Pensilvania. Dick propuso una traqueotomía. Sabía que tal operación había sido llevada a cabo recientemente y de forma exitosa en Inglaterra, pero nunca se la había puesto a prueba en Estados Unidos. Los otros dos médicos no estaban muy seguros de la conveniencia de intentarlo, de modo que la traqueotomía no se practicó.

Ello no significa que no se les ocurrieran otros tratamientos. En distintos momentos, le pusieron los pies a Washington en agua tibia; mientras le envolvían el cuello con una franela empapada en un preparado medicinal, le aplicaron una compresa de escarabajos molidos al cuello, le administraron un enema, le dieron dosis de calomel (clorhidrato de mercurio, un veneno), le hicieron tomar un emético a base de tártaro dos veces (con la intención de inducir el vómito, pero que sólo resultó en una diarrea) y le pusieron cataplasmas de salvado de trigo en las piernas.

Tras renunciar a la posibilidad de una traqueotomía, los doctores regresaron con el enfermo, a quien sangraron una vez más. Se trató de una extracción importante: casi un litro. En su momento, el doctor Dick manifestó su oposición, y un mes después escribió que lamentaba ese último sangrado, pues había llegado a creer que, en última instancia, fue la causa de la muerte del paciente.

Los registros del tratamiento han sido analizados por médicos actuales. Sus conclusiones varían, pero coinciden en que la cantidad total de sangre que se le extrajo a Washington fue aproximadamente la mitad de toda la que tenía en el cuerpo, lo cual, de por sí, habría alcanzado para matarlo. Pero creen que la causa de la muerte probablemente haya sido una severa inflamación de la epiglotis producida por una infección estreptocócica, o tal vez por la difteria o incluso por una angina. Es un trastorno muy grave que, aun hoy, es potencialmente fatal.

En torno a las ocho de la tarde, Washington llamó a los tres doctores y les dijo: «Les agradezco sus atenciones, pero les ruego que no se tomen más molestias. Déjenme partir en paz. No puedo durar mucho».

Como otras personas de su época, George Washington creía que la resurrección o la reanimación eran posibles. Una fuente afirma que Washington creía en una teoría según la cual Jesús no ascendió al cielo en cuerpo y alma, sino que fue reanimado tras caer en un estado similar a la muerte. Y Washington había presenciado, al menos una vez, cómo uno de sus propios esclavos de Mount Vernon volvía a la vida tras haber, aparentemente, muerto. Además, prácticamente todas las personas de ese entonces habían oído de algún caso en el que alguien había sido sepultado sin estar verdaderamente muerto. Algunas de estas historias eran reales; otras, «leyendas urbanas» de la época.

Por todas estas razones, las últimas palabras que pronunció Washington no extrañaron en absoluto a quienes rodeaban su lecho de muerte. Les pareció sensato y práctico que dijera: «Que me sepulten decentemente. No pongan mi cuerpo en la bóveda hasta que hayan pasado al menos tres días desde mi muerte». Lear asintió, diciendo: «Así se hará».

Washington se tomó su propio pulso, se reclinó y, a las 22.20 horas de la noche, expiró. El doctor Brown le cortó el péndulo al reloj del dormitorio para que nunca más sonara.

(El reloj, aún detenido a las 22.20, y los instrumentos de flebotomía actualmente se exhiben en el Memorial Nacional Masónico Washington de Alexandria.)

Pero la historia no termina aquí. Había sido convocado un cuarto médico. El doctor William Thornton llegó el 15 de diciembre, día de la muerte de Washington. Para ese momento, su cuerpo estaba congelado.

La presencia de Thornton en Mount Vernon era incongruente, ya que apenas si puede decirse que fuese un médico practicante. Nació y se crió en las islas Británicas, estudió Medicina en Edimburgo y se licenció en Aberdeen, Escocia. Pero lo que le dio fama no fue la Medicina. Se estableció en Filadelfia y adoptó la ciudadanía estadounidense en 1788. En 1789, aunque no tenía formación de arquitecto, ganó un concurso para diseñar el nuevo edificio de la Philadelphia Library Company. En 1792 se presentó, ligeramente fuera de fecha, a un concurso mucho más importante: el diseño del edificio del Capitolio de Estados Unidos. Aunque su proyecto llegó tarde, Thomas Jefferson, quien supervisaba el concurso, le dio cabida. El proyecto le agradó a George Washington y Thornton ganó el concurso. El premio consistía en 500 dólares y una parcela de tierra en la ciudad. Thornton continuó su carrera como pintor aficionado e inventor, y diseñó la Octagon House de Washington, actual sede del Instituto de Arquitectos Estadounidenses.

De modo que, para el momento de la muerte de Washington, Thornton era bien conocido como primer arquitecto del Capitolio.

Thornton les hizo un ofrecimiento verdaderamente escandaloso a quienes rodeaban el cadáver de Washington. Dijo que el cuerpo podía ser calentado y «reanimado». Su plan era sumergirlo en agua fría, envolverlo en mantas y «mediante fricciones, calentarlo». Thornton, después de afirmar que él habría estado en condiciones de practicarle una traqueotomía a Washington cuando aún le quedaba vida, sugirió que se le hiciese una al cadáver para permitir que entrara aire en los pulmones. Y finalmente, afirmó que a Washington se le podía practicar una transfusión de sangre de cordero para restaurar el volumen de su torrente sanguíneo. (Esto tiene una extraña connotación con el concepto de la Sangre del Cordero, que fue la que Cristo derramó por los pecados del mundo.)

Como sabemos, Martha Washington tenía sentido común. Vetó el plan de Thornton, y no se volvió a tocar ese tema. Al cabo de pocos días, Washington fue sepultado en la bóveda de Mount Vernon, de acuerdo con las instrucciones de su testamento, o, al menos, más o menos de acuerdo. Pidió de forma expresa que se lo sepultara «de forma privada, sin desfiles ni oraciones fúnebres», pero esta solicitud fue completamente ignorada. Hubo una guardia de honor militar, una procesión masónica, un saludo de cañonazos de una goleta amarrada en el Potomac y una considerable cantidad de asistentes.

Cuatro clérigos —tres de ellos masones de la Logia de Washington— estuvieron presentes en la bóveda de Mount Vernon. Los masones insistieron en hacer valer su derecho de presidir la parte final de la ceremonia. Entre ellos, estaba el venerable maestro de la logia, el doctor Dick, quien había atendido a Washington en sus últimos momentos. El mandil masónico de piel de cordero perteneciente a Washington, además de una ramita de acacia (símbolo de inmortalidad o resurrección), fueron las últimas cosas que se pusieron en el ataúd.

Thornton supervisó que el ataúd de caoba de Washington estuviese forrado de plomo (una manera de evitar que la humedad le llegara al cadáver), pues daba por descontado que en algún momento sería trasladado a otro sitio. Según relató posteriormente Thornton, le escribió a John Marshall, por entonces congresista, pero que poco tiempo después sería nombrado presidente de la Corte Suprema de Justicia, para decirle que tuviera en cuenta la posibilidad de construir una cripta en el Capitolio para Washington, pues «cuando tracé el plano para la construcción del Capitolio de Estados Unidos, diseñé la cúpula para que albergara su mausoleo» (el de Washington).

Según Thornton, Martha estuvo de acuerdo con ese plan siempre y cuando se le reservara un lugar junto a su marido. Thornton también aseveró que Marshall logró que el Congreso aprobara mediante una votación secreta su proyecto de sepultar a Washington en el Capitolio. Sin embargo, estos planes se abandonaron cuando las siguientes generaciones de herederos de Washington se negaron a hacer a un lado las solicitudes expresas contenidas en su testamento.

# Apéndice D
# Lista de lecturas recomendadas


BAIGENT, Michael y LEIGH, Richard, *The Temple and the Lodge*, Nueva York, Arcade Publishing, 1989.

BROOKE, John L., *The Refiner's Fire: The Making of Mormon Cosmology, 1644-1844*, Cambridge, Inglaterra, Cambridge University Press.

BROWN, Walter Lee, *A Life of Albert Pike*, University of Arkansas Press, 1997.

BULLOCK, Steven C., *Revolutionary Brotherhood, Freemasonry and the Transformation of the American Social Order, 1730-1840*, University of North Carolina Press, 1996.

ELLIS, Joseph, *Founding Fathers, the Revolutionary Generation*, Nueva York, Alfred A. Knopf, una división de Random House, 2001.

—, *His Excellency, George Washington*, Nueva York, Alfred A. Knopf, 2004.

FIDELER, David, *Jesus Christ, Sun of God: Ancient Cosmology and Early Christian Symbolism*, Wheaton, Illinois, Quest Books, 1993.

FLEXNER, James Thomas, *Washington: The Indispensable Man*, Boston, Massachusetts, Little, Brown and Company, 1969.

GETLER, Warren y BREWER, Bob, *Shadow of the Sentinel* [retitulado *Rebel Gold*], *One Man's Quest to Find the Hidden Treasury of Confederacy*, Nueva York, Simon & Schuster, 2003.

ISAACSON, Walter, *Benjamin Franklin, an American Life*, Nueva York, Simon & Schuster, 2003.

KAPLAN, Aryeh, *Sefer Yetzirah, el libro de la Creación,* Madrid, Mirach, 1994.

KNIGHT, Christopher y LOMAS, Robert, *La clave masónica: faraones, templarios, los manuscritos perdidos de Jesús,* Madrid, Martínez Roca, 2004.

—, *El segundo Mesías: los templarios, la Sábana Santa de Turín, y el gran secreto de la masonería,* Madrid, Planeta, 1998.

OAUKNIN, Marc-Alian, *Mysteries of the Kabbalah*, traducido del francés por Josephine Bacon, Nueva York, Abbeville Press.

OVASON, David, *The Secret Architect of Our Nation's Capital*, *The Masons and the Building of Washington DC*, Nueva York, Perennial, un sello de HarperCollins Publishers, 1999.

PICKNETT, Lynn y PRINCE, Clive, *La revelación de los templarios,* Madrid, Martínez Roca, 1998.

QUINN, D. Michael, *Early Mormonism and the Magic World View*, Salt Lake City, Utah, Signature Books, 1998.

STEVENSON, David, *The Origins of Freemasonry, Scotland's Century 1590-1710*, Cambridge, Inglaterra, Cambridge University Press, 1988.

YATES, Frances, *El iluminismo rosacruz,* Madrid, Fondo de Cultura Económica de España, 1999.

temas de hoy.


**España**
Av. Diagonal, 662-664
08034 Barcelona (España)
Tel. (34) 93 492 80 36
Fax (34) 93 496 70 58
Mail: info@planetaint.com
*www.planeta.es*

P.º Recoletos, 4, 3.ª planta
28001 Madrid (España)
Tel. (34) 91 423 03 00
Fax (34) 91 423 03 25
Mail: info@planetaint.com
*www.planeta.es*

**Argentina**
Av. Independencia, 1668
C1100 ABQ Buenos Aires
(Argentina)
Tel. (5411) 4382 40 43/45
Fax (5411) 4383 37 93
Mail: info@eplaneta.com.ar
*www.editorialplaneta.com.ar*

**Brasil**
Rua Ministro Rocha Azevedo, 346 -
8.º andar
Bairro Cerqueira César
01410-000 São Paulo (Brasil)
Tel. (5511) 3087 88 88
Fax (5511) 3898 20 39

**Chile**
Av. 11 de Septiembre, 2353, piso 16
Torre San Ramón, Providencia
Santiago (Chile)
Tel. Gerencia (562) 431 05 20
Fax (562) 431 05 14
Mail: info@planeta.cl
*www.editorialplaneta.cl*

**Colombia**
Calle 73, 7-60, pisos 7 al 11
Bogotá, D.C. (Colombia)
Tel. (571) 607 99 97
Fax (571) 607 99 76
Mail: info@planeta.com.co
*www.editorialplaneta.com.co*

**Ecuador**
Whymper, N27-166, y A. Orellana,
Quito (Ecuador)
Tel. (5932) 290 89 99
Fax (5932) 250 72 34
Mail: planeta@access.net.ec
*www.editorialplaneta.com.ec*

**Estados Unidos y Centroamérica**
2057 NW 87th Avenue
33172 Miami, Florida (USA)
Tel. (1305) 470 0016
Fax (1305) 470 62 67
Mail: infosales@planetapublishing.com
*www.planeta.es*

**México**
Av. Insurgentes Sur, 1898, piso 11
Torre Siglum, Colonia Florida, CP-01030
Delegación Álvaro Obregón
México, D.F. (México)
Tel. (52) 55 53 22 36 10
Fax (52) 55 53 22 36 36
Mail: info@planeta.com.mx
*www.editorialplaneta.com.mx*
*www.planeta.com.mx*

**Perú**
Grupo Editor
Jirón Talara, 223
Jesús María, Lima (Perú)
Tel. (511) 424 56 57
Fax (511) 424 51 49
*www.editorialplaneta.com.co*

**Portugal**
Publicações Dom Quixote
Rua Ivone Silva, 6, 2.º
1050-124 Lisboa (Portugal)
Tel. (351) 21 120 90 00
Fax (351) 21 120 90 39
Mail: editorial@dquixote.pt
*www.dquixote.pt*

**Uruguay**
Cuareim, 1647
11100 Montevideo (Uruguay)
Tel. (5982) 901 40 26
Fax (5982) 902 25 50
Mail: info@planeta.com.uy
*www.editorialplaneta.com.uy*

**Venezuela**
Calle Madrid, entre New York y Trinidad
Quinta Toscanella
Las Mercedes, Caracas (Venezuela)
Tel. (58212) 991 33 38
Fax (58212) 991 37 92
Mail: info@planeta.com.ve
*www.editorialplaneta.com.ve*

Grupo Planeta Temas de Hoy es un sello editorial del Grupo Planeta www.planeta.es